Qianxun－Culture
—图书·影视—

Senior Gu nanfeng

学长顾南风

小北♡著
XiaoBei Works

天津出版传媒集团
天津人民出版社

图书在版编目（CIP）数据

学长顾南风 / 小北著 . -- 天津：天津人民出版社，2019.11

ISBN 978-7-201-15530-2

Ⅰ . ①学… Ⅱ . ①小… Ⅲ . ①长篇小说—中国—当代 Ⅳ . ① I247.5

中国版本图书馆 CIP 数据核字 (2019) 第 246891 号

学长顾南风

XUEZHANG GUNANFENG

小北 著

出　　版　天津人民出版社
出 版 人　刘　庆
地　　址　天津市和平区西康路 35 号康岳大厦
邮政编码　300051
电话号码　（022）23332469
网　　址　http://www.tjrmcbs.com
电子信箱　tjrmcbs@126.com

责任编辑　玮丽斯
特约编辑　眸　眸
封面设计　微　凉

制版印刷　长沙鸿发印务实业有限公司
开　　本　32 开　(880mm × 1230mm)
印　　张　9.5
字　　数　230 千字
版次印次　2019 年 11 月第 1 版　2019 年 11 月第 1 次印刷
定　　价　39.80 元

目录 Contents

目录 Contents

第一章

难道他真的是顾南风

“靠近 T 市七号龙港是 × 海洋的支流，以往海鸥成群，风景如画，如今泡沫成片，垃圾成堆。这里的海洋气候参照数据平均每年会上升 0.01 度……”几乎贴着电脑屏幕一字一句诵读的金小灿，托了托鼻梁上的眼镜，扭头看姜茶茶，“茶茶，你确定把这当成作业交给教授？”

无人回应。

只见姜茶茶霸气地跷着二郎腿，手里拿着五颜六色的人民币，一边数一边敲计算器，完全沉浸在金钱的世界里，笑得欢愉：“又赚了，哈哈哈。”

金小灿：……

几秒后，姜茶茶被迫在某人强大的视线压迫下回过神来：“亲爱的，你说啥？”

金小灿敲敲电脑屏幕：“老板，你真是不怕死啊。教授都说了，我们新闻系就是要捕捉最敏锐的消息，对人群关注最多的点进行抽丝剥茧。你老搞这种边缘新闻是不行的。”

姜茶茶坐着活动椅，小短腿往地上一蹬，朝她滑过去，伸手利索地把笔记本电脑合上：“我问你三个问题。”

“你说。”

“我们是不是地球人？”

“是啊！”

“海洋是不是占地球表面的大部分，还是百分之七十？”

“是啊！”

“那我们对地球表面百分之七十的海洋进行报道，又怎么能是边缘新闻呢，你说对吧？”姜茶茶耸肩，得意地挑眉。

金小灿竟无语反驳：“那第三个问题是什么？”

“第三个问题嘛，”姜茶茶拿手里的外卖收入当扇子，眼睛放光，“你刚刚叫我老板，是不是比起我的课堂作业，更应该关注一下今天我们的营业额？”

听到营业额，金小灿像忽然想到什么一样，眼睛一亮，打了个响指：“啊，老板，我们还有一笔尾款没收呢，你忘了？委托我们代写情书的大三学姐，今天最后一期，该向她要钱了。”

经金小灿这么提醒，姜茶茶也想起来有这么一单生意。

事情是这样的——

姜茶茶除了是T大新闻系大二的学生外，还有另一个身份，就是姜茶茶外卖公司CEO。而金小灿作为她的室友，自然成功被收纳进公司当活动骨干。

姜茶茶的人生座右铭是：年轻就得多挣钱！

而如何把专业和赚钱合二为一呢？

姜茶茶集结班上几个想赚外快的同学，让他们给她提供新闻稿，印在校报上，并和外卖一起送出去。这样不仅可以有效利用被人遗忘掉的校报，还能给自己的外卖添上一抹个人特色。

这个想法很快奏效。

校报办的老师乐见其成，把校报交给姜茶茶，让她全权负责。

这不，很快，有学姐主动找上姜茶茶，表示想要在校报上刊登写给顾南风的情书，先匿名刊登几期，在最后一期公布姓名。

这种成人之美的事，更重要的是学姐出手阔绰，姜茶茶自然乐意接单。

一个星期一期，刊登了一个月。

匿名求爱的事情在学校传得沸沸扬扬，大家纷纷猜测这个女生是谁。

今天是刊登此事的最后一天。

想到有大把的票子拿，姜茶茶催促金小灿赶紧上四楼找学姐结账去。

“是的，老板！”金小灿跑地出了宿舍。

不想一分钟不到，金小灿慌慌张张冲回来，一脸郁闷：“不好了，老板！”

姜茶茶皱眉：“怎么了？”

“那个学姐……学姐……”金小灿指着门口，一时语塞。

姜茶茶警惕地起身：“她想赖账？”

金小灿摇头：“不是，是她前一天忽然出国留学了！现在根本找不到她人！”

姜茶茶感觉头皮麻了：她可是跟校报办的老师夸口会有七百大洋进账的，现在找不到人，她不是要自己填了吗？

可恶！

这时，金小灿的手机响了，她再一次给姜茶茶播报出一则不好的消息：“老板，校报马上就要印刷了，该揭晓告白顾大公子的女生的名字，我们要不要……”

“钱都没给，还写她名字？疯了！”姜茶茶怒道。

“那写谁的？开天窗吗？”金小灿撇撇嘴。

不能开天窗，因为校报对外是公益的；也不能随便写个名字，因为会被扒……姜茶茶懊恼地抓抓头发，这样突然被人架着上不去又下不来的感觉真是讨厌！

“写上我的名字吧。”

金小灿愣了一下：“茶茶。”

“如果你愿意写你的，我也不介意。”为今之计，她只能自己扛过去，到时候推说是为了给校报做噱头就好。

姜茶茶看了眼手机，深呼吸平复心情：“我们现在得去食堂了。”

“是，老板。”金小灿站起身，拿上手机跟着姜茶茶往食堂出发。

北京时间十点整。

这个时间，T大有课的学生正在上课，没有课的学生正在宿舍里睡觉。

而对姜茶茶来说，这是决定她公司这一天要送什么外卖的重要时刻。

她趁着食堂工作人员在择菜做准备工作时，提前拿到今天的食堂菜单，然后对照，好做出相应的外卖菜单进行推送。贴心加定制，这样才能保证公司每天的营业额满满当当。

五分钟后，姜茶茶出现在食堂里。

她一如往常，以最灿烂的笑容向食堂内每一个大叔大妈打招呼——

“张大婶，你家儿子来视频通话了没有？

“许大妈，昨天给你的面膜怎么样，好用吗？

“柯叔叔，柯叔叔，我跟你说，前天向你借的推车已经给你送回来了。对了，轱辘不太灵活了，我给你加了点油。”

这些人纷纷回以尴尬的笑容并点头，随后光速躲避。

金小灿托托眼镜，侧头看向厚脸皮的姜茶茶，暗暗为老板加油。每天过来窥探“军情”还能窥探得这么理直气壮的，大抵就她一人了吧。

姜茶茶三步并作两步正要往窗口靠近，只听一道沉重的咳嗽声响起。

她循声望去，一个身形高大、脸上长着标志性的络腮胡、皮肤黝黑的大叔正用他那双圆滚滚的牛眼瞪着她。

姜茶茶先是一愣，随后咧嘴笑迎上去：“陈叔叔，你还是这么不爱笑啊，不过板着脸的样子也很帅，哈哈。”

她伸手捶厨师长的胸脯，被结实的肌肉硌着了。

陈默达，四十五岁，T大食堂厨师长，是姜茶茶最需要讨好的人。想要知道每天中午食堂里会出什么菜，必须经过他的同意进到内部才能搜集到信息。

陈默达板着脸盯着姜茶茶：“茶茶，今天不能放你进去了。”

“为什么？”姜茶茶一怔。

“你每天提早过来搜集菜单，回去给学生们提供其他选择。你是赚得盆满钵满了，可我们食堂的营业额受到影响，上边不满意了。”陈默达道出原因。

姜茶茶吸吸鼻子。

哼，她早就料到这情况了。前几天，后勤办的那几张面孔频繁出现在食堂里的时候，她就感觉不对劲了。

可这怎么难得倒她呢？

姜茶茶像变戏法一般从包里拿出一条香烟来：“陈叔叔，我也不为难你，不进去的话，其实只要能在窗口能到叔叔、阿姨在准备什么菜也就可以了。”

果然，陈默达铁板一块的脸在看到香烟的时候明显出现动摇。

“这个……”他犹豫着把手伸向香烟，突然一只手出现，拦截了下来！

姜茶茶和陈默达同时扭头。

对方是一个男生，目测有一米八五，姜茶茶的视线要上抬三十度，才能看到他的脸。

嗯，挑不出毛病的脸，完美到无可挑剔的五官，有些乱的、亚麻色的浓密头发，凌厉且冷傲的目光；水蓝色的衬衫，加一条修身的灰色牛仔裤——像偶像剧男主的打扮。

“陈默达，你这是公然受贿！”他晃晃手里的证据，眯着眼睛。

陈默达的脸立刻像抹了一层灰粉般，讪讪说道：“顾公子，误会，这是误会。”

顾公子？难道他就是跑路学姐告白了一个月的顾南风？

姜茶茶皱眉看向这个不速之客，极度不适。

他的目光移向姜茶茶，因身高优势只能俯视：“你就是那个姜茶茶？”

那个姜茶茶？

哪个？

果然，他说话都这么讨人厌。

姜茶茶的眉峰高耸到新高度：“你又是谁？把烟还给我。”

她伸手间，他立刻把手举高：“T 大是禁烟校园，人人有责。更何况，这烟还是贿赂证据，必须没收。”

姜茶茶傻眼，这家伙在说什么鬼话？这可是某牌子的软装，一条要好几百块钱呢！她一把抓住他的袖子，憋着气先服软：“那什么，我知道了。这件事是我不对，保证不会有下次了。你先把它还给我。”

不想下一秒，他瞅着她的小胖手，勾唇戏谑道：“你还想添一条暴力动手的罪名？”

他那表情太欠揍，姜茶茶瞪大眼睛，一时气结。

这时，金小灿赶紧把她的手拉开："茶茶，算了，算了，你别冲动。"

"冲动什么冲动！喂，你又不是老师，凭什么管我？"

"不要让我再看到你出现在食堂里。"他用烟指了指她，态度嚣张。

"哈，你这个人真是……给我回来！喂！"

姜茶茶正要再次捍卫自我权利，他已经转身离去。

金小灿拼命地抱住姜茶茶，眼镜都歪斜在鼻梁左侧了："老板，淡定，淡定。"

冲着空气踹了好几脚的姜茶茶气喘吁吁地瞪眼："金小灿！你到底是站哪边的？居然帮着那个不知道什么鬼的家伙！"

金小灿委屈巴巴地扶正眼镜："老板，你是不是赚钱赚傻了？连他都不认识。"

"难道他真的是顾南风？"姜茶茶虽然在T大待了两年，但是大部分时间是在连轴转，只为赚钱。只要是对赚钱有利的，哪怕是洞里的老鼠，她都会登记在册；反之，即便是风云人物，也只是她耳边的一阵风。

就算当初学姐眼含爱心让她代笔告白，她也压根没兴趣去了解这个顾南风是谁。

"对啊，他就是人称T大'海洋王子'的顾南风。"金小灿扶正眼镜，给姜茶茶普及，"他不仅人长得帅，家世还是一级好，是掌管半个T市经济命脉的顾氏独生子。不过奇怪的是……"

姜茶茶对这样烂俗的介绍实在提不起兴致，翻着大白眼，总算听到了一点感兴趣的："奇怪什么？"

"他从来不到学校食堂吃饭的，今天怎么来了？"

姜茶茶才没兴趣知道顾南风这样的大少爷为什么会心血来潮

来食堂，她只知道因为他的心血来潮，她原本要送给陈默达以套取情报的那条香烟就这么无缘无故没了！

她的心那个疼啊！

这个仇，两人算是结下了。

不过她也没有太多时间用来心疼和生气。

姜茶茶靠在窗口，只能看到几样素菜，她和金小灿迅速回到公司，按照之前食堂推送菜单的规律锁定可能会推出的肉菜进行调整，然后把今天特制的菜单推送上平台。

很快，悦耳的订餐提示音就此起彼伏地响起来了。

姜茶茶和金小灿人手两部手机，一边接单一边下单。

姜茶茶眼神里带着赚钱的杀气，可以做表情包的那种："小灿！今天要接双份的量，必须把那个杀千刀学姐跑路的七百，还有香烟的钱赚回来，知道吗？"

"知道。"

"大声一点！"

"知道！"

十足商业化的加油打气，混着点单的"叮咚叮咚"声，在不足十平方米的办公室里不断回响。

金黄色的外卖服、金黄色的踏板、金黄色的帽子，姜茶茶和金小灿两个人提着外卖，就像两个发亮的电灯泡穿梭在T大的校园中，回头率极高，即便是没有点外卖的人，也能被强行吸引目光。

这行头是姜茶茶根据金小灿的名字设计出来的。

用她的话说，就是"这年头，想要赚钱就得招摇"。

不过很快，姜茶茶就知道，有时候这也是要另当别论的。

当姜茶茶把外卖送到操场上一个小哥哥的手里，顺便瞅了一下他身上的外套时，她只觉得哪里怪怪的，不过一时也说不上来是哪里奇怪。

姜茶茶打量他的面孔，故作漫不经心地说道：“小哥哥，第一次订我家外卖吧？”

小哥哥点头：“嗯。”

姜茶茶微笑：“那你这次觉得好的话，下次再试试吧，一定不会让你失望的。”

小哥哥再次点点头，见姜茶茶还不走，便从口袋里拿出钱包，随手掏出一百元递过去：“谢谢。”

姜茶茶还是第一次见到这么高的小费！她感觉自己的心疼症一下子好了一大半！

看着她踏着黄色踏板，像一只小黄雀般欢快地飞走，顾南风从看台一旁走出来，锐利的目光一直相送。

小哥哥笑眯眯地看向顾南风，打趣道：“怎么样？这个刊登校报向你告白的女生，还满意吗？”

顾南风想起在食堂的交锋，冷冷勾唇：“我看里边是有误会，她根本就不认识我。”

小哥哥提醒道：“可能这是欲擒故纵呢？想引起你的注意也说不定。”

“随便吧，反正我对她没兴趣。”顾南风摆手。

小哥哥有些不解地问顾南风：“那你好端端的，怎么会想起来吃这个？”

顾南风十分嫌弃地用中指将外卖拎过来，粗眉下黑亮的眸子里闪过狡黠：“知己知彼才能百战百胜，不是吗？”

小哥哥笑了：“说得也对，你爸让你三个月内把食堂的营业额提高五个百分点，如果你做不到的话，他不但要停你的卡，还要让你转系去念金融管理，这可真是一个棘手活儿。不过比起这菜，你难道不该先了解姜茶茶这个人吗？”

顾南风睨着他：“还用了解吗？看她那见钱眼开的样，就是十足的拜金女。”

小哥哥拍拍顾南风的肩：“这年头爱钱没有错啊，兄弟你这么说可就太武断了。这个姜茶茶还是有点名堂的，人长得可爱不说，还是新闻系江教授的爱徒。这个外卖公司成立不过一年，就迅速在学生群里风靡开来，专门服务T大，营业额节节攀升，还是很不简单的。”

听到朋友徐标称赞姜茶茶，顾南风不屑地哼哼。

其实姜茶茶的饭菜，从口味上来说并不是特别出众，她聪明的地方就在于和食堂提供的菜品合理地避开，并且占着自己也是T大学生的优势，可以随时随地收集客户信息，这才能够做到营业额暴增。

顾南风觉得，维护食堂营业额的第一步，就是斩断姜茶茶获取当天菜单的信息来源。

所谓螳螂捕蝉，黄雀在后。

这边，姜茶茶并没有被一百元的小费冲昏头脑，而是踩着踏板来到一个女生面前，向她打听那个穿着名牌外套的小哥哥是谁。

那人穿得那么招摇，不可能没人认得。

果然，女生不出所料地脸颊一红：“他呀，他是金融管理系的徐标呀，人长得特别帅，父母都是律师，和顾南风是好朋友。两个人走在一起简直跟画报一样。”

后面无用的信息姜茶茶就自动忽略，没再走心。

和顾南风是好朋友这点，足以让她知道哪儿怪怪的了。

结合陈默达说的上级不满，和金小灿说的“奇怪之处”，再来就是从不点外卖的人点了她家外卖的这一系列零碎信息，她确定顾南风这个讨人厌的家伙是冲着她来的。

虽然还不知道原因，但姜茶茶已经嗅到了一丝危险气息。

她给金小灿下通知：这几天小心接单，小心送餐。

晚上，姜茶茶回了趟家。

T市C区的筒子楼。

已经高楼林立的城市，在夜色里，那些灯光可以轻易覆盖掉微不足道的旧建筑。它们在白天和日新月异的代表显得那样格格不入，却承载了很多人的记忆，比如姜茶茶的。

小时候，姜茶茶在这里走街串巷，和筒子楼里的孩子们在一起玩耍。在她的印象中，爸爸频繁地在找工作，也频繁地在换工作。每天早上，爸爸都是衣着体面地出门，晚上再披星戴月地回来。

她会待在巷弄口等爸爸回来，顺便等他手里热乎乎的方糕吃。

爸爸话不多，从他强撑的笑容，姜茶茶能够知道当天顺利与否，这个月的房租有没有着落。不过爸爸也会有撑不住的时候，也会喝酒发脾气。

这个时候，姜茶茶就会哭着找妈妈。

然后在爸爸的怒吼中，姜茶茶知道妈妈在她出生不久后就离开了。因为原本经商的爸爸生意忽然一落千丈，妈妈要追求自己的人生，所以扔下他们头也不回地走掉了。

为了拉扯她这个女儿，他这个做父亲的想要东山再起，也做过很多工作。可奇怪的是，不管他怎么努力，结果总是失败。

但在大部分时间里，爸爸还是疼姜茶茶的，所以姜茶茶大部分时光还是快乐的。

姜茶茶提着一壶酒走到筒子楼下，看到一个有些佝偻且宽大的人影在路灯下来回踱步。

姜茶茶微微一怔，唤道："爸。"

那人背影僵住，走到光下，脸上挂着欢喜："茶茶。"

在橘黄色的灯光下，姜达脸上的沟壑显得格外温柔。

大抵人老了，尖锐便随之退去了。

姜茶茶可没把自己要回来的事告诉他，是想给他一个惊喜来着。

那么，他应该是每天都在等着她回来吧。

姜茶茶鼻子一酸，挽过姜达的手臂："爸，站这里干吗？走，我们回家。"

姜达用鼻音说"嗯"，带着隐忍的激动。

回到家，姜达在厨房里忙活，姜茶茶就坐在餐桌边乖乖地等待。

等姜达把最后一道汤放上桌，姜茶茶招呼他坐："爸，别忙活儿了，快坐，我有东西要给你。"

姜达拉过椅子坐下，姜茶茶把袋子解开，将里边的钱一把拿出放到桌上。

"爸，这是我这个月赚的钱，都给你。"

姜达望着桌上摊开的厚厚的钱，估计有两万多："这些都是你赚的？"

姜茶茶骄傲地拍胸脯："嗯，都是我。"

姜达点头，神情有些复杂。

姜茶茶拉过他的手，把钱放进他手里，让他切切实实地感受这真实："爸，是真的。你看，这些都是我实实在在挣来的。这样的状态我已经维持一年了，你看，我不是守不住财的煞星，对不对？我是可以挣钱的！"

姜达抿唇，眼眶发红："好，好。茶茶长大了，真好。"

姜茶茶用筷子夹了一大块肉往嘴里塞："爸，这样你就满足了？我可是要把我的外卖公司做大，招来很多人，然后扩大业务范围，不单单针对T大，我还要上市，还要去纳斯达克敲钟！"

姜达被女儿的这番吹牛话逗笑了："瞧你，给你一点阳光你就灿烂，不知道东南西北了。爸爸只希望你好好念书，顺利拿到毕业证，之后再找一个好工作，到时候才能遇到一个好男人，比爸爸好一万倍的那种。"

姜茶茶默默地在心里同步复述姜达的这一段教育理论。

这样的话，她从小听到大，耳朵都听出老茧了。

在姜茶茶看来，爸爸不相信她会成功。

可她不同，她偏偏不信邪，相信人定胜天，勇往直前。

和爸爸吃过饭后，姜茶茶原本是想留在家睡一晚的。

不过，爸爸赶她回学校了。

对于某人依然把她当高中生的态度，她只能无语。

回去的路上，姜茶茶打电话给金小灿，准备给她带点夜宵回去。

金小灿兴奋道：“那我要吃聚鹤街那里的鲍酥饼！”

……

姜茶茶看看自己站在离聚鹤街有两条街远的阔文街，十分后悔打了这个电话。

十分钟后，姜茶茶来到聚鹤街，看到夜色霓虹中直插云霄的顾氏集团大楼。

在这寸土寸金的市中心，即便是一棵树立着的一平方米都奢侈，而顾氏集团占了一整个广场，深蓝色的玻璃外罩，像变形金刚般高高耸立。

姜茶茶不由得想到顾南风那张冰冷、傲慢的脸。

“真是楼什么样，人什么样。”姜茶茶镇定心神，向卖鲍酥饼的老字号店走去。

金小灿推荐的店，名不虚传，很多人在排队。

姜茶茶排在一对小情侣的后边，等了好久终于到她了，结果她一掏口袋，手机没了。

姜茶茶猛地往身后看，只见自己身后站着一个高中男生，方形脸，一脸憨厚。看到她看过去，他还愣愣地眨着眼睛，不像是小偷。

服务生催促付钱，姜茶茶苦笑一下，只好无奈地转身。

“多少钱？我付。”

这时，一只好看的手拿着现金伸进小窗。

姜茶茶认得这只手，更认得这个讨厌的人！

顾南风拿过袋子递给她。

姜茶茶没接：“我用你付钱吗？”

顾南风歪歪头：“那你怎么不付？”

姜茶茶瞪眼：“我……”

她侧过脸：“我忽然不想买了，你管得着吗？”

见状，她身后的高中生凑过脸来：“那不要的话，可不可以给我？”

……

姜茶茶从顾南风手里夺过鲍酥饼，大步走开，顾南风则斯文地跟在她后边。

走出一段路后，姜茶茶突然转身看向这个突然出现的可疑者：“你怎么会出现在这里？别告诉我是碰巧路过，也别告诉我你是来买鲍酥饼的。”

碰巧路过这个借口听着太烂，买鲍酥饼一点也不符合他的人设。

顾南风双手抱臂：“我是在集团的办公室里伸懒腰，刚好看到你一个人傻愣愣地站在那儿，被小偷顺走手机也不知道。”

姜茶茶瞪眼，原来她的手机是那时候丢的？

“你看到我的手机被顺走了，也不报警？”

“报警？我为什么要报警？”顾南风装傻充愣，“又不是我的手机被偷了。”

姜茶茶呵呵冷笑两声，亏她刚才还有那么一点点感谢他的出手相助，真是病得不轻。

两人四目相对，以十米为距。

顾南风微眯眼眸，很好奇姜茶茶下一步会是什么反应。

刚才在大厦内，他看到她被人下了黑手还傻乎乎不知情的样子，忽然就涌出想要逗逗她的心思，他很想看看这个见钱眼开的财迷被钱挫败后的狼狈模样。

姜茶茶一步步走向顾南风，走到他跟前，突然毫无预兆地踮脚。

顾南风下意识往后仰，警惕地打量她："你干吗？"

"顾公子，你在食堂引起我的注意，现在又在这里堵我，你是不是喜欢我？"姜茶茶忽闪忽闪的大眼睛此时透着隐隐的羞涩。

顾南风的脑子里闪过一道雷电，一片空白："什么？"

"我知道，我长得还不赖，又很会挣钱，的确比较容易让人动心。"姜茶茶手托脸颊，语气浮夸，越说越像那么回事，把某人说得一愣一愣的。

顾南风一个头两个大，伸手立刻把姜茶茶的嘴捂住，一脸嫌弃："我说姜茶茶同学，你是不是有什么误会？"

姜茶茶眨巴着眼，不哭也不闹，两边的路人则投来好奇的目光。

"再说了，不是你先对我动心的吗？校报上刊登告白一个月，这么快就倒打一耙了？"

顾南风放开她，皱着眉从口袋里拿出纸巾擦拭手心，现在他对某人的不良印象再加一条——容易自作多情！

"告白这件事我要说明一下，在校报上跟你告白的另有其人，但有这样那样的原因，我只是顶了一个名而已。"姜茶茶很"识趣"地后退两步，耸肩，"那看来是我想多了，多谢你今天付了鲍酥饼的钱，改天我一定还你。"

"你知道就好。"顾南风抬眸间，看到姜茶茶手里不知道什么时候已经拿着他的手机了。

"喂，你！"顾南风反应过来后拔腿就要追，怎料姜茶茶先一步冲向了路边的出租车，跨步上去，扬长而去。

透过后视镜，姜茶茶看到顾南风很努力地追了几步，但很快就被甩在模糊地带了。

司机还不忘八卦地问上一句：“和男朋友吵架了？”

姜茶茶心情愉悦地端详起拿到的战利品，最新款。

嗯，不重要，重要的是他没有设置面部锁屏，往上轻轻一拉，就能进入菜单。

大抵上流社会的人都对自己身处的环境有绝对的安全感，所以才不弄这种东西。

邪恶天使飞上心头，姜茶茶嘿嘿笑，思索着在里边能挖出什么对自己有利的东西来时，翻着翻着，漆黑的瞳孔逐渐放大了。

在相片里，她居然看到很多关于她对海洋环境报道的截图。

姜茶茶这才想起金小灿科普的有关于顾南风的事，他是念海洋管理系的。

而她早在上T大前就用“海笑”这个笔名发表了很多关于海洋环境的报道，有些甚至是很早以前的，她自己都找不着了。

他居然收集得很齐全。

姜茶茶不由得笑出声：“原来这家伙还是我的粉丝啊！”

这种感觉还是很奇妙的，从不着调的学姐突然离开开始，她和他冥冥之中产生了千丝万缕的联系。

现在她居然发现，在很久之前他们就有着交集。

回到学校，姜茶茶把鲍酥饼扔到正在打游戏的金小灿怀里：“给你，价值两千三的鲍酥饼。”

金小灿吓了一跳：“两千三？你镀金了？”

“镀金倒是没有，不过为了给你买这个，我的手机丢了。”

金小灿的眼睛缩小了一半：“哦，你那个用了三年的破手机？丢了就丢了吧。”

姜茶茶朝她扯扯嘴角：“好啊，我破手机的钱就在你这个月的工资里扣。”

金小灿认栽，赶紧撒娇似的歪歪头：“老板，我错了。”

如果不是意外知道顾南风手机里的秘密，姜茶茶还真不容易原谅这个“罪魁祸首”金小灿。

原本她还真有把顾南风的手机变卖了换点钱的想法，不过这个念头很快被心里的正义感打败。

——我是新闻系的姜茶茶，怎么可以做这种小偷小摸的事？

姜茶茶决定明天一早将手机物归原主，当作什么都没发生过。

不过想法很美好，现实很残酷。

很快，当姜茶茶洗漱完毕，回到床上准备睡觉时，顾南风的手机响了。

看到来电显示的是未储存的号码，她接起电话：“喂。”

“姜茶茶，你已经涉嫌偷窃，我给你几分钟乖乖把手机送回来。”

是顾南风！

他真迅速，这么快就买了新手机？

姜茶茶微微心慌后，随即恢复淡定：“真想不到顾大公子身家厚实，居然对一个手机斤斤计较。你如此急迫，难道手机里有什么见不得人的东西？”

电话那头的人沉默了两秒：“你偷看我手机了？”

姜茶茶答得飞快：“没有。”

电话那头的人语气平静，轻易戳破她的谎言：“那你就是看过了。”

姜茶茶咬唇，沉默两秒。

电话那头的人又说道：“姜茶茶，你想拿资料威胁我这个计谋无法成功，赶紧把手机还回来。”

姜茶茶打哈欠：“我已经上床休息了，要还也得明天吧。”

电话那头的人语气渐冷："你就不怕我报警？"

姜茶茶听出威胁的意味，心里的石头反倒落地了："不怕，顾大公子大人物一个，是不会为了这些小事给自己找麻烦的。"

要报警早就报了，还用挂在嘴边？有钱人一般讨厌走这种流程式的东西。

姜茶茶愉快地挂断电话，把手机关机，丢到一旁。

对床的金小灿目瞪口呆地望着她，倒吸一口凉气："你刚才是在和顾南风通电话？"

姜茶茶把一半的脑袋缩进被窝里："嗯。"

金小灿激动地挺直身体，头砰地撞到天花板："可是为什么？你刚才去买饼的时候见到顾南风了？还是说你丢手机是因为顾南风？"

姜茶茶用后脑勺回应某人，进入梦乡。她才不在意和顾南风有什么瓜葛，除了新一天的赚钱大计，她什么也不在意。

第二天，姜茶茶十点钟准时出现在学校食堂，只见顾南风跟一尊神佛一样立在那儿，就等她出现。

他是来守株待兔的吧？

姜茶茶掏出他的手机晃了晃，他伸手要拿，她灵巧地将手背到身后："不管怎么说，昨天你的视而不见让我损失了手机是事实，怎么你也得意思一下，赔点给我吧？"

顾南风好整以暇地点头，也不想评价某人没有事实根据的白眼狼行为，而是道："好，那我给你选，是要现金呢，还是今天能进内堂看中午菜品的绿色通道？"

姜茶茶眼珠子一转，选择了急刹车："凭什么你说了算？食堂现在归你管了？"

顾南风自然不会把自己的真实目的透露半个字，他侧身直接给她看陈默达对他点头哈腰的殷勤模样。

……

考虑到他一米八五的绝对体形优势，姜茶茶告诉自己好女不吃眼前亏，她点头选择后者。

顾南风拿回手机，放她进去。

姜茶茶一步三回头，盯着他，总觉得哪里不对劲，那股危险气息越来越浓。

她没看到，逆光而站的顾南风眸子里透着不易察觉的算计。

姜茶茶在内堂的白板上记录今天的菜单，一旁的陈默达用手肘轻轻捅她："茶茶，顾大公子居然能放你进来，你到底是怎么做到的？"

见陈大叔脸上难得散发八卦的光辉，姜茶茶也礼尚往来："陈大叔，他不是高高在上的顾公子吗，怎么最近老往食堂跑？他到底在干吗？"

陈默达没注意到姜茶茶不答反问，摸摸下巴道："这个具体的我也不清楚，不过应该和食堂最近的营业额有关系吧。我不是说了吗，上面有人开始重视这件事了。"

姜茶茶皱眉，难道她察觉到的危险真的和顾南风有关系？

不是吧，一个堂堂集团的公子爷会管这档子闲事？

姜茶茶半信半疑地拿着最新情报出食堂，正准备去公司和金小灿做交接，不想顾南风这家伙还在门口等着。

姜茶茶一脸警惕："你还想怎样？"

顾南风双手背在身后，态度极其诚恳："姜茶茶同学，我想我们之间有些误会，彼此留下了不好的印象。我们都是同学，没必要成为敌人，你说对吧？"

话是没错，可是姜茶茶垂眸看着他伸出的友谊之手，心里怎么瘆得慌呢？

他到底想干吗？

“我也没觉得我们是敌人啊！只不过……”

姜茶茶还没说完，顾南风把她的手拉过去握住：“那这样真是太好了，为了表达我的歉意，请一定要给我个道歉的机会。”

姜茶茶还没反应过来，就被他推着往前走。

几分钟后，她被带到学校对面的小吃街，落座于比萨餐厅。

姜茶茶盯着桌上某人慷慨点的双人套餐，顿时了然，双手抱臂：“顾公子，如果你想用这种方法拖住我回公司，也太幼稚了吧。”

顾南风坐姿笔直，被从落地窗照进来的阳光笼罩，像镀了一层金的铁甲战士。他微微启唇：“怎么会，你现在就可以发消息给员工，准备中午的外卖。”说着，他变戏法似的拿出一部崭新的手机推到她面前。

姜茶茶不由得一愣，刚才他说出去一下，是买手机去了？

姜茶茶打了个寒战，瞅他：“你不用这么客气，真想让我发消息，借一下你的手机给我就好。”

顾南风拿出自己的手机递上：“好吧。”

姜茶茶一边把今天食堂的菜单发给金小灿，一边满脸疑惑地盯着顾南风。

信息发送完毕后，姜茶茶拿了一小块比萨起身：“那这个就当作我接受你的歉意了。手机太贵重，心领。我还有事，就先走了。”

顾南风没有挽留，而是脸上带着一抹浅笑，目送姜茶茶离开。

“姜茶茶，第一回合，就让我们拭目以待吧。”

“为什么点单量突然少了大半？”办公室里，姜茶茶和金小灿四目相对，各自拿着手机，手机异常安静。

金小灿也是一脸茫然：“不知道啊！”

这还是第一次出现这种情况。

姜茶茶皱眉：“这说不通啊。”她想到顾南风递过来的手机，不由得问金小灿，“你确定是按照我发给你的菜单准备的吗？”

“嗯，是啊！”金小灿把手机递过去给她确认。

姜茶茶看到信息内容后，确认顾南风在她离开之后没有动手脚，那就是之前动的手脚！

姜茶茶脑子嗡的一声响，犹如醍醐灌顶。

“茶茶，你去哪儿？”

金小灿追着姜茶茶来到学校食堂，果然看到热气腾腾的窗台里不是自己亲眼看到的那些菜品。

陈默达已经遁地不见。

可恶！

金小灿指着菜盘惊呼：“老板，这……这和你给我的不一样啊！”

姜茶茶：“我有眼睛，我看得见。是顾南风。”

金小灿又是一阵惊呼：“顾南风？顾大公子干吗要针对我们？”

姜茶茶头疼，捂着额头：“我也想知道。”

如果说是因为结梁子才这样，不可能，在和她结梁子之前，他就已经出现在食堂里了。

姜茶茶转身间，顾南风和徐标双手抱臂靠着墙壁，满意地看着他使坏的成果。

顾南风抬眸，迎上姜茶茶的目光，十分绅士地冲她点头致意。

姜茶茶瞪着他，示意金小灿：“小灿，我们走。”

“哦，好。”

姜茶茶和他擦身而过，心里只想着要坚持把不多的单子送完。

晚上她一算账，和以往比，今天的营业额少了足足一半。

金小灿有些焦急：“茶茶，这样下去可不是办法啊！”

“这样下去当然不行。”姜茶茶捏着钱，心里燃起熊熊烈火。

她本来还想着他是自己的粉丝，想说可以重新认识一下的，没想到……

她特别讨厌这种好不容易好起来又跌下去的感觉！她必须想办法把顾南风赶出食堂！

……

另一边，顾南风看着食堂今天上升的营业额，徐标从他身后探出头来："按照这个趋势，三个月提高五个百分点，不是信口开河呀！兄弟，你怎么办到的？"

"我以为有多复杂，只要拦住她，不给她提前做准备的机会就好了。"顾南风把报表扔到桌上，微微挑眉。

徐标看向顾南风："我怎么听说，今天你不但让她进食堂了，还买了一堆比萨给她？"

顾南风皱眉，徐标耸耸肩："没办法，比萨店有我女朋友，她跟我说的。"

顾南风没好气地白他一眼，伸懒腰："今天我是请君入瓮，再来了个将计就计。明天开始就不用这么麻烦了。"

徐标见他如此自信，忍不住多嘴："你确定姜茶茶容易搞定？"

顾南风把头埋进一堆从图书馆里借来的资料里，回应徐标："嗯，剩下的实践工作就交给你了。"

徐标：……

将食堂的营业额提高五个百分点这件事，顾南风没打算放百分之百的精力在里边。眼下有一个海洋环境的学术报告会，请了很多国内外的专家，他得全心全意做一份报告出来，在那些专家面前好好露脸。

第二章

你不要再缠着我了

第三天一大早，姜茶茶出现在食堂后门，盯上补给运输车。

她特意打扮得十分低调，还借了食堂工作人员的工作服。忙碌搬运期间，是绝对不会有人注意到她的。

她的行动计划是等进去确定菜单后，再把厨房里的部分重要厨具打包带走，秉承巧妇难为无米之炊的道理，让午饭落空，算是给顾南风小惩大诫。

不过想象很美好，现实让人很烦恼。

徐标清亮地唤出她的名字："姜茶茶同学，早啊！"

姜茶茶心一凉，还是硬着头皮送上微笑："这不是给小费的小哥哥吗？这么巧，你怎么在这里？"

徐标走上前，明知故问："我在这里很奇怪吗？"

姜茶茶抿唇笑。

"确实很奇怪。"徐标自问自答，"这里是食堂后勤的地方，按理说，我们学生都不该出现在这里。最重要的是你，"他将她从上到下打量了一遍，“还这身打扮。”

姜茶茶转动眼珠子，赶紧说道：“我……我来这里当义工啊！平时陈叔他们那么忙，经常忙不过来，你说是吧？”

徐标微笑。

和他对视两秒，姜茶茶索性把自己的厨师帽扯了下来，知道这谎话扯得很尴尬：“是顾南风派你来的对吧？”

徐标颇为满意地点头：“原来你早就把我们的关系理清楚了。”

姜茶茶耸肩哼笑：“这关系很难理清吗？”

徐标也笑：“那你也应该理清顾南风这个人呀，他一个大集团公子，突然管起食堂来，你想会是他一时心血来潮吗？”

姜茶茶看他指指天空，笑容意味深长。

徐标继续说道：“所谓受人之托，忠人之事。我看姜同学是一个聪明人，该知道鸡蛋碰石头是没有胜算的，不应该在这里浪费时间。如果我是你，就不会死磕在这里，你可以试着拓展业务范围啊！”

虽然他说话傲娇，同某人一样讨厌，但姜茶茶不得不承认，他这话说得有道理。

她可以和顾南风斗智斗勇，但一寸光阴一寸金，浪费时间就等于浪费金钱。

姜茶茶权衡利弊，后退一步：“多谢小哥哥指点迷津，不过你也转告那个家伙，我是不会就此认输的。大家谁赢谁输，各凭本事。”

徐标点头：“我一定转达到位。”

姜茶茶转身走掉。

虽然徐标的建议姜茶茶在心里也早已酝酿了好久，知道迟早要执行，不过还是比想象中来得快了很多。

金小灿在办公室里围着姜茶茶团团转：“时间这么紧，我们忽然转移阵地，要选择哪里啊？”

姜茶茶一直坐在电脑前没说话。

金小灿瞅着她，踌躇着发表意见：“不然，今天我先收工？”

姜茶茶伸手直接把金小灿的脑袋摁在桌上：“停业一天，你知道会损失多少钱吗？”

“我错了。”其实也没多少钱，不过是少一天的收入罢了。不过这对于姜茶茶来说，就是不进则退。

这时，姜茶茶的新手机响了。

姜茶茶拿过手机一看，眼睛忽然亮了起来：“新地盘，有了！”

金小灿怔了怔。

半个小时后，她们出现在T市文化馆内。

金小灿盯着海洋环境学术发表会的海报，僵硬地扭头：“老板，这就是你说的新地盘？”

姜茶茶点头：“对呀，要不是我加了各大信息交流群，哪儿会有这么灵通的消息呢？这种学术发表会一般人很少有兴趣，知道的人少之又少。今天这里的一百多号人，就是我们的目标客户。”

金小灿尴尬地扯起嘴角，心说确实。

不过正因为如此，对海洋新闻有特殊爱好的姜茶茶做起生意来，真是拥有得天独厚的优势啊！

此时此刻，姜茶茶双眼放光，像要去搬金山银山一样意气风发：“走！接单去！”

文化馆内安静的氛围，让姜茶茶和金小灿都识趣地悄悄进行营销推介。

姜茶茶注意到有工作人员在大展会厅里准备着发布会的工作，工作人员和嘉宾最直接的区别是，工作人员脖子上挂着的是黄牌，而嘉宾则是蓝牌。

她进了洗手间，悄悄拿走一个工作人员的黄牌，然后跟着嘉宾进电梯。

她只要到了嘉宾休息区，挨个儿记下他们中午要吃的菜，就完美了！

“叮咚。”

电梯刚开门，姜茶茶就僵在了原地——是顾南风！

几乎是本能地，姜茶茶立刻把头低下去，努力将自己隐匿在人群中，默念隐形！

先出后进，很好，这样她就不会被他发现了。

“不好意思。”不想就在姜茶茶要迈出电梯的千钧一发之际，一个心急要出电梯的大块头挤了一下她。

姜茶茶往一旁的电梯壁跌靠过去，顿时失去前面的人的“屏障保护”，顾南风发现了她！

“姜茶茶？”

姜茶茶心里有一万匹野马奔腾而过，脸上却只能保持平静：“这么巧。”

顾南风盯着姜茶茶脖子上工作人员的挂牌：“确实挺巧的，不当外卖员，改来这里当工作人员了。”

姜茶茶点头微笑，迈步出电梯门：“那你忙。”

不想下一秒，顾南风抓过她的手臂就将她往电梯里扯。

下一刻，电梯门关上。

刚才拥挤的电梯里此刻只剩下他们两个人。

姜茶茶瞪眼：“你干吗？”

顾南风眯眼：“这个问题应该我问你才对。我到哪儿你就到哪儿，姜茶茶，你是不是故意跟踪我？”

“怎么可能？你想多了。”

“姜茶茶，说什么顶了虚名都是吹牛的吧。”顾南风那张让人无法抗拒的脸逼近她，“有胆子告白，怎么没胆子承认？”

姜茶茶忍不住翻了一个大大的白眼：“我是新闻系的，这里有发表会，我出现在这里很奇怪吗？”

顾南风挑眉，忍不住笑了：“你的意思是你是出于专业，才出现在这里？姜茶茶，你是食堂里接不到单才来这里，为了赚钱而已。眼睛里只有钱的人，谈什么专业？”

封闭的空间里，明亮的灯光让姜茶茶看清了顾南风眼里的讥讽。

姜茶茶心里很不舒服，却一时间又不知道如何反驳。

这时，电梯门再次打开。看到想要进来的几个人纷纷错愕地望着他们，姜茶茶心里的小恶魔飞舞起来：既然我毫无专业性可言，那就更不用和你讲什么人间道义了。

她就着此时二人的姿态，顺势诬陷起来：“我拜托你不要再缠着我了，我们已经分手了！”目光要坚定、痛苦、无奈！

顾南风愣住了。

“就算你费尽心机告诉我，你有多么爱我，我也不会答应同你复合的！我已经有喜欢的人了！”她将声音提高，让所有人都听到！

顾南风：“你……”

“对不起，你不要再缠着我了。”姜茶茶带着哭腔，说完推开他，冲出人群。

顾南风一时无语。

这个臭丫头！

姜茶茶脑补了一下被留下来的顾南风承受那些人异样的眼光的画面，得意一笑，心情顿时好了起来：既然你口口声声要把这告白的脏水泼到我头上，我索性就见招拆招，再主动把你甩了！

看你怎么办！

在这种快感下，姜茶茶的接单工作也异常顺利。

为了防止顾南风使坏，她特意把剩下的事情交给金小灿，自己留在馆内随时监督这里的情况。

不过事实上，姜茶茶发现自己想多了。

顾南风是发表会上安排的学生代表，她再次看到他的时候，是在发表会的台上。

“下面有请T大海洋管理系的顾南风。”

顾南风上台，应该是上台前打扮过了吧，姜茶茶竟觉得他人模狗样的，在灯光下闪着耀眼的光。

他背后放着制作的PPT，起先有些紧张，但很快就进入状态，他摊手自信地发表演讲的样子，比起那些教授有过之而无不及。

姜茶茶有点好奇他会说出什么花来，便在角落坐下来。

不听还好，认真听了听，她发现原来他也不是不学无术、纯傲娇的啊。

姜茶茶高高噘起的嘴巴一点点服气地平复下来。

他利用自己经济上的优势，走遍全世界的海洋，亲自拍下海洋照片当资料，还搜罗来一些在网上根本就找不到的海洋环境研究资料进行展示。

单这些资料他就高人一等，足见用心。

而且分析的部分他有截取一些她的理念，却不是照单全收，而是利用自己的知识进行整理。

他很明白这种报告会容易陷入死气沉沉、无聊的气氛，所以说话简单利落，并且在恰当时刻会抛出些顽皮话。

“什么嘛，瞎嘚瑟什么，为了显摆自己是大少爷，去过世界五大洲吗？

“和V国的大默克教授认识，了不起。

"居然对我的报道理解得挺深刻。

"英文讲得还挺溜，伦敦口音，哼。"

……

不经意间，顾南风的目光对上暗地里喃喃自语的姜茶茶。

姜茶茶的脸蓦地红了一片，赶紧把目光转移到一边，慌忙起身，慌张地推开展厅的门，差点撞上提着外卖回来的金小灿。

金小灿下意识地把身体往后缩："老板你干吗？偷东西了？"

姜茶茶愣了一下，回神。对啊，她慌什么？她没偷没抢，不过就是被那家伙看了一眼嘛！

不过那一瞬间，顾南风的眼神像无形中伸出了一只手突然捉到了她。

她被吓了一跳，所以心脏才扑通扑通地狂跳不止吧。

姜茶茶帮金小灿拿了一些外卖，说："你先不要进去，我们在外边等着。"

金小灿愣愣地说好，疑惑地瞄着姜茶茶红晕未消的脸。

发表会告一段落后，姜茶茶和金小灿把外卖递到每个客户手中。

末了，顾南风站在一旁，和几个教授交谈几句后看向她们这边。

姜茶茶从他的眼神中读到深深的鄙夷。

她本来是不想搭理他的，他却隔着来往的人流和几排椅子高喊她的名字："茶茶！"

还去掉姓氏！

……

"茶茶！"对方提高音调，还加入转音。

姜茶茶满脸郁闷，她意识到她如果不过去，他肯定不会善罢甘休。

她硬着头皮走到他跟前，眼珠子都快要瞪飞出去：“你是彻底想要顺着我的诬陷往上爬是吧？”

“托你的福，我是跳进黄河也洗不清了，干脆不跳了。”顾南风狡猾地将姜茶茶上下打量了一遍，“仔细看看，你长得还行，我勉强接纳。”

“你少说废话，到底想干吗？如果是想要在我的接单路上搞怪，如你所见，我已经送餐完毕，钱也早一步通过支付宝转了。你有什么能耐尽管使出来。”姜茶茶先下手为强。

顾南风看着某人龇牙咧嘴的样子，双手插口袋，语气轻松：“你想多了，我只管学校食堂的营业额，你在外边赚多少、赔多少，和我无关。”

姜茶茶眯眸：“哦，这样啊！不过学校食堂的这块肥肉，我是不会轻易放弃的。徐标没和你说吗？”

顾南风也淡淡一笑，颇为好奇地问：“我有一百种方法让你进不了食堂，你那个间谍陈默达也已经彻底被我收入旗下，你还能怎么办？”

姜茶茶毫不示弱地挑眉：“之前不为我所用的，之后可以为我所用。你锁得住一个两个，还能锁得住全部人？”

顾南风若有所思地点头：“你说得有道理。”

姜茶茶懒得和他废话，转身就要走，只听身后的他幽幽开口：“那我让你的公司做不下去就好了。”

这是姜茶茶第一次赚了钱还郁郁寡欢。

两个人坐在星巴克里，金小灿咬着吸管给愁眉不展的姜茶茶提可能性：“可能集团少爷都是无聊的，所以想要拿我们公司开涮？”

姜茶茶摇头：“不会，我看他发表演讲，不像是不学无术的那种纨绔子弟。”

“这年头的纨绔子弟，不一定不学无术啊！”金小灿噘嘴。

“说得也有道理。”

“又或者他是看上你了？”金小灿一转眼就又往八卦上靠了，“想用这种方法引起你注意？”

姜茶茶目光冷冽：“你以为全世界都和你一样缺心眼吗？他这么吸引我，只会吸引到我的仇恨吧。”更何况，他那种眼高于顶的家伙，眼神里除了满满的鄙夷，再无其他！

金小灿喝了一大口拿铁压惊：“没有恨哪儿来的爱啊，人家可能就爱不走寻常路呢。”

姜茶茶觉得自己和头脑少根筋的金小灿在这里商量对策简直就是浪费时间。

忽然，金小灿拍桌，像发现新大陆一样：“老板，我们为什么要在这里瞎想浪费时间呢？”

姜茶茶苦笑，刚要说“哇，你总算和我有一样的领悟了”时，金小灿抓过她的手，含情脉脉地说道：“你们都已经是‘男女朋友’了，利用这层关系搞清楚对方的真实原因，不是大大的捷径吗？”

……

姜茶茶三秒后反应过来金小灿到底在说啥，然后觉得好像有点道理。

所谓人外有人，天外有天，速度外还有速度。

不等姜茶茶回到学校准备把她和顾南风的关系传扬，顾南风已经先采取了行动。

工商局的人找了过来，先是要求姜茶茶出示营业执照，再是检查营业资质，一番流程下来，姜茶茶不死也被扒了半层皮。

最后，工商局的小哥哥提出要姜茶茶按照他们列举的清单进行整改。

姜茶茶赔着笑脸将他们送走后，瘫坐在椅子上，心里的怒气像海啸般一浪接一浪。

“老板，我们小本经营，说白了就是一个接单赚差价的皮包公司，哪里禁得住这样折腾呀！”金小灿抱怨，“这摆明了就是跟我们过不去！我深深地感觉，这还只是一个开始！”

姜茶茶本来就头疼，听金小灿这么一说，就更闹心了。

不过她可不是会轻易认输的人，才不会被顾南风这么一吓就闭门歇业。不蒸馒头还要争口气呢，想到自己在老爸面前夸下的海口，她果断做出决定：“兵来将挡，水来土掩，钱该怎么赚就怎么赚！”

金小灿点头的同时，瑟瑟发抖。

顾南风在宿舍里接电话，他托人办的事得到了满意的结果：“辛苦你们了。”

那头的人忙说“不辛苦，不辛苦”，还想和他多聊几句时，他就利索地挂掉电话了。

徐标耳朵尖，凑过来问：“你还真派人去找姜茶茶外卖公司的麻烦了呀？”

顾南风低着头看发布会上查理教授给他的书，以沉默回应。

徐标笑：“你不是说只要拦着她，让她不去食堂，不耽误食堂营业额就成吗？怎么，你还真要跟人家过不去？”

顾南风：“是她自己主动下的战书，我不好不接。”

“喂，你该不会是真看上人家了，才这么不依不饶吧？”徐标用手肘捅他的腰，一脸了然的笑意。

顾南风无语地扭头，盯着某人眉飞色舞的模样：“看上人家的该不会是你吧？我从没见你这么多管闲事。怎么，看到那丫头遭难，你心疼了？”

徐标耸肩：“起初我没觉得，那天在食堂后门真堵到她了，觉得她这个女生挺可爱的，做事有韧性，还带着一股不服输的劲儿，挺有意思的。”

顾南风没好气地哼笑：“我是没见过比她更市侩的女人了。”

不仅市侩，还阴险狡诈，投机取巧！

想到她曾经在校报上敲锣打鼓般对他告白，还……还在文化馆内当众诬陷他纠缠她，他就感到反胃！

徐标瞅着顾南风专心致志的模样，再瞟一眼电脑上开启的文档，不由得皱眉：“马里亚纳海沟即将灭绝的奥瑞纳克鳄鱼，你又要作报告？不是刚参加完一个发布会吗？”

“我写的报告很受查理教授喜欢，他让我再写一个更加详细的。下个星期一，他要在我们学校接受采访。”顾南风说这话时虽然神情镇定，但是言谈之间还是透着傲娇的意味。

“下个星期一，那不是只有三天了？”徐标眉峰高挑，“所以你要熬夜干了吧。”

顾南风头也不抬，修长的手指在键盘和书本间来回飞跃。

徐标静静地瞅着他，再静静地把他的手机拿过来。

十分钟后，顾南风的手机响了。

“喂。”

“你好，你的外卖到了，你下来拿一下吧。”

“外卖？我没点外卖呀。”

“兄弟，我们都很忙的，不要开玩笑了好吗？你到窗口来看一眼，我就在你宿舍楼下呢，快点来拿走好吗？”

“姜茶茶？”

“顾南风？”

顾南风下楼，和从头黄到脚、站在踏板上的姜茶茶惊奇加仇视般地相互对视，目光间刺啦刺啦地擦出火花。

“顾大公子，你不是很看不起我吗，那干吗还订我的外卖？”

“这里边一定有误会，我本人没订你的外卖。”

“反正呢，收了你的钱，东西我就给你送来了，再见。”姜茶茶交接完毕后，一刻都不想多待。

“等一下。”顾南风喊住她。

姜茶茶转身，咬着唇问：“顾大公子还有什么事吗？”

“我怎么知道，在我下楼期间，你有没有往我的外卖里吐口水或者下药呢？”

姜茶茶双手叉腰，在内心告诉自己不要生气：“顾先生，我们是有职业素养的好吗？”

顾南风直直地看着她：“对于一个随时会演戏的人，很抱歉，我并不相信。”

这时旁边有男生刚打球回来，路过他们两人身边，不由得行注目礼。

“顾南风也点上外卖了？”

“不是，听说这姜茶茶是他女朋友。”

“什么！真的假的？对对，姜茶茶曾经在校报上公开告白顾南风，看来是真的把顾公子拿下了。”

“我听我朋友说的，他们在文化馆开学术会的时候闹过，被人看到了。”

……

很好，流言传得永远比流感还快。

顾南风蓦地搂过姜茶茶的腰，戏谑地眯眼睛：“茶茶，不如我们上去，你看着我慢慢吃？”

姜茶茶被吓了一跳，瞪大眼睛忙要推开他。

这时又有一拨女生从这边经过，看到他们这样的“亲密行为”，纷纷投来哀怨、愤恨的眼神。

姜茶茶忽然想起金小灿的提议，推他的手顺势变成揪袖子：“行啊，我们走吧。”

男生宿舍女生是要止步的，不过顾南风的脸对于宿管阿姨来说就是通行证，再加上姜茶茶的外卖服助力，他就这样拉着她上了三楼。

宿舍门一关，顾南风和姜茶茶立刻像两只触电的水母一样，各自把手缩回，自动退至安全距离。

顾南风看到徐标没在，心里的猜测多半有了答案。他打开外卖，坐下：“如果等一下我有什么身体不适，你就是罪魁祸首。”

姜茶茶一边环顾四周，一边心不在焉地应付：“如果等一下你没什么身体不适，我就向你索要赔偿费和名誉损失费。看在校友的分上，我会给你打个七折的。”

姜茶茶注意到顾南风电脑上建立的文档，不由得笑出声。

顾南风吃了一口面，回头：“你笑什么？”

姜茶茶指着屏幕：“奥瑞纳克鳄鱼基本在古巴和委内瑞拉附近；马里亚纳海沟是世界最深的海沟，至今还没有人完全能证实里边有哪些生物，你轻易下结论说濒临灭绝的生物有十到二十种，这数据根本不严谨。还有，T市的海洋支流最适合作对比的，应该是……”

顾南风把叉子拍到桌上，冷冷打断：“你知道什么，随意评论！”

姜茶茶愣了一下：“我只是说一下我知道的常识。”

“你是哪个系的？”顾南风眯眼睛。

“新闻系。”

顾南风：“记者要做的事，是描述和记录，而不是评论和评定。更何况你说外卖成本多少、赚了多少我能相信，其他的，你自己信吗？”

姜茶茶：……

这个家伙真是够让人讨厌的！

姜茶茶拿起他桌上她用“海笑”这个笔名写的报道，不假思索地问：“我说的你不信，那她说的你怎么就没怀疑过？”

顾南风从她手里夺过报道资料，拍了拍姜茶茶碰过的地方：“她是热爱海洋环境的执笔者，和你完全不是同一个级别的。”

“信念懂吗？”顾南风看着姜茶茶，“听说你在新闻系成绩烂，交的作业不是采访小区大妈，就是三流明星的花边新闻，这么敷衍了事，你怎么可能懂。”

姜茶茶抿唇，又好气又好笑。

没错，为了讨江教授的欢心，表面上顺从他说的记者理念，她都是做两手作业，关于海洋环境的那些报道都是用“海笑”的名字发表出去的，交给教授的都是顾南风嘴里说的那些。难怪他会这么看她。

“你有在打听我！”姜茶茶眼波流转，一个跨步走到顾南风跟前，打量他别扭的神情，“你该不会真的喜欢上我了吧？”

顾南风盯着她搭到他肩上的手，再看她一身外卖服，像听到一个很值得笑的笑话一样哑然失笑：“谁？我吗？你说我喜欢你？”

姜茶茶趁势追击，故作头疼地抿嘴笑：“不然你为什么费尽心思找我麻烦，还扬言要我的公司做不下去？虽然行为幼稚，但我想来想去，除了这个理由，真不明白你到底是为了什么，和食堂较劲，和我较劲？”

看到某人如此自恋，顾南风气极反笑，神经稍微放松了：“我是……”

姜茶茶下意识地呼吸一紧，等待他的真实答案。

不想顾南风突然反应过来，脖子往后扬了扬：“我是私人原因，为什么要告诉你？”

……

这小子的警惕性真强！

“总之，是什么原因也不会是我看上你。”顾南风用手指戳开姜茶茶的额头，一脸嫌弃，“你就死了这条心吧。”

眼见煮熟的鸭子到嘴边还是飞了，姜茶茶失去耐心，指着她的外卖：“现在我可以走了吧，你吃了以后没有任何不良反应不是吗？”

说着，她撞开他，径直往外走。

顾南风被她提醒，目光落在只吃了几口的面条上，微微出神。

不能提前知道食堂菜单，姜茶茶的外卖生意大不如前。

不过她迅速想出新的方案，那就是私人定制。

仗着自己就是T大学生的优势，她把同学们都拖进微信群里，谁想吃什么，可以报给她，她再下菜单。如果有些人想要吃的她不能立刻订到，需要花时间，那就额外算跑腿费。

而同学们通过她来点外卖，得到的优惠就是——

下一单可以获得一定折扣的东西，这部分的差价由姜茶茶来填补。姜茶茶算过了，这样虽然赚得少一点，麻烦一点，但从长远来说，可以把客户牢牢抓在手心，并能基本满足那些“今天不愿意吃食堂”的顾客的需求。

安静几天的手机，慢慢地恢复了此起彼伏的叮咚声，金小灿的信心也跟着回来了。

只是在这样美好的景象里，姜茶茶忽略了一个变量——顾南风。

晚饭下单的高峰期，姜茶茶接到了顾南风的电话：“我要订一个B记的牛肉焗饭，你亲自送过来。”

姜茶茶听出是他，脸色立刻冷下来：“为什么？我不要。”

顾南风："双倍跑腿费。"

……

他还真会抓她的软肋。

顾南风又说："事实上，你的内心已经对我的提议妥协了。"

那自信的语气，让人听得刺耳！

姜茶茶猛地挂断电话，把单推给金小灿："小灿，你去送。"

金小灿贼兮兮地笑："人家顾大公子指明要你送，老板，我可不敢抢活儿。"

"你的耳朵怎么这么尖？"

"老板，顾客至上。"

姜茶茶无奈，只好订了 B 记的牛肉焗饭，慢吞吞地出发。等到她到男生宿舍楼里的时候，比预计的三十分钟超了十五分钟。

姜茶茶连台词都想好了，如果顾南风发难质问她为什么来得这么晚，她就可以说为了他高贵的胃着想，以后还是直接订学校外面的外卖吧。

可是等她推开他的宿舍门，只见他戴着眼镜正在翻书，丝毫没注意到时间的问题，更别说兴师问罪了。

姜茶茶把饭放到他跟前，敲敲桌面："你的饭已送到。"

顾南风头也不抬地"嗯"了一声。

姜茶茶对着他的头，无声地在空气里"挥打"了几拳。

她转身间，顾南风又说道："你们最晚送到几点？"

姜茶茶扭头，准备把十点说成八点："我们……"

顾南风推推鼻梁上的眼镜，打断道："如果我加外送费的话，你随时都可以起来送吧？"

……

他目空一切的模样真欠揍！

姜茶茶阴阴冷笑："晚上的外送费是很贵的。顾大公子，如果你脑子没毛病的话，其实可以直接点学校外的。”

顾南风打开袋子，把焗饭拿出来：“我有钱，我乐意。”

摆阔！姜茶茶摔门而去。

转身间，她撞见一张熟悉的面孔，徐标。

徐标主动跟她打招呼：“姜茶茶同学，来送外卖？”

“嗯，送给顾南风。”姜茶茶耸耸肩。

徐标的神情很意外，讪笑两声：“是吗？”

“他说我筛选过的外卖口味挺不错的。这不，晚上的夜宵也让我送。”姜茶茶故作不好意思地笑笑，“徐标同学，我有事想问你。”

最坚固的堡垒往往是从内部被攻破的，当事人警惕性那么高，从他身边的朋友下手，总能套出一点话来吧。

姜茶茶请徐标喝奶茶。

“你知道顾南风为什么那么在意食堂的营业额吗？他好像很烦恼的样子。”姜茶茶表现出很关心的样子。

两人站在花园里，徐标一只手拿着奶茶：“很烦恼吗？还好吧，他说你很好搞定的，哈哈哈。”

姜茶茶面上赔着笑，心里在喷火：“是吗？”

徐标打开话匣子，倒是很自来熟：“我昨晚还问顾南风，既然你这么好搞定，为什么他还要找你麻烦，是不是看上你了？”

姜茶茶抚发，故作害羞，内心窃喜：很好，就朝这个方向误会，就等着你说出我想要的答案呢。

“其实他突然要操心食堂营业额的事，是因为和他老爸的约定。如果在三个月内，他不能把营业额提高五个百分点，他老爸就不给他经济支持，还要他转系去念金融管理，将来好继承家业。”

原来如此！

姜茶茶的脑海里突然浮现出顾南风认真准备报告的样子。

“所以你的意思是，顾南风不愿意转系，不愿意继承顾氏集团，才这么拼命和我对着干？”

徐标喝了一口奶茶，略作停顿：“算是一种我们这个圈子里的叛逆吧。但他追梦过后，还是要回到现实的。”

徐标的这番话意味深长，很值得回味。

姜茶茶一时没回过神来，徐标笑着拍她的肩：“姜茶茶同学，你可千万不要轻易认输啊！”

看徐标一脸看好戏的样子，姜茶茶忍不住内心犯嘀咕：这家伙到底是站哪边的？

终于知道顾南风这家伙为什么突然多管闲事后，姜茶茶像抓住了他的小辫子一样开心。

晚上，顾南风打电话让她送夜宵时，她没拖拉，迅速出现在他面前。

图书馆里，顾南风看着笑容格外灿烂的某人，不由得警惕地说：“谢谢，你可以走了。”

姜茶茶则拉过椅子，在他对面坐下：“这么晚了你还在奋斗，不如我来帮帮你吧。”

顾南风嫌弃地从她手里夺回了自己的资料书：“你看得懂吗？不需要。”

姜茶茶又夺回来：“你怎么知道我看不懂？合作才能共赢，没听过吗？”

顾南风皱眉：“共赢？”

姜茶茶转动灵活的大眼睛：“是啊，说不定知道我能帮上你的忙后，你也会大发善心帮我的忙。”

顾南风仍然半信半疑。

姜茶茶很快把他要找的资料都找出来，用便利贴贴好，还很有眼力地顺着他在写的报告条理，把要用的资料递上，不用的及时拿开。

不仅如此，她还把他需要打印的都拿去打印好。

等顾南风忙过一阵子，抬起头，发现姜茶茶已经不在位子上了，而她给他弄好的资料都安静地放在一旁，最上边还贴着一张便利贴：图书馆十一点关门，记得早点回宿舍。

在便利贴右下角，某人还特意画了一个大大的笑脸。

另一边，姜茶茶送完最后一单外卖，回到宿舍已然筋疲力尽。

金小灿以为姜茶茶送顾南风这单送到现在，颇为激动："老板！你和顾大公子是不是有什么神速进展啊？"

"神速你个头啦！不过进展嘛，还是有一点的。"姜茶茶没好气地说道，随后把她留下来帮了顾南风一下的事告诉金小灿。

金小灿捂嘴惊呼："老板，你干吗不留下来？让他对你表达谢意，才不吃亏嘛。"

姜茶茶把帽子拿下来，得意地抚发："你懂什么？我提前离开，待他反应过来发现我不在时，对我的好感才会倍增。"

金小灿受教般地点点头："老板，你知道的还真多啊！"

姜茶茶挑眉："那是！"

金小灿把热水递给姜茶茶："老板，可在我的印象里，你好像没谈过恋爱吧？"

姜茶茶瞪眼："这叫情商懂吗？"

金小灿"哦"了一声，缩回自己的活动范围。

姜茶茶脱下外套，拿过洗漱用品往洗手间走。

面对镜子，她的脑海里不由自主地浮现在图书馆认真撰写报告的某人。

他认真的样子好像没有他说话时那么讨厌；那本他收集的关于她的报道的书，看上去有些破烂了，证明他一直在看，那边缘包着的透明胶带证明他很爱护它；他会左右手同时开工；他戴着眼镜，却丝毫阻挡不了那双好看的眼眸散发光芒……

姜茶茶，你在干吗？姜茶茶猛地回神，拍自己的脸。

在安静的洗手间里，她听到自己的心跳好像加快了不少，是错觉吗？

第三章

顶多也是你勾引我

一连三天，顾南风作为姜茶茶的大客户，除了一日三餐，还不忘加上下午茶、夜宵什么的。金小灿直言，只要把顾南风一个人伺候好了，足以抵好多人的份。

姜茶茶算得精细，这里边不仅有跑腿费，还有她帮忙写报告的辛苦费呢！

只是这其中最大的弊端是，第一单外卖的跑腿费付了之后，从图书馆开始的那顿夜宵，他就一直拖欠着没结账！

……

“喂我。”

姜茶茶放下手里的奶茶和蛋挞，以为自己听错了：“什么？”

顾南风双手敲打键盘，抬眸扫她一眼：“没看到我两只手都忙着吗？”

姜茶茶：“那等你闲下来再吃。”她可不附赠这服务！

“你是不是不想要钱了？”顾南风威胁。

说到钱，姜茶茶气不打一处来，摊开手："那麻烦你把钱先结一结！至今为止，我只拿到你三张人民币好吗？"

顾南风笑笑："我是顾南风，你还怕我付不起这点钱？快点，我肚子饿了。"

姜茶茶感觉自己掉进了陷阱，他这是想继续拖着啊！

顾南风张开嘴，用行动示意她迅速一点。

姜茶茶听到自己的手机不停地响，为了不耽误后面的单子，她咬咬牙大步过去，把蛋挞递到他嘴边。

这时，好死不死地，徐标开门进来了。

两人不约而同地愣了一下。

徐标尴尬地挤出一丝笑容："那我等一会儿再进来，你们继续，继续。"

姜茶茶垂眸，只见顾南风的脸微微发红。

她突然觉得有趣，逗他："还喂吗？"

他抬起眼皮，和她对视一秒，淡定地回道："喂。"

姜茶茶的心跳漏了一拍，红着脸说："你就不怕你朋友误会我们是那种关系？"

顾南风盯着电脑，手指翻飞："不怕，我朋友有眼睛，顶多觉得是你在勾引我。"

……

姜茶茶恨不得把整个蛋挞塞进他嘴里。这话是什么意思？说她配不上他吗？哼！

姜茶茶粗暴地投喂完，要顾南风结账。

顾南风气定神闲地抹干净嘴巴，耸肩道："我现在身边没有现金，等我报告完成，一起算吧。"

"支付宝、微信转账也行！"

"我不玩那种东西。"

“刷卡也行，我随身携带了 POS 机！”

顾南风艰难地从电脑屏幕上移开目光，望着她：“我的是黑卡，消费的都是高端服务。你这种还是别在我的消费记录上留记录了。”

闻言，姜茶茶怒了，伸手扑向他要来硬的。

顾南风眼明手快地抓住她的双手，因为两个人的重力，椅子往后仰去。

就这样，姜茶茶把他扑倒在地。

两人四目相对，时间静止。

这一扑，发出巨响，守在门口的徐标不明状况，开门进来查看。

……

姜茶茶扭头，连忙摇头：“不，这是一个误会，不是你看到的这样。”

徐标硬着头皮刚要说话，只见从他身后跳出一个稍显臃肿的身影，对方看到这一幕后惊呼出声：“姜茶茶！这里是男生宿舍！不是你乱来的地方！”

“我……阿姨，你听我说……”

宿管阿姨不由分说地将姜茶茶丢出了男生宿舍楼。

顾南风还不忘卖乖感谢阿姨，然后站在窗户边朝姜茶茶投以得意的微笑。

“可恶！”姜茶茶愤恨的哀号声响彻校园。

她对顾大公子霸王硬上弓的传言迅速传开，拦也拦不住。

在接下来的送单日子里，姜茶茶听到最多的话是以下这种——

“姜茶茶，你都钓到金龟婿了，还这么辛苦送外卖干吗？”

“姜茶茶，听说你改变订单规则，就是想要给你男朋友让营业额，是这样吗？”

“姜茶茶，你真是太生猛了，冲到男生宿舍扑倒男神！果然这世道是撑死胆大的，饿死胆小的啊！”

金小灿不忘安慰自家老板：“老板啊，没拿到跑腿费就没拿到吧，能压倒一次顾大公子，也算是值了。”

……

什么鬼！

众口铄金，姜茶茶一开始还极力辩解，可到最后还是百口莫辩。

仔细想想，她最初让徐标误会，不过是为了套取情报；让顾南风误会，只是想戏弄他。

这么单纯的目的，她却是搬起石头砸了自己的脚。

忽然间成为校园风云人物的“女友”，姜茶茶无法形容这种复杂的心情。他们的关系包裹着被人羡慕的糖衣，可实际上是连半分真挚也没有的镜花水月。

她开心不起来，但也不能说讨厌，毕竟顾南风除了性格臭点之外，其他硬件、软件是真香。

如果能弄假成真，好像也不错，哈哈哈。

姜茶茶胡思乱想着踩着踏板往前时，突然一辆车挡住去路，她差点一头撞到车玻璃上。

姜茶茶刚想质问对方“这里是学校，不知道不能开车进来吗”。

后车窗被打开，坐在里边的男人扭头，气场强大，利落出声：“我是顾南风的父亲。”

几分钟后，姜茶茶坐上车后座，借着余光心惊胆战地打量着身边的顾启——五十多的年纪，身形高大，十分精神，穿着黑色西装，两鬓斑白却丝毫不影响他的帅气；棱角分明的出众五官完好地遗传给了顾南风，左手手腕上的镶钻手表貌似是某牌子的定制款。

有一种人，不说话，只是看一眼，就能知道是大人物。

顾启就是这样的大人物。

姜茶茶大着胆子开口："不知道顾叔叔找我有什么事？"

顾启不说话。

姜茶茶只好默默地把脑袋扭回来。

司机把车开到一家餐厅前。

顾启下车，姜茶茶也跟着下车。

两人落座，各自要了一杯茶，顾启这才开口："听说就是你压得T大食堂的营业额近一年都不太好？"

姜茶茶心下咯噔：不是吧，父亲替儿子算账来了？

她想了想，回道："您儿子一出手，直接就让我进不去食堂，我已经转移业务阵地了。"

顾启突然一笑，摇摇头："不，我不是让你故意输给他的意思。"

姜茶茶一怔，也笑了，刚才吓得都不会算账了："哦，对，您并不想让他在三个月内将食堂营业额提高五个百分点，您想让他转系来着。"

顾启眯着眼睛："看来你和我儿子果然在交往，这个他都告诉你了。"

姜茶茶再次一怔，意识到脱口而出的话又一次害到自己了。

"那什么，顾叔叔，其实我……"

"听着，顾南风的对象是不可能在外边随随便便找的。你的家庭背景我打听过，即便是和顾南风玩玩，也并不符合条件。但如果这次你能听话，我倒是愿意给你们一个相处的机会。"顾启并不打算听姜茶茶说下去，直说来意。

姜茶茶盯着他，喝了一口茶压压火："您说的听话，就是让我和顾南风对着干，让他在三个月内无法提高食堂营业额，是吗？"

顾启点头："很好，你已经听明白了。"

"听是听明白了，"姜茶茶点头，把茶杯放到桌上，"可我不打算这么做。"

顾启淡淡的笑容僵在脸上，继而生出冰冷寒意：“你说什么？”

“我想顾叔叔也已经听得很明白，我就不重复了。”姜茶茶起身，“学校还有课，我先行告辞了。”

“你不后悔？”顾启鼻间的冷哼带着绝对的威胁意味。

姜茶茶侧头看向顾启：“钱我会照常赚，课我会照常上。顾叔叔，我们虽然是小辈，要尊重你们长辈，但不代表就要言听计从。”

梗着脖子从餐厅里出来，姜茶茶在转角后突然像泄了气的气球，差点双腿软掉跪在地上。

她自然清楚得罪顾启是什么下场，严重的后果在她回嘴的时候她就已经想到了。

可是不知道为什么，刚才听到顾启那样说，她突然就冲动先于理智，直接拒绝了。

当下，她心底很是气愤。

电视里的桥段发生在自己身上，姜茶茶自然是心惊胆战的。她回到学校，去小卖部买冰棍吃。

每次心情不好的时候，姜茶茶就会买某老牌子的红豆冰棍，算是一种情绪的释放。

这种老牌子的冰棍在外边的超市都买不到了，一定要吃的话只能在网上按箱打包买。而学校小卖部的老板是一位老奶奶，对这种冰棍还有着割舍不下的情怀。

姜茶茶踩着踏板去了小卖部，兴冲冲地打开冰柜，却发现放红豆冰棍的位置空了。

她抬头问：“奶奶，红豆冰棍没有了吗？”

这时，坐在店里的奶奶接过一个男生的钱，指着他说道：“最后一根红豆冰棍在这个小伙子手里了。”

姜茶茶瞪眼，只见那男生把手里的冰棍包装袋拆掉，正要往嘴里送。

说时迟，那时快，在想要红豆冰棍的强烈欲望下，姜茶茶本能地冲过去，张开嘴一口含住了冰棍！

她抬眸，正好和正主错愕的目光对上。

男生僵住张开的嘴，一脸惊恐。

姜茶茶这才看清他的长相——白白净净，戴着一副无框眼镜，有着好看饱满的额头，头发有些长，有些乱，但丝毫不影响他出尘的气质。

发呆间，姜茶茶的嘴被冰棍的冷刺到了，她索性把冰棍从他手里拿过来，赔笑道："我已经吃过了，你不会吃了吧？谢谢你让给我。"

说着，姜茶茶把零钱放到柜台上，溜之大吉。

出了小卖部，姜茶茶把红豆冰棍咬得嘎嘣响，心里的恐惧终于去了大半。

顾启那么大一个人物，要打理顾氏集团，忙得要死，应该早就把她这样的小人物抛到脑后了吧？今天这次谈话，他只不过是为了给她敲一下警钟罢了。

"姜茶茶。"

姜茶茶在垃圾桶旁转过身，见顾南风顶着一张臭脸朝她走来。

"你和我爸见过面了？"顾南风抓过姜茶茶的手，一副逼问的架势。

姜茶茶有点被吓到："你……你怎么知道的？"

"你收了我爸多少钱，答应帮他对付我了？"顾南风眸光犀利，眼中像要喷出火来，"五万，十万，还是更多？"

"我……"

"我爸出手阔绰，应该不会只给你这个数……你是不是被吓呆了，激动坏了？"顾南风甩开她的手，讥讽的话语像甩出的飞刀，扎得人生疼！

姜茶茶先是怔了一下，随即恼意横生。

这父子两个真是有趣，轮番上阵，都这么霸道不讲理！

姜茶茶把冰棍的棍子扔进垃圾桶，看着怒气冲冲的顾南风，怒极反笑："没错，我就是和你爸站在一边，我答应他，三个月内拼尽全力压制你，让你不能赢和他的约定，乖乖转系！"

"你！"

"怎么样！"姜茶茶的气性上来了，梗着脖子逼近顾南风，誓不相让。

两个人剑拔弩张间，突然一个温和的声音打破了沉寂："你们在吵架吗？"

姜茶茶和顾南风循声望去，是刚才那个买红豆冰棍的男生。

男生迟疑地走过来，摊开手，手里一把零钱："我是来把钱还你的，奶奶不愿意收双份钱。"

他出现得很突兀，还钱还得也很突兀。

姜茶茶一时没反应过来。

"你不是说喜欢我吗？"只听顾南风突然说了这么一句。

姜茶茶恍惚间，只隐约捕捉到顾南风愤愤不平的表情，随即他就转身，头也不回地走了。

姜茶茶的心好似缺了一角，摇摇欲坠。

"嗯？"男生挥挥手，示意姜茶茶。

姜茶茶回神，接过几个硬币："谢谢你好心过来替我解围。"

男生先是一怔，继而笑了。

冰棍才一块五，他恰好出现，明眼人自然知道他不过是借着还钱来解围罢了。

"他是你男朋友？"男生问。

姜茶茶抬头，微微皱眉。

男生自觉逾越了，尴尬地耸耸肩。

姜茶茶越过他走掉了。

穿过空旷的广场，姜茶茶反复咀嚼顾南风那句“你不是说喜欢我吗”。

你不是说喜欢我吗？

你不是说……喜欢我吗……

他是在说校报上的告白吧。

原来他一直深信不疑。

也对，这其中的乌龙即便是真实情况，在外人听来也实属牵强，更何况她也没有正经解释过。

顾南风一直认定她喜欢他，所以她答应顾启就等于伤害了他。

一番分析下来，姜茶茶觉得自己之所以这么在意，就是因为伤害了一个人，不是特指顾南风，重点是伤害。

可是，他根本就没给她解释的机会啊！

而且，他凭什么摆出一副受伤害的样子？他明明就很嫌弃她呀。

姜茶茶郁闷了，她干吗因为他的一句话兀自纠结！

时光正好，念书、赚钱皆正道，切勿因为这些琐事扰乱心神，浪费时间。姜茶茶理理心神，准备去上课。

江教授是一个极其严格的老师，他包容学生多方面发展，但一定是在保证专业课出勤率的情况下。虽然姜茶茶把副业搞得很大，可江教授的课她一次也没落下，所以江教授才睁一只眼闭一只眼。

她刚到教室的前门，就看到教室中间，到了的同学都围着一个人在谈笑风生。

姜茶茶定睛一看，刚要打招呼，那个人先冲她挥手了：“茶茶！”

不等姜茶茶走过去，对方就拨开人墙，朝她跑过来，一把拥住她。

“茶茶，我好想你！”唐美妮把头埋进姜茶茶的脖颈，肆无忌惮地表达思念之情。

姜茶茶拍拍她的背：“别人看了，还以为你离开好几年了呢。不过是去英国当了几个月交换生，有这么夸张吗？”

唐美妮没好气地噘嘴，好看的眉眼即便是生气也是可爱的：“我可是每天都忙着上课，还有想你。你忙着赚钱，都快把我忘了吧？”

姜茶茶嘿嘿笑：“哪儿能啊！你一直在我心里。”

唐美妮再次狠狠抱了抱她，这才依依不舍地放开。

如果说金小灿是姜茶茶的手下兼室友，那唐美妮第一标签就是她的高中死党。她们两个从高中开始就玩在一起了。

在外人看来，是简单粗暴的两个好看的女生顺理成章地组成了一个小组合，可是姜茶茶很清楚，她和唐美妮是两个世界的人。她来自一个普通的可能还算比较困难的家庭，而唐美妮家庭和睦，父母还在国外经商，家境富裕，是一个就连发呆也散发着光芒的小公主。

不过唐美妮没有公主病，性格爽朗，和姜茶茶臭味相投，所以她们成了好朋友。

两人没说两句，江教授就到了。

那些睡懒觉的人踩着上课铃声及时赶到，很快就填满了教室。

姜茶茶和唐美妮坐在中间，一边装作认真听课的模样，一边默默地传字条。

唐美妮：我不在这阵子，你又制造新闻了？

姜茶茶：你都听到什么了？

唐美妮：你跟顾南风告白了？

姜茶茶：这完全是一个误会。有学姐要付我七百，买校报一版面跟顾南风匿名告白，最后一天她付完钱，再公布她的名字。结果，她突然去国外留学跑路了，我只好写自己的名字了。

唐美妮：原来是这样！我就说，你除了钱，其他一概不爱。

姜茶茶瞪唐美妮。

唐美妮笑笑，又写：可是，同学们都说看到你和顾南风真在谈恋爱。

姜茶茶落笔间觉得无从写起，便把笔放下了。

唐美妮不依不饶，在桌子下用手指头不停地戳她的大腿。

姜茶茶怕痒，身体一个劲地躲。

江教授一个犀利的眼神投过来，让姜茶茶起身回答一个问题。

“姜茶茶，你说说看，以新闻和读者关系来说，新闻分类有哪几个？”

姜茶茶回答正确后，江教授才放下眉峰，投以警告的眼神，然后继续上课。

姜茶茶斜睨唐美妮，在纸上写下：你怎么这么好奇这事？你喜欢顾南风？

唐美妮抿唇，红了脸。

姜茶茶一时没反应过来，心里闷闷的，很快又莫名地好了。

姜茶茶想了想，在纸上写：那我这件事，你能帮上忙。

姜茶茶拜托徐标让顾南风出现在食堂，并且是在十点，食堂做准备工作的时间。徐标怎么说，她不管，她只给了两杯奶茶搞定。

如今的食堂被顾南风铸成了铜墙铁壁，她姜茶茶进不去，但唐美妮可以进去。

唐美妮既然喜欢顾南风，给她个机会跟他告白，既可以满足她的愿望，又可以打马虎眼。

第一天送情书，第二天送礼物，第三天送飞吻……以此类推，只要缠够剩下的两个月，她就赢了。

说不定顾南风被唐美妮勾引成功了，唐美妮直接从内部拿下，食堂的业务就能回到她手里了。

“茶茶，我有点紧张。”唐美妮一身白色连衣裙，长发披肩，还别了一个白色发夹，像来到人间的天使。

唐美妮握过姜茶茶的手，手冰冰凉凉的，是真紧张。她突然意识到唐美妮是认真的，比她想象中得还要认真。

高中时，无数男生把情书塞到唐美妮的抽屉里，可她从来不放在心上。

有一次，一个疯狂的高三学长每天送无数封情书，唐美妮拉着姜茶茶直接杀到对方班上，把情书扔在他脸上，根本不带犹豫的。

可是现在，她居然上心了，看来是真喜欢顾南风了。

姜茶茶忍不住想问唐美妮，她是什么时候对顾南风动心思的。

“茶茶，你发什么呆？”

姜茶茶回神：“哦，没……没什么。”

十点，姜茶茶带唐美妮去了食堂。顾南风像门神一样出现在食堂门口，那无形的气场像带着储藏已久的杀气。

“是顾南风，顾南风！”唐美妮的心怦怦跳起来。

姜茶茶推她去表白：“我在这里等你。”

唐美妮深呼吸，微微仰起脖子，朝顾南风迈步走去。

姜茶茶驻足，就这么目睹两个同样世界的人距离越来越近。

唐美妮是一个从内到外无可挑剔的女生，顾南风一定知道她。

这样的一个女生主动告白，可以满足男生无限的虚荣心。

姜茶茶瞪着顾南风，忍不住嘛嘴呢喃：“一定正中你的心意吧！”

很快，唐美妮走到顾南风跟前，把情书递上，开始告白。

顾南风的目光成功被吸引到唐美妮身上。他接过了唐美妮的情书，唐美妮害羞地低下头。

见此情景，姜茶茶不再观望了，直接绕道去食堂后门。

再次进入食堂后厨的准备区间，姜茶茶如释重负。她叹一口气，不由得脑补正门口顾南风和唐美妮的甜蜜互动。

哼，原来他这么容易被拿下。

一旁正在嘱咐工作人员把食材小心往里搬的陈默达定睛，看到姜茶茶，拍着大腿迎上去："你是怎么进来的呀？"

姜茶茶回神："哦，我……"

陈默达双手合十，把姜茶茶当菩萨拜："我的小祖宗，你就别再祸害我了。顾大公子说了，你再进来，就把我开了！我家上有老下有小，全家人都指望我一个人。"

姜茶茶打个响指，打断陈默达的苦水经："有这磨叽的工夫，你不如赶紧把菜单给我，让我走人，趁我的挡箭牌还在发挥作用。"

陈默达无语皱眉，扯过姜茶茶的衣领子，把她拉到白板前："行行行！你看你看！"

姜茶茶拿笔开始迅速地记录。

突然一股力道把她的笔从虎口抽走，她扭头，迎上了顾南风比包公还要严肃的脸。

姜茶茶愣了，唐美妮怎么没缠住他？才多大一会儿工夫，告白就结束了？

顾南风把她的笔扔到地上，一把拉过她。

姜茶茶听到自己的脚踩到笔上，笔壳破裂的声音。

后门的庭院是停运输车的地方，顾南风大力地把姜茶茶摁在车厢的铁皮壁上。

姜茶茶疼得皱眉，下意识地挣扎，肩膀却被某人死死地箍住无法动弹。

见他的气性这么大，姜茶茶决定好女不吃眼前亏，赔笑道："顾大公子，这个……这个食堂战绩，我们各凭本事。就算你觉得我烦人，也不用……不用这么生气吧。输赢都要有风度，你说对吧？"

顾南风的目光像冰锥，之前那讥讽的笑都没有了。

气氛瞬间冻结成冰，姜茶茶皮不下去了。

“所以你为了赢，没有下限地偷走我的报告书，现在又找人来跟我告白，表面上迷惑我，背后给我插一刀？”他按着她的肩的手因为用力而骨节发白，“姜茶茶，是我小看你了！”

姜茶茶听出来不对劲，开始用力推他：“什么偷走你的报告书？我不知道你在说什么！”

顾南风：“你还装傻！我准备了整整一个星期的报告书，今天要发表的，却被人抢先一步发表了！这报告书只有你接触过！”

姜茶茶觉得自己的肩膀都要被捏碎了，眼泪被逼出眼眶：“我都不知道有这事，你误会我了！放开！”

她对着他的膝盖就是一个狠踢！

终于逃离魔爪，姜茶茶头也不回地逃走了。

回到食堂门前，见唐美妮不在原地了，姜茶茶便发微信给她，问她在哪里。

唐美妮没回。

事情要分个轻重缓急，姜茶茶先回公司，跟金小灿发布今天食堂的供材和菜单。

金小灿得知姜茶茶这次潜入又被抓到，不由得担心地问：“顾大公子会不会又改变菜单？”

“不会。”姜茶茶摇头，如果他说的是真的，那他的心思不会放在这上边。

原来他的怒气和杀气是因为报告书。

姜茶茶有些头疼，顾南风对她的误会跟汉堡一样层层叠加，现在还上升到了做人诚信上面了。

学术报告这个东西很耗费心血，所以成品归属问题是很敏感的，由不得作假，一旦出了问题，是非常麻烦的。

她搞新闻的，更加能理解稿子被人占了有多让人愤怒！

顾南风为了这份报告有多努力，她是看在眼里的。

是谁……

“这报告书只有你接触过！”

琢磨间，姜茶茶蓦地一个激灵。

姜茶茶去男生宿舍楼下堵住徐标。

“那份报告书是不是你做手脚了？”姜茶茶盯着徐标的神情，眼睛一眨不眨。

徐标怔了怔，随即反应过来：“顾南风这么快就去找你麻烦了？”

姜茶茶咬唇，有种脑门被正面拍肿的感觉：“你不是他的好朋友吗，就这么背叛他站到顾启那边去了？”

徐标苦笑：“上次我跟你说过的话你忘了吗？我们这个圈子里的人可以做梦，但是到了时间，梦就该醒了，我不过是想让他的梦早点醒而已。”

“那你怎么不主动说是你做的？”姜茶茶瞪眼，睫毛颤抖。

徐标无辜地眨眼，仿佛姜茶茶提了一个不可思议的想法：“锅就是用来甩的呀，再说了，这点误会就当是对你们感情的考验。如果这点误会都解不开，你们还怎么走向未来？”

现在的厚脸皮是一种传染病吗？为什么在背后插刀祸害人的主还有理了！

得亏姜茶茶的身体素质好，不然会当场气晕过去。

如果现在去找顾南风揭发徐标，那不仁不义的就是她了！

午饭的时间快到了，金小灿打来电话让姜茶茶回去送单，姜茶茶只好暂时作罢，回公司开始送单。

送到第七单的时候，姜茶茶从学校的篮球场经过，终于发现唐美妮，只见她一个人坐在看台上，低着头，身上那身白色裙子添了一些忧郁。

姜茶茶进入篮球场，唤道："你怎么不回我微信？"

唐美妮头也不抬，继续沉默着。

姜茶茶把手里的猪排饭往她旁边放，抬腿踩在台阶上，弯下腰："有什么你就说出来，有什么气就撒出来，我在这儿呢。"

唐美妮缓缓抬头，盯着她打量半晌："顾南风是不是喜欢你？"

姜茶茶愣愣的。

"他接我的情书了，我以为他接受我了，可是等我说完，他又把情书塞还给我，连一句多余的解释都不给我。我回头发现，你不见了，他是追着你离开的。"唐美妮始终盯着姜茶茶，"我回想了很久，他接我的情书前看了你一眼，他听我说话的时候，目光好像始终是越过我的。"

唐美妮皱眉："姜茶茶，你是不是知道他喜欢你，才特意让我去告白的？"

姜茶茶：……

当时她站得远，看不清顾南风的脸。唐美妮说的是真的吗？他一直在看她？

怪不得唐美妮没拖住顾南风，他一开始就注意到了她。

姜茶茶摇头："不是你想的这样。他今天要发表的报告被偷了，以为是我干的。抱歉，我也是事后才知道，早知道这样，就不会让你挑这个时候去了。"

唐美妮微微一怔："是吗？"

姜茶茶点点头："他现在恨不得杀了我。"

唐美妮头顶的乌云瞬间散开："原来是这样，那我帮你去解释一下吧！"

姜茶茶赶紧拉住她："还是别了。"

唐美妮不解："为什么？"

"我怕他会'恨'乌及屋，连累到你就不好了。"

"不会的，顾南风才没那么小气呢。"唐美妮恢复笑容，"总不能让他每次看到你都脸红脖子粗的吧，以后他是我男朋友了，你们是有亲戚关系的。"

看着唐美妮自信、害羞的样子，姜茶茶不知道要说什么。

唐美妮注意到姜茶茶没去送的猪排饭："茶茶，你还没去送单的吗？"

"看你一脸想死的样子，我只好停下来呀。"姜茶茶戳戳唐美妮的额头，无奈叹气，超过送单时间，小费肯定没了，对方不责怪就很好了。

唐美妮伸手一把抱过姜茶茶的腰，感动地撒娇："茶茶，你为了我连钱都不挣了，你对我真好。"

姜茶茶推开她："行了，我得赶紧去送单了。"

唐美妮没立刻放手："对不起，茶茶。刚才我真的好害怕，怕我的感觉是真的，怕我还没来得及让顾南风喜欢上我，一切就来不及了。"

姜茶茶看着看台上方的红色枫叶被风卷起来，从左边跑到右边。

"美妮，你是什么时候喜欢上顾南风的？"

喜欢一个人，目光所及是自动加特效的。

从顾南风给她修脚踏车开始，她的喜欢就生根发芽了。

唐美妮说，她永远记得喜欢上顾南风的那天所发生的一切。

那天，她刚办好出国交换的资料，天下起雨来，她去开自行车的锁。

她开完锁，推着车子出来时，才发现链条掉了。

她不会弄，站在雨里干着急。眼看着她就要狼狈地推着车子在雨里淋湿，这时突然一个身影在她面前蹲下来，伸手帮忙把链条装回去了。

这对于唐美妮来说是一个大工程，可对于那只在雨水里还那么好看的手来说，仿佛是轻而易举的事，对方三两下就装好了。

他摇动脚踏板："可以了。"

那链条滑动的声音、他的声音，都是那样的好听。

他低着头，校服的帽子盖住了脸，唐美妮努力地想要看清他："谢谢。"

唐美妮低头间，霍地起身离开。

这只手、这个声音，就像电影里最美的一帧画面留在她的心里。

后来唐美妮知道他是顾南风，好感就像藤蔓一样缠绕滋长。

她第一次知道了喜欢一个人的滋味——不敢靠近，直视需要勇气，只要悄悄地看上一眼，心里就像打翻了蜜罐。

"本来我写了好几封情书，总是不满意，没想到突然间交换生的名额就下来了。我想着这样也好，我去国外沾沾异国风情的灵气，回来后说不定就能以更好的姿态去面对他。"

说起顾南风，唐美妮的脸微微发红，就像又经历了一次甜蜜一般。

姜茶茶听得恍惚，心里发堵，压抑得厉害。姜茶茶见过唐美妮的骄傲和难搞，以为让她喜欢一个人是很难的事，可是现在，只是因为顾南风的雨中相助，她的心就轻易被撬开了。

喜欢这件事，真是说不出的奇异。

姜茶茶从口袋里拿出再次振动的手机，上边是从刚才开始就不断跳跃的号码。唐美妮凑过脸，惊呼："茶茶，人家打来电话催促了吧？赶紧去送单吧，快点快点！"

姜茶茶离开篮球场，赶忙往目的地赶，可唐美妮的话一遍遍地回响在她耳边，她走神了。

就这样，她撞上了一堵人墙。

姜茶茶被对方适时扶住，抬头间迎上一张熟悉的面孔："是你啊！"

红豆冰棍！

对方和她异口同声，然后两人相视一笑。

姜茶茶把猪排饭递上："抱歉，出了一点事耽误了。你可以不用给小费，但请不要给差评好吗？"

"好。"他答应得爽快，笑起来的样子像冬日里和煦的阳光，给人一种舒服感。

"谢谢，谢谢。"姜茶茶实在感动，"你人真好。这是优惠券，下次你再叫餐，快递费给你打八折。"

"优惠券可以不要。"他推了优惠券，说，"如果可以，把你的名字告诉我吧。"

姜茶茶愣住了："名字？我叫姜茶茶！"

她不信他会不知道她的名字。即便上次他没认出来，现在看到她这全身武装的模样，他也该知道，即便还不知道，随便问一下旁人也就知道了。

他推掉优惠券，实在不划算。

她还是准备把优惠券给他时，他笑笑："我叫何耀。何处寻觅，耀眼无双。"

姜茶茶怔怔地点头，表情有些傻："哦，你好。"

何耀眼眸里含着笑，他接过早已冷掉的饭，转身离开。

姜茶茶摸摸脑瓜子，自己刚才是被认真地自我介绍了吗？

这倒没什么，重点是她怎么感觉有一束不友好的目光降在头顶？她下意识地抬头。

顾南风的窗户，没有人。

姜茶茶拍自己脑门："姜茶茶，你想多了！"

她转身间，随风而动的窗帘后，顾南风贴身立在那儿。

他稍稍探出头，盯着某人离开的身影，整个人都散发着阴冷的气息。

徐标从外边回来，手里提着吃的："我给你带了你最爱吃的那家餐厅的招牌菜，快来吃吧。"

"没胃口。"顾南风冷冷地回他。

徐标瞅他，无语地叹气："气还没消呢？我真没见过你对哪个女生这么上心，上心到饭都不吃了。顾南风，你这样的表现，预兆真的不太好。"

顾南风拉过椅子，抱臂而坐。

"我刚刚上来的时候，好像见到她了。她应该是来找你的吧？"徐标试探性地问，却不知正好戳中顾南风的痛处。

"不要再提她。"如果顾南风的眼睛可以当武器，徐标此时已经就地身亡。

"好，不提，不提。"徐标赶紧举双手投降，抿唇几秒后说，"不然让她跟你磕头请罪好不好？你如果愿意的话，我现在就绑她来。"

顾南风闷声道："她就算磕头请罪，我也不会原谅她。"

徐标眼底闪过一丝狡黠，突然凑过脸，握拳放到嘴边，清清嗓子，说："你刚才不是说不提她的吗？"

顾南风一阵羞恼："你！"

徐标赶紧投降，往后退去："我不说了，我真不说了！你听，好像有人在外边叫你。"

顾南风揪过徐标的衣领："你这招声东击西太弱了，别躲了，过来。"

"我说的是真的！"

顾南风修长的手臂刚搭到徐标的肩膀上，就真的听到窗外有女生在一遍遍地叫他的名字："顾南风，顾南风。"

顾南风和徐标来到窗口，往下一看，是唐美妮。

顾南风皱眉间，徐标打趣道："是一个美人啊！顾南风，你又招惹哪家姑娘了？"

那天在食堂门口的告白，因为时间过早，没人接近，所以目睹之人除了姜茶茶便没旁人了。

顾南风不说，徐标自然也不会知道。

徐标还想打听清楚，顾南风已经走下楼了，唐美妮像一头小鹿一样跑到他跟前。

顾南风不解她这么兴冲冲地跑来是要干吗，皱眉问道："你还有什么事吗？"

唐美妮被他凝视，双颊仿佛涂了胭脂一般："我……我是来解释误会的。"

"误会？"

"茶茶才不会做那种把你报告书泄露给别人的龌龊事情呢。"唐美妮直奔主题，"我从高中就认识她了，她是什么样的人我最清楚。有一次，她家里的房租都付不起了，有人为了追我向她打听我的隐私，拿钱贿赂她，她都没答应。"

顾南风一怔："她叫你来解释的？"

唐美妮摇头，挺了挺胸脯，意在表现自己的仗义："不是，是我主动来的。你是我喜欢的人，她是我最好的朋友，我不希望你们有误会、有矛盾。"

顾南风漆黑的眸子一眯。

话一出口，唐美妮觉得突兀了，赶紧低头说道："我是说，我是说茶茶那么爱钱的一个人，却从没为了钱做过违背良心的事，所以这里边一定是有误会的。"

顾南风没有过多表示，而是说道："我知道了，你回去吧。"

唐美妮抿唇，眼看他转身要走，伸手拉住他的袖子：“顾南风。”

顾南风扭头。

“你还记得我吗？”那个下雨天，自行车掉了链子的我。

“食堂前跟我告白过。”顾南风觉得唐美妮这话莫名其妙，不过还是压着气性说道，“不过我也回复过你，我不喜欢你。”

下一刻，唐美妮手里的袖子被抽走了。

他不记得她？他说不喜欢她。

唐美妮的心好痛，她第一次尝到挫败的感觉，那种从众星捧月到被太阳嫌弃的过程，让她无法适应。

可是心痛只是短暂的，唐美妮的骄傲不允许她就此认输放手。

顾南风越说不喜欢，越说不可能，她越要挑战！

在她看来，校报上的告白，可以很好地再次利用。

另一边，回到宿舍的顾南风被候着的徐标逮个正着。

“我是不是错过了什么？你什么时候勾搭上唐美妮的？她可是新闻系系花啊，刚从国外回来，你这是什么火箭速度？”

“唐美妮和姜茶茶从高中开始就认识了。”

“是吗？那两姐妹同时喜欢你？”男生八卦起来一点也不输给女生。徐标一边用手机上校园论坛，一边用手肘捅捅顾南风，“你会选谁？”

“从相貌来说，两人不相上下。不过从家庭背景来说，姜茶茶就差唐美妮太多了。”信息时代，徐标要搞到唐美妮的基本资料简直不要太简单。他把手机递到顾南风面前，“唐美妮的父母都在意大利经商，做的服装生意，公司很大。她是从小衣食无忧的小公主，会拉小提琴，钢琴十级。”

顾南风推开手机，看向徐标：“你也衣食无忧，我爸用什么打动你的？”

顾南风突然转移话题，徐标忽然一怔："什么？"

无声的沉默中，徐标局促地捏捏鼻子："你知道了。"

不是姜茶茶，顾南风心里舒了一口气，却仍然高兴不起来。徐标是他玩得很好的朋友，他的事徐标都知道。

在这种情况下，徐标在背后捅刀子，顾南风接受不了。

"我也没想过能瞒你多久，只是一直没好意思主动跟你提。"徐标坦然地耸肩，"你爸没用什么打动我，我是不想让你和你爸闹得太僵。"

顾南风垂眸，半晌后隐忍地叹息一声："你明知道我为什么这么坚持念海洋管理系。"

徐标点头，拍顾南风的肩："我知道。可是你真的忍心和你父亲决裂吗？我不是想说服你。顾南风，我们最终都是要回归家族的人，不可能为了心里的执念放着还在的亲人和责任不管。"

顾南风推开他的手："即便你说得有道理，我也没办法原谅你。"

徐标叹了一口气，冲他离开宿舍的身影喊了一声："喂，你去哪儿？"

"我去找徐教授，让他看我新的报告。"

如果没有被偷报告书，顾南风会通过这次机会，跟着徐教授进国际海洋研究小组，这也是徐标即便顶着无情无义的骂名也要那么做的原因。

顾南风想要去找徐教授，让徐教授再给他一次机会。

不战而败，他不甘心。

徐教授在T市的海洋局，再开一个会议就要直接去机场飞西班牙了。

顾南风没想到会在海洋局遇到姜茶茶。

第四章

我是姜记者的男朋友

姜茶茶看到顾南风时也吓了一跳，不过没有太意外。

这次她没有伪装，脖子上挂着的工作证也确实是她自己的。

虽然没嗅到顾南风那气场里杀人的气息，但想到之前他吓人的样子，她还是心里发怵。

瞅了他三秒，她决定视而不见。

“姜茶茶。”顾南风喊住她。

正上台阶的姜茶茶微微踉跄了一下，很凶地扭头：“干吗？”

这次他要是再敢乱来，她就不客气了，不客气地喊救命！

顾南风走上前，迎上她充满敌意的眼神，眉眼间满是歉意：“对不起。”

姜茶茶被这突如其来的道歉惊得缩了缩脑袋。

什么情况？他转变得也太快了吧！

“是我没搞清楚情况，误会你了。”顾南风闷声解释，表情不自然地绷紧，态度不见得有多柔软，但比起之前眼底喷火的样子还是好了不少。

姜茶茶眨眼：是徐标自己招了吗，还是他良心发现去查了？

见某人一直没声响，顾南风皱眉："我都道歉了，你还想怎样？"

姜茶茶略无语，怪人就是怪人，就算道歉也能弄得跟要债一样。她翻了一个白眼，转身："哦。"

顾南风一个跨步挡在她面前，不爽："哦？"

姜茶茶皮笑肉不笑地扯嘴角："少爷，我来是工作的，你别挡路行吗？"

顾南风挑眉："工作？又来接单？"他环顾四周，"今天没带帮手吗？就你一个人，忙得过来吗？"

……

姜茶茶了然地点头，不由得叹气，喃喃道："我居然还有一点点感动，也对，江山易改，本性难移。"

"你叽里咕噜说什么？"

姜茶茶把脖子上的工作证拎出来："看清楚了，我是今天会议的实习记者，特地来采访徐教授的，不是你想的那样，OK？"

顾南风的目光从工作证上移到姜茶茶的脸部，疑惑加深："你对海洋学的教授有兴趣？"她不是只对那些八卦新闻有兴趣吗？

姜茶茶抚发，得意地嫣然一笑："我如果被你看透了，那还了得？让开。"

顾南风索性拉过她的手："正好，我也要去找徐教授，一起吧。"

"喂，谁要跟你一起？放手！放手！"

他蓦地逼近挣扎的她："我怎么知道你会不会暗中下绊子？你乖乖地待在我身边，我才放心。"

姜茶茶垂眸，见他的手顺势从她的手腕下滑至手掌。

明明是那样一个冷漠、傲慢的人，大手却滚烫，力道刚好。

局里进进出出的人很多，姜茶茶不想跟上次在文化馆一样被注目，只好安静地跟他进去。

不过一圈走下来，她发现这样被他牵着走，好像更容易被人注目。

徐教授正在和局里的领导开会，姜茶茶是记者，可以进会议室里旁听。

不过顾南风进不去。

会议室外，姜茶茶被顾南风拉住，他威胁："你必须带我进去。"

"不行，我得遵守职业道德。"姜茶茶毫不犹豫地回绝。

"你真的不带我进去？"顾南风斜眼。

姜茶茶说不带就不带，伸手要推玻璃门，顾南风抢先一步推门进去："徐教授，我是T大海洋管理系的顾南风，您来T大上课时，我们见过一面。"

徐教授抬头，看了一眼从顾南风身后出来的姜茶茶，扶眼镜道："同学，我们现在正在开会，你有什么事吗？"

"他没什么事。"姜茶茶赶紧推顾南风出去，"各位好，我是记者姜茶茶，来采访徐教授的。"

"我是来请徐教授看一下我的报告书的。"在姜茶茶的推搡下，顾南风仍然纹丝不动。

徐教授抬眼镜，很有风度地说道："现在是内部会议时间，无关人等不能进来。不管你有什么事，都之后再说好吗？"

"我是姜记者的男朋友，算是无关人等吗？"顾南风扭头看姜茶茶，语出惊人。

姜茶茶不记得之后发生了什么，只知道顾南风说了这句话之后，不知道怎么的，顾南风也留了下来参加会议。

会议里，徐教授说了很多关于T市海洋径流处的白色污染和周边山林的绿植缺失对海洋环境产生的影响。

姜茶茶拿着小本子，有一下没一下地记着，余光总是忍不住去看身边的某人。

他倒是听得很认真，他认真的样子一点也不讨厌，好帅。

——天哪，姜茶茶，你到底在干什么！

“姜记者，你有什么问题要问我吗？”徐教授见姜茶茶一直坐着发呆，便好心提醒。

姜茶茶回过神，脑子里一片空白。

“徐教授，我能替她问您吗？”顾南风插着空隙开口，“单从外部环境来对海洋环境进行维护，是不是太片面了？其实海洋内部的改造，可以从根本来改善数据，您觉得呢？”

徐教授正视顾南风：“这个想法在圈子里不是没人提出过，但你要知道，想法是可以有的，真正实践是需要很多数据和实践的。”

顾南风浅笑着点头：“我知道。如何把天方夜谭的想法付诸实践，是需要很多理论数据来做支撑的。这份报告书，徐教授您可以看一下，提一些意见。”

说着，他把自己的报告书递上。

徐教授拿过去，简单翻了一下：“好，我会看的。”

顾南风：“徐教授，如果您觉得我的报告不错，也不要占为己用。毕竟，我是有证人的。”他扭头看姜茶茶，眼眸里的光芒像满天绽放的烟花，分不出有什么不同之处。

姜茶茶心里一咯噔，赶紧打圆场：“哈哈哈，你开玩笑真是不分场合、不分对象。”

徐教授也不恼，而是微微一笑，略带欣赏：“你还挺有自信的。”

顾南风笑而不语。

“既然那么自信，星期一那天为什么不拿出来，而是今天特意过来单独给我？你要知道，即便我很满意，也不能给你把学术成绩加上去。”徐教授问。

姜茶茶看向顾南风，觉得他不会把那件事说出来。她想着要不要代为转达时，他按住了她的手。

“我的目标是进入徐教授那个国际学术组，而不是学校作业成绩上的高分。”

顾南风简单明了地说出这句话后，起身：“我好像耽误女朋友的采访时间了，那么，告辞。”

徐教授冲姜茶茶指了指顾南风离开的身影：“你男朋友挺有意思的。”

姜茶茶顶着绯红的脸颊，完成了对徐教授的个人采访。

和徐教授告别后，姜茶茶走出会议室，看到顾南风还没走，正双手抱臂靠在墙上。

姜茶茶双手叉腰：“你一直在这儿？”

顾南风“嗯”了一声：“我听到你替我说好话了。”

姜茶茶扭头：“知道就好，我可没给你使绊子。”和徐教授告别的时候，她帮顾南风提了一下，希望他能认真看顾南风的报告。

误会渐深，总得做点补偿才好，姜茶茶可不希望和他结下新梁子。

顾南风勾唇，转身：“我请你吃饭。”

这突如其来的殷勤，让姜茶茶莫名警惕：“不必了。”

顾南风继续往前走：“回学校食堂吃。”

姜茶茶嘴上拒绝，身体却很诚实，默默地跟上他的脚步。

如果她因此得到进食堂的权利，再顺杆往上爬，让他进一步松口……

“你等等我。”

学校食堂迎来两位神仙级食客——

一位是从来不进食堂用餐的顾大公子；一位是从来没时间进

食堂用餐的（在外人看来）外卖小老板姜茶茶。

这两位神仙级食客，不仅在午饭时间进食堂用餐，并且一起用餐。

顾南风拿过两个餐盘，一个专门盛菜，一个专门盛饭。

姜茶茶跟在他后边，也不用动手，只要说就好。

“西红柿炒鸡蛋要吗？”

“嗯。”

“芹菜炒肉片要吗？”

“嗯。”

“那个蘑菇炖鸡肉不错，要吗？”

“嗯。”

……

事实上，姜茶茶也没怎么专心听他的问题，她只想快些结束窗口点菜的时间，别再和某人一起站在一条长龙面前。

落座后，姜茶茶和顾南风相对而坐。

顾南风把筷子递给她：“专心吃饭，别噎着，不然我扛你去医务室才真的是万众瞩目。”

这人的嘴真损，即便是关心的意思。

“谢谢。”姜茶茶接过筷子，这才发现经过刚才自己心不在焉地回复后，菜堆得跟小山一样，大米饭也像一座小山丘。

顾南风给姜茶茶夹菜：“尝尝这个西红柿，味道还挺不错的。”

姜茶茶瞅他，乖乖地吃菜，也没心思管旁人的眼光了，她开始表达自己的诚心。

她也给顾南风夹菜，夹了一块鸡心：“来，你也尝尝。”

顾南风瞅她一眼。

互相夹菜，气氛融融，正是谈话的好时机。

见某人胃口不错，心情也不错了，姜茶茶见好就上：“顾公子，你看，冤家宜解不宜结，我们误会既然都解开了，不如索性锣对锣、鼓对鼓地公平竞争，怎么样？”

顾南风没立刻拒绝，眼眸里也没有不耐烦：“你想怎么样公平竞争？”

姜茶茶：“你看，我如果一直被拒门外，这没法公平。顾公子心胸宽广，放我进来，我们以食堂当擂台，各凭本事。这样，顾公子不管输了还是赢了，都是光明磊落的真君子。”

末了，姜茶茶给出这样俗气的称赞，还不忘附赠大拇指。

顾南风盯着她，就这么把她晾在那儿，没有立刻表态。

姜茶茶慢慢地放下大拇指，很尴尬地清嗓子。就在这时，她听到他说：“好，我答应你。”

姜茶茶不敢相信自己的耳朵：“真的？”

“还煮的呢。”顾南风瞪着她，用筷子戳戳她的脑门，歪头打量，“我如果不答应你，你不会甘心的，到时候再找别人来向我告白，我吃不消。”

姜茶茶一怔，意识到他说的是唐美妮。

“你不喜欢唐美妮吗？”姜茶茶想不出来顾南风不喜欢唐美妮的原因。

“你希望我喜欢她？”顾南风反问。

“这个……这个是你的自由。不过她是我的好朋友，从高中开始，她的人气可是很高的。她喜欢你，绝对是真心的。”姜茶茶也不知道自己在说些什么，更不知道自己的脸已经不知不觉地红了起来。

顾南风吃着饭，故作漫不经心地问道：“那你呢？有多少人喜欢你？”

姜茶茶不好意思地耸耸肩，扒了一口白饭：“没有。和美妮一起，大家都去看她了，没人会注意到我。”

顾南风盯着她像仓鼠一般鼓鼓的脸颊：“我觉得你比她好看。”

姜茶茶停止咀嚼，蓦地抬眸。

可是顾南风就像没说过这话一样，专心吃饭。

是她听错了吗？他分明说了……

嗯，他一定又是在正话反说，不能当真，不能当真的。

姜茶茶暗暗捂着自己的胸口，铆足劲吃饭，吃到消化不良。

终于能回到战场，姜茶茶既开心又紧张。

顾南风虽然答应不再阻拦她进食堂，可是从言语间能感觉出，他已经做好了正面对决的准备，绝对不会手软。

姜茶茶想到他是顾氏集团那么威严的顾启的儿子，忍不住怀疑自己是不是以卵击石。

因为之前他随随便便放招，她的外卖公司就受到了重创！

姜茶茶坐在食堂旁的花园里，忧心忡忡，一下下地打嗝。

这时，姜达打来电话：“茶茶，我在学校门口，你现在方便出来一下吗？”

爸爸来学校了？姜茶茶站起身，赶紧答应着，就往学校门口去。

老远地，她就看到电动栅栏门外，一个熟悉的身影抱着一箱东西站着。

姜茶茶迎上去：“爸爸。”

姜达看到她，堆满褶子的脸就笑了起来：“茶茶，爸爸给你送水果来了。”

姜茶茶接过箱子，望见他额头上的汗，心疼道：“爸，你怎么不打车？”

“没事，我就当锻炼了。我拣了你爱吃的新鲜菠萝、苹果，还有香蕉，怕快递寄过来折腾坏了，还是亲自送过来比较放心。”姜达见姜茶茶抱着箱子显沉，又说，“不然爸爸给你送进宿舍吧。”

姜茶茶摇头："不用了，爸，我自己可以。你赶紧回去吧。"

姜达腼腆地笑："那你慢一点。"

姜茶茶点头："爸，你注意身体。"

"你也是，赚钱别太拼命，爸还不用你养，知道吗？"姜达也嘱咐她。

姜茶茶鼻子一酸，转身间放慢了脚步。

她知道，老爸在看着她。每次都这样，老爸习惯性看她先没影子，再自己离开。

刚才看着老爸的笑脸，她不敢说外卖公司遇到困难的事。

恍惚间，她又想到之前的种种，每一次生意有一点起色后，就会遇到这样那样的问题——

初中的时候，老爸摆地摊连续亏了三千块钱，连房租都付不起了。她白天上课，晚上靠给同年级同学或者低年级同学写作业赚钱。她晚上没怎么睡觉，白天还要上课，总算攒够了房租。可她气还没喘上一口，就被同学的家长举报给老师了，劳务费被迫退还，还倒赔了六千。

她刚升高一，学费是老爸去工地扛沙包攒的。她上学途中被骑快车的人撞到桥墩子上，口袋里的钱在河面撒了一大片，很多人帮忙找，但还是少了四分之一。为此，她打欠条给学校，足足有两个月不敢和老爸说话。

……

太多这样的事，不胜枚举。

回想过去种种，姜茶茶不寒而栗，出神间，突然感觉手里的重量轻了。

姜茶茶扭头，不禁脱口惊呼："何耀。"

何耀微笑："你还记得我的名字，真好。"

姜茶茶哼着笑："何处寻觅，耀眼无双嘛，我怎么会不记得。"

毕竟这样介绍自己名字的人也没几个。

何耀点点头："刚才那位是伯父吧？他对你真好，还特意送水果过来。"

姜茶茶没完全回过神，脸上的凝重没有藏得很好，被他看出来了，只听他问道："可是你这表情是怎么回事？看上去很不开心的样子。"

姜茶茶闻言并不答，只低头看着自己的脚尖。

何耀小心翼翼道："嗯，我又多嘴了吗？"

姜茶茶一怔，意识到他的"又"是指上次的事。

她扬起嘴角苦笑："你上次看到的那个，实际上是我的竞争对手，我现在是在担心我外卖公司的生意。"

何耀温和的眼睛再次露出好看的弧度："愿闻其详。"

可能有些人天生就有让人倾诉的亲和力，只不过见过他两面，姜茶茶就毫无芥蒂地倒了苦水。也有可能是病急乱投医，她把他当作了救命浮木。

总之，姜茶茶把自己苦恼的事和盘托出，苦水倒完，她的打嗝也好了。

何耀安静地听完。

姜茶茶自顾自地说完，尴尬席卷而来："我是不是太唠叨了？"

"不会。"何耀抿唇，轻声唤了一句，"茶茶。"

"嗯。"

"两兵交战，先不能输的是气场。听你这么说，顾南风有非胜不可的理由，那你也有啊。他既然不阻拦你进食堂，食堂的准备工作冗长，不可重来，所以势必不会在菜品上做上次那样的手脚。你唯一要注意的，就是你们公司自己的外卖系统。"何耀把手机掏出来，示意姜茶茶输入她公司的账户密码，"还有你的微信号。"

没想到温和的他说起方法来一套一套的，语速偏快又连贯。

姜茶茶稀里糊涂地按照他说的做了。

何耀接回手机，满意地点头："嗯，明天我会帮你看着数据后台情况，你放心正常地运作就好。"

说着，何耀蹲下身，把箱子打开，拿了一个苹果："这就当作我帮你的报酬了。"

他笑着咬了一口，挥手转身。

姜茶茶愣愣地站在女生宿舍楼下，望着何耀的身影。

半晌后，金小灿探出头，挨着姜茶茶，望向已经望不出啥的方向："老板，你在看什么呢？"

姜茶茶蓦地扭头："没！"

两人头碰到头，撞了个满怀。

姜茶茶咬唇，捂着额头，指示金小灿把水果抱上楼。

分一点水果给金小灿后，姜茶茶问："小灿啊，我考考你，除了顾南风，你还知道咱学校其他哪些帅哥？"

仔细想想，何耀那外形应该算得上出众，不是路人甲乙丙丁的那种，用"帅哥"缩小范围，会有消息吧。

果然，金小灿一边吃着香蕉，一边在脑中搜索："其他帅哥，我想想。哦！美术系的田天然，中文系的郭晓东，计算机系的何耀……"

姜茶茶眼睛一亮，原来何耀是计算机系的："怪不得。"

"怪不得什么？"金小灿一个激灵。

"怪不得江教授总是骂你不上进，你看看你脑子里装的都是些什么。"姜茶茶淡定地把苹果塞进她嘴里，转身打开笔记本。

"对了，茶茶，这是今天的校报。刚才唐美妮来找过你，见你没在，她就把七百块钱给我了。"金小灿把今天的校报拿出来。

"七百？"姜茶茶皱眉，"什么七百？"

"就是之前跑路学姐的七百啊，她说她给付了。"

姜茶茶看到告白版面上登了一则坦白启事——

之前告白顾南风的人，是我唐美妮，不是姜茶茶，特此申明。

有任何质疑，可来新闻系三班找我。

“所以，你就通知校报室，按照她的意思登了？”

姜茶茶看向金小灿，金小灿听不出这话是什么语气，怔怔点头：“是啊，我见有钱拿，而且之前你不是对这笔亏空很生气吗？当时你顶替也是无奈之举啊！”

金小灿越说越心虚，忍不住问：“老板，我做错了吗？”

姜茶茶放下报纸，摇头：“没有。”

走出宿舍，姜茶茶给唐美妮打电话：“你在哪儿呢？”

唐美妮说在海洋管理系的教学楼那儿。

姜茶茶的心像大海里的海狮，不停地在打滚。她也不知道自己在纠结什么，当看到校报上那一则公告时，只觉得心里空空的。

唐美妮是一个一旦热情起来就认死理的人，她是在优渥的环境里长大的，自然养成了那种掌控欲和拥有一切的性子。

她对顾南风就充满了热情。

这不，刚登完报纸，她就去找他了。

姜茶茶来到海洋管理系教学楼的二楼，老远就看到唐美妮在一间教室门口站着。

此时走廊里没有其他人，大家都还在上课。

姜茶茶刚要走过去，只听下课铃一响，学生立刻像开闸的洪水一样拥了出来。

就这样，唐美妮也雀跃了起来。顾南风从教室里出来，她立刻开心地迎上去。

大家都投去起哄的欢呼声。

唐美妮略带娇羞，顾南风则脸色冷淡地后退一步。

空隙间，顾南风扭过头，看到了姜茶茶。

姜茶茶原本是想过来跟唐美妮说校报的事，见到这一幕，又忽然觉得没什么好说的了。

她做了朋友的垫脚石，如果能成全他们，这块垫脚石做了就做了吧。

只是现在她转身，总显得像落荒而逃，可现在不走，她又像一个出现得不合时宜的呆子。

姜茶茶左右为难间，顾南风喊了她："姜茶茶。"

走过来了，他朝她径直走过来了。

顾南风走到她跟前，那冷冷的目光里又透出了危险气息："我以为你的脑子修理好了，怎么又进水了？"

"啊？"

"下次你过来找我，就自己过来找我，不要带闲杂人等。"顾南风指了指身后的唐美妮，"可以吗？"

姜茶茶摇头："不，不是我……我是来……"

"找她的"三个字还没说出口，唐美妮快步走来："顾南风。"

唐美妮看了一眼瞪大眼睛的姜茶茶，以为顾南风又要发难，赶紧说道："顾南风，我说过了，你报告书的事和茶茶没关系。"

"我知道。"顾南风飞快地打断唐美妮，然后一个转身，修长的手臂搂着姜茶茶的脖子将其揽进怀里，露出微笑。

唐美妮没反应过来，怔怔地望着顾南风和姜茶茶："那我说的周末看电影……"

"我会带茶茶一起去看的，谢谢你的推荐。"顾南风的拒绝礼貌而又决绝。

唐美妮愣愣地站在原地，像被人泼了一盆水，从头凉到了脚。

那么多人看着，这一幕实在耐人寻味。

姜茶茶想要开口说什么，可顾南风依仗身高优势和力量优势，搂着她就大步离开了。

他利用她来拒绝唐美妮，他这是把她和唐美妮的友情放在了炭火之上。

被拖到一楼，姜茶茶忍无可忍，拽过顾南风的手臂，狠狠咬上一口，然后将他推开。

“你要拒绝美妮是你的事，为什么要拉上我？”姜茶茶愤愤地瞪眼，他这样分明是害她成为卑鄙的人！

“是你把她拉进来的，你得负责到底。”顾南风理直气壮。

姜茶茶百口莫辩，对于这件事，她真是肠子都悔青了。

“就算不是我，她也会向你告白的。那个雨天，你帮她修脚踏车的链子，她就对你一见钟情了，你明白吗？”

顾南风的浓眉微微耸起，他很努力地回忆，可回忆的道路是困难的。他再次被姜茶茶的神情所吸引：“所以，你吃醋了？”

姜茶茶愣住了，话题怎么忽然转到这上边来了？这家伙到底想没想起来？

“才没有！你少胡说八道了！”

“那你嗓音这么大干什么，冲我发什么脾气？”顾南风像抓着了她的小辫子。

姜茶茶瞪眼：“我是在纠正事实，告诉你不该利用我！”

“你说的我没想起来，喜欢我的人多了去了，我从来不放在心上。”顾南风摆摆手，“就算不是你把她扯进来的，我也要利用你。”

姜茶茶傻了：“为什么？”

“这样比较有意思。”顾南风弹了一下她脑门，“周末看电影，我买票。”

姜茶茶捂着额头，感觉身边有一阵风吹过。

她想起唐美妮，跑回楼上去，正好和下楼的唐美妮撞个满怀。

姜茶茶扶住唐美妮："美妮，我……"

"你不用解释，我知道，他是故意的。"唐美妮打断她，扯扯嘴角，"茶茶你放心，我不会怪你，我也不会放弃。"

她的笑容像机器打印出来的残次品，她没有像意料之中的那样找自己算账，在姜茶茶看来实在不安。

顾南风不记得她，她的一见钟情貌似只是一厢情愿。

姜茶茶张了张嘴，到底没说出口。

晚上，姜茶茶做了一个梦。

梦里，她和顾南风在影院看电影。两人坐在中间，没有其他人，相当于包场。漆黑的影院里，随着镜头闪烁的荧光照在她和顾南风的脸上，他们的手不约而同地在爆米花桶里相遇。

她和顾南风四目相对，顾南风的脸就这么靠了过来。

突然，顾南风变成了唐美妮，唐美妮阴冷地望着她："姜茶茶，你这个心口不一的大骗子，你骗我！"

唐美妮伸手掐住她的脖子。

"啊——"

梦醒。

金小灿在对面睡眼蒙眬地抬起头，用沙哑的声音痛苦地问："老板，你干吗呢？"

姜茶茶大喘气，看到窗外的天亮了。

是梦，可是梦境怎么这么真实？

姜茶茶捂着怦怦跳的心脏，忍不住问自己到底骗了唐美妮什么，更忍不住责怪某人，好好地说什么看电影！简直就是坑人！

第一次不是被赚钱的梦想叫醒，而是被噩梦吓醒的姜茶茶浑浑噩噩地起身，去上可有可无的早课。

经过梧桐道，快要到教学楼的时候，姜茶茶听到旁边路过的几个女生冲她指指点点——

“听说了吗？她和她的好朋友在抢顾大公子。”

“太刺激了，闺密两人同时喜欢上一个人，那赢家得多有成就感啊！”

“你就没想到友情会垮吗，你是不是也会这么对我？”

“说别人呢，怎么说到我身上来了？”

……

姜茶茶不想听的，但是那些没营养的调侃还是不停地往她耳朵里钻。

在她出神间，两只耳朵突然被捂住。

姜茶茶瞪大眼睛看去，是何耀。

他出现得及时又温暖，用双手为她隔离纷扰。

姜茶茶感激地冲他笑笑。

“昨晚你熬夜了吗？怎么黑眼圈这么重？”何耀问。

“嗯。”姜茶茶不置可否。

“我打包了豆浆和面包给你。”何耀像变戏法似的掏出一个红豆面包和一袋热腾腾的豆浆递给姜茶茶。

她受宠若惊：“给我的？”

“嗯。”何耀点头，“我觉得你应该不会去食堂吃，我特地在这里等你。”

两人落座在长椅上。

姜茶茶握着豆浆，抿唇：“你找我有什么事吗？”

何耀说话婉转，转了十八个弯，点到为止：“校报我看了，我……我怕你有事。”

姜茶茶胃口全无：“看来我这和好朋友抢男人的事，T 大的耗子都知道了。”

见何耀神情有些尴尬，姜茶茶忙摆摆手：“哦，我不是说你是耗子。”

何耀笑了。

她捂着额头：“我的意思是，这件事不是这样的。虽然当初校报上写我的名字是我主动授权的……好吧，我都不知道自己在说什么。”

“我相信你。”何耀温润的声音像石头下的小绿芽，微小却很有力量。

姜茶茶扭头望着他，初晨的阳光像一张很滋润的面膜敷在他的脸上，皮肤洁白，没有一颗痘痘，侧脸线条完美，长得好看且不张扬。

“你又不了解我，为什么要相信我？”

何耀有些不好意思地挠挠脑门儿：“直觉吧，你送外卖给我迟到了十五分钟，没有找借口，而是直接认错道歉，我觉得你很实在，不是一个会做这种事的人。”

如果说刚才那句话有点抽象，那这个解释就实在是太接地气了。

姜茶茶一口气喝完豆浆，起身：“谢谢你的早餐和信任，我现在好多了。把手机拿出来吧，我转钱给你。”

何耀笑着摇头：“不用了，几块钱的东西。”

姜茶茶还是坚持：“那不行。”

何耀伸手盖住她的手机，问：“我们不是朋友吗？”

他的手腕若有若无地搭在她的手腕上，她赶紧缩回手：“哦，对，朋友，我有你的微信。”

姜茶茶按下手机指纹键，尴尬地发现昨晚上忘记充电，手机嘀嘀两下就黑屏了。

“这下你没办法给钱了。好了，赶快去上课吧。”何耀催促。

姜茶茶只好匆匆去教室，找了充电线把手机插上。刚给何耀微信转了钱，又想到他如果不点接收，钱还是会返回自己这里的。

于是，姜茶茶从书本里找出之前夹着的零钱，下楼想去追何耀。

就这样，她看到何耀没走，而是站在树边，双手插兜，在跟人说话。

她上前两步，一个身影从树干后飞快跑开了。

那个人，好像是唐美妮。

姜茶茶想仔细看清楚时，何耀已经挡在她跟前："茶茶，你怎么又下来了？"

"哦，"姜茶茶只好放弃，拉过他的手把零钱塞过去，"来，我还你这个。现在我得回去了，拜拜。"

生怕他和自己纠缠，她头也不回地飞快跑开了。

回到教室后，姜茶茶发现何耀收了她的转账，顿时尴尬地摸摸嘴角，看来是她多此一举了。

早课，唐美妮没有来上。

姜茶茶发微信问她怎么没有来上课。

唐美妮没有回她。

姜茶茶想起那天在走廊上，拜某人所赐，她的脸色……

姜茶茶赶紧奔回女生宿舍，去找唐美妮。

看到唐美妮的室友正从房间里打着哈欠出来，她赶紧迎上前问："美妮呢？"

"哦，美妮在里边，她说身体不舒服，想躺一天。"室友又打了一个哈欠，"大概是'姨妈'来了吧。"

姜茶茶轻轻推开门，看到唐美妮坐在床上，头上戴着白兔发圈，低着头在发呆。

唐美妮的"姨妈"期一向和她一样，并且顶多推迟一两天，所以她很清楚这是一个借口。

唐美妮在生气，她知道。

本想进去的，可是姜茶茶在准备进门那一刻犹豫了。她进去面对美妮要说什么？说什么都不合适，说多错多的样子。

思来想去，姜茶茶拿出手机想给她点一杯拿铁。

唐美妮每次心情不好，只要喝杯加奶的拿铁，心情就会好很多。

就在这时，唐美妮看到了她：“茶茶。”

姜茶茶一怔，抬起头间，迎上唐美妮打量的目光。

“你怎么不进来？”

姜茶茶硬着头皮推门进去。

唐美妮从床上下来，一身的白色兔子睡衣把她装饰得像一只受伤的兔子。

姜茶茶扫一眼她换下来放在凳子上的衣服，不是刚才看到的和何耀碰头的那个身影的穿着。

真的是她看错了吧？

“你没去上课，我有发微信，但你没回，所以我过来看看你。”

唐美妮伸手拿过床边的手机：“哦，我没看手机。”

“你没生病吧？”你还在生气吗？

“我没事，就是有些没力气。”唐美妮微微一笑。

她没像以前那样生气，笑得很勉强。她突然的善解人意让姜茶茶有些不适应。

沉默几秒后，姜茶茶按捺不住地说道：“美妮，你知道的，我不是藏着掖着的人，你也不是。有什么气就发出来，有什么话你就说出来，我们不是好朋友吗？”

唐美妮倏地抬眸：“茶茶，那天你问我在哪里，跑过来找我，到底有什么事？”

姜茶茶语塞。

“茶茶，你真的一点点都不喜欢顾南风吗？”

“我……”唐美妮的目光让姜茶茶再次语塞。

姜茶茶的心里好像空落落的，唐美妮看似随意的两个问题，她居然一个都回答不上来，她到底在犹豫什么？

难道她真的……

不，姜茶茶赶紧拿出手机，翻出何耀的微信界面：“怎么可能，我有帅哥在勾搭的好吧。他，就是他，他叫何耀，计算机系的。”

唐美妮凑过头看：“真的吗？”

“当然是真的。他早上来送早餐给我吃，好多同学都看到了。”姜茶茶挤出笑容，“你如果见到他后就知道，他是我喜欢的那一款。”

唐美妮眼睛唰地亮了：“是不是特温暖、特务实，长得很阳光的那种？”

姜茶茶用力点头。

唐美妮一把抱住姜茶茶：“谢谢你，茶茶。”

姜茶茶瞪大眼睛，承受着她扑过来的热情。

“我擅自把校报上的告白转接过来，学校里有好多人都在传我们的新闻，我还以为……”

姜茶茶打断道：“放心吧，我们永远都是好朋友，绝对不可能出现你担心的那种事的。”

这句话，她是在对唐美妮说的，可是心里仿佛有个声音在说，这也是自我警告。

唐美妮放开姜茶茶，怯生生地问：“那周末你会和……”

“周末你去看你的电影，我也去看我的。”姜茶茶摇晃手机。

唐美妮欢呼着原地起跳，一下子又活力四射：“茶茶，我最爱你了！”

后边唐美妮还说了什么，姜茶茶就听不到了。她只知道在外边等唐美妮的时候，走廊上来往的人声变成了一片混沌，耳边也嗡嗡作响，听不清任何声音。

姜茶茶的手缓缓摁在发酸的心口，突然意识到自己极度否认的是什么。

正面对抗第一天。

顾南风完败。

“这小小一家外卖公司不可能有这么强的服务器。”碰了一鼻子灰的徐标吃着薯片，一只手操作电脑，冲顾南风讪笑，“这背后肯定有人帮忙。”

“你是不是没认真弄？”顾南风的眼睛仿佛在放射阴冷暗器，他现在对徐标的信任度实在上不去。

“我有认真在弄好吧！你都拿绝交来威胁我了，我能不尽心竭力吗？”徐标哀怨，再次表忠心，“我发誓，我没放水。”

顾南风皱眉：“据我了解，姜茶茶不是懂电脑的人，她身边也没有电脑高手。”

“那可不一定，说不定姜茶茶有懂电脑的男……性朋友倾力相助，你怎么会知道。”徐标斜眼，冷不丁地扔暗器。

顾南风的脑海里忽然浮现出何耀的脸:“对方的IP能查到吗？”

徐标微笑：“我已经查过了，就在校内。”

顾南风冷哼，怪不得这家伙刚才那句话意有所指。

难道真的是何耀？

“你帮我查查，今晚计算机系有没有课。”

顾南风想让徐标回击对方，逼对方现在和他在线上交手。几分钟后，顾南风去了计算机系教学楼。

IP就在二楼机房里。

如果现在何耀就在机房里操作，那就能确认无疑了。

顾南风一眼就看到了何耀，不过不是在机房里，而是在机房外。

姜茶茶约他在走廊上说话。

顾南风不能走得太近，他们会发现他。

远远观望，姜茶茶像在说一些让她不好意思的话，肩膀在晃，也不敢正眼看何耀。

何耀则一直目光宠溺地微笑着望着她。

最后何耀点点头，还拍了拍她的头。

顾南风盯着姜茶茶逃也似的往这边跑，侧身隐在楼梯间。

姜茶茶一口气跑到扶手边，刚要下楼梯，脚下一滑，险些摔下去！

“哎呀，我的妈！”

顾南风适时地抓住她。

姜茶茶惊魂未定，扭头间，先听到顾南风的声音：“见个帅哥，这么激动？”

“顾南风。”

计算机系的楼梯间灯光昏暗，一直没有修。

计算机楼里大部分是男生，久而久之，也就不计较这些了。

顾南风的脸在黑暗里看不清楚，姜茶茶只觉得他握着她的手很用力。

姜茶茶下意识地想把手缩回来，顾南风没放手：“姜茶茶，你可以啊！早料到我会从网站下手，找帮手。”

姜茶茶又感觉到了那熟悉的危险气息，心下一沉：“是你说的，我们公平竞争。怎么，现在我胜了一局，这么快你就要破坏规矩吗？”

顾南风笑了笑，一把拽过姜茶茶。

“姜茶茶，你刚才和他说什么了？”

借着幽光，姜茶茶这才看清他的脸，脸上的戏谑和别扭忽明忽暗。那双勾人的眸子，总是能轻易地让她的心怦怦直跳。

姜茶茶想起自己答应过唐美妮的，别过脸：“我邀请他周末去看电影了，怎样？”

顾南风皱眉：“你说什么？”

姜茶茶奋力缩回自己的手：“我要找谁看电影跟你有什么关系？你凭什么管我？”说着，她就要逃走。

顾南风一把拽过她，低吼：“怎么和我没关系？我先找你看的电影，我先看上的你！”

我先看上的你！

我先看上的……

姜茶茶缓缓抬头，迎上顾南风的目光，以为自己听错了：“你说什么？”

短暂的沉默后，她的手倏地被松开了。

顾南风扭过头，手插兜：“凡事都有先来后到，我们的赌局还在，约定也还在。”

他轻轻撞开她的肩，先一步离开，只留她一个人站在原地，内心凌乱。

事实上，顾南风从计算机楼出来后，心跳也乱了节奏。

他比姜茶茶还不敢相信自己刚才会说出那样的话。

姜茶茶明明就是他的宿敌，食堂的营业额决定了他的梦想能不能继续下去，敌我关系如此明显，他怎么能乱掉心志？

他就算说出那样的话，也只是为了迷惑敌方。

——对，我才没看上那个一身铜臭味的姜茶茶，我只是为了解除她和何耀的联盟战线，捍卫我的绝对胜利……

他做了足足两个小时的心理建设，才回宿舍。

第五章

还是这样比较好看

黯淡的深夜，尽管霓虹璀璨，仍然照耀不清楚人间的疑惑。

顾氏集团的顶层，厚黑的蓝色玻璃内是一个空中城堡。

顾启就住在这顶层上。

他一个人坐在空旷的客厅里，跟徐标通电话，得知顾南风和姜茶茶约定公平竞争的第一天败了。

“伯父，顾南风这次是很认真的，他是真的很想赢。”徐标欲言又止。

“我知道。”顾启盯着窗外高高在上的夜空，声音低沉，“我不会让你做什么，也不会从中作梗。如果他连一个食堂都搞不定，将来也没办法继承顾氏。我和他的约定三个月一到，到时自见分晓。”

“是，那我先挂了，伯父。”

“徐标。”

“伯父您说。”

“你们是朋友，帮我看着点他。”

“我明白。”

顾启挂掉电话，深深地叹了一口气。

他没有说出口的后半句是“我亏欠他一个母亲，也就很难当一个完整的父亲”。

他的气场在白天可以震慑所有人，到了晚上孤身一人时，他心里也是一片寂寞。

顾启从柜子里拿出安眠药往嘴里送。

他的睡眠质量长期不好，一旦闭上眼睛，就会看到那片大海。

周末。

姜茶茶坐在化妆镜前，盯着里边的自己发呆。

金小灿拍拍她的肩：“老板，你发什么愣？还不赶快化妆、选衣服，约会去！”

姜茶茶受惊：“你怎么知道的？”

金小灿的眼睛睁得比姜茶茶还大：“唐美妮说你们姐妹两个要组团约会去！”

唐美妮是故意的吗？她明明想低调地拍一张照片，然后装作真的有这么一回事，让唐美妮放心就好了，没想过大张旗鼓。

“你不问是谁吗？”姜茶茶看向金小灿，苦笑着梳头发。

“不管是谁，如果真的有进展，之后我自然就知道了。”关键时刻，金小灿走贴心路线，“老板每天都想着赚钱，去约个会、散个心挺好的。”

姜茶茶笑而不语。

她对着镜子扎起马尾，想了想还是没化妆，拿了一条浅色裙子穿上就出门了。

她找何耀周末去看电影，理由就是答谢他的帮助，如果煞有介事地化妆什么的，不就容易让他误会吗？

姜茶茶看手机，有好几通唐美妮的未接电话，见她还发了很多条消息说她和顾南风要出发了，还问姜茶茶和何耀会在哪个电影院看电影，要不要索性一起去。

姜茶茶想了想只回复了何耀的微信：我准备出发了。

事实上，姜茶茶压根儿没想过和唐美妮他们来个四人约会。

唐美妮会去哪家电影院看电影，她知道。唐美妮有那家的会员，只认那里的环境，她只要不去那家就可以了。

姜茶茶特地选了比较偏僻的小电影院。

她不想让何耀不自在，更不想让自己不自在。

顾南风那句话搅得姜茶茶心乱如麻，在心绪平静之前，她不能把事情搞得更复杂。

只是计划赶不上变化。

姜茶茶看到顾南风时，差点没吓死。

"你……你……"

原谅姜茶茶在门口看到顾南风时，指着他半天还是只停留在"你"这个代词上，没继续说下去。

此时，顾南风穿着一身黑色皮衣，茂密、蓬松的头发遮住了眼睛，踩着一双红色限量版球鞋盛大亮相，朋克范十足，低调里透着高调。

他走到姜茶茶跟前，将她从上到下打量一番，突然伸手抓过她的马尾扯下发绳："还是这样比较好看。"

姜茶茶瞪眼："把头绳还给我！"

她才不信他的鬼话呢！早上她懒得捯饬，还没洗头，才特意扎的马尾，这披散下来还不跟鬼一样？

顾南风只当没听到，把头绳往口袋里一揣："姜茶茶，我们真是有缘，连约会都凑到一起了。”

他特意把“约会”两个字说得格外重，阴阳怪气的。

这时唐美妮姗姗来迟，她盛装打扮过后就像明艳的会移动的花朵，一路飘着芳香。

见到姜茶茶时，她稍微一愣，随即上前挽过顾南风的胳膊：“我迟到了。”

顾南风扭头：“还好，我还没取票。”

见唐美妮和顾南风相视一笑，姜茶茶不敢确定，来这里到底是谁的主意。不过她想不通的是，自己没告诉唐美妮要来这家电影院看电影，他们到底是怎么找到这里来的？

“茶茶，我买了爆米花，还有冰激凌，你还想吃什么？”何耀从饮食区那边抱着大包小包走过来，问姜茶茶。

姜茶茶从他怀里接过爆米花，微笑摇头：“不用了，这些……”

一只大手跟接力一样，把姜茶茶的爆米花夺走：“这些不够，你们还是再买点吧。”

姜茶茶逼着自己不要回头，回头她可能会对着那张讨厌的脸捶过去。

何耀微微皱眉。

唐美妮见状，赶紧说道：“顾南风，你喜欢吃这个？那我去买点过来吧。”

“不用了。”顾南风扫一眼姜茶茶，然后径直往前走。

这时，何耀倏地挡在顾南风面前：“这个是我买给茶茶的。”

两个男生这么近距离地同框，姜茶茶这才发现他们居然差不多高。大抵因为何耀性格阳光，她才觉得他平易近人，没那么高大吧。此时此刻，他毫不退让的坚持也只是多了一分不卑不亢，而没有慑人的气场。

何耀平视顾南风：“你要吃，自己去买，或者让你女朋友去买。”

顾南风冷笑："如果我不呢？"

他们看似在说爆米花，又好像在说别的。

眼看这里是公共场合，两人又没相让的意思，姜茶茶和唐美妮赶紧去拉他们。

姜茶茶："算了，何耀，我不喜欢吃爆米花，就给他好了。"

唐美妮："顾南风就是爱闹，没有恶意的。我去买，我请客。"

"不必了。"这回，两个人倒是异口同声。

顾南风把吃了几口的爆米花塞进姜茶茶怀里，一字一句道："不过是廉价的爆米花，我不稀罕。"

说着，他牵过唐美妮往里走去。

姜茶茶拉过何耀："对不起，连累到你了。"

何耀轻拍她的头："说什么呢，你跟我出来，我就得好好保护你。"

姜茶茶怔了怔，他随即把吃的东西让她帮忙拿一下，然后从口袋里拿出一个类似手绳的东西。

她还没看仔细，他就温柔地抓过她的头发。

姜茶茶只觉得他的下巴在眼前轻轻晃动，能闻到他身上好闻的肥皂香味。

"本来是想之后再送给你的，不过现在先挪作他用吧。"

他环过来的双臂垂下来，姜茶茶清晰地感觉到自己的头发被扎好了，不紧不松。

"我们走吧。"何耀温柔一笑。

"嗯。"

他原来连这个都看在眼里了。

姜茶茶心头一暖，跟在他的身后，往内厅走去。

不过感动只是一会儿，当入场落座的时候，姜茶茶发现，自己的右手边竟是顾南风。

为了避免刚才差点要动手的场景再次上演，姜茶茶毅然决然地入座，把顾南风和何耀隔开。

这下子看电影的心思都没有了，姜茶茶盯着满屏幕乱闪的画面，一点也没看进去。

何耀每次递给她吃的东西的时候，她都觉得旁边的顾南风在瞪着她。

姜茶茶的脊背像打了钢板，不管顾南风怎么瞪，她都当作没看见。何耀对她微笑，她也微笑回应。何耀递给她吃的，她就伸手去接，尽量表现得亲密自然。

突然脚背一疼，姜茶茶一个激灵，缓缓转头去看顾南风。

顾南风冷冷垂眸，示意她的胳膊："你越界了。"

"对不起。"

顾南风这才稍加欢愉地看向前方，在他扭头间，姜茶茶正好对上唐美妮的眼神。

她心下一沉，唐美妮的目光充满哀伤，没有停留，也转向了前方。

姜茶茶真想对某人踩回去，他真是卑鄙，让她成了恶人！

电影结束，起身间，因为一个多小时都用力地坐着，姜茶茶脚下一个踉跄。

顾南风适时地扶住她，大手的温热再次向她袭来。

姜茶茶一个激灵，赶紧站好："对不起。"

一场电影看下来，她已经说了两次对不起。

何耀牵过姜茶茶的手："来，我牵着你走。"

姜茶茶回眸，碰到那炙热的目光，赶紧快步往前走。

来到电影院外，总算可以呼吸新鲜空气，姜茶茶急着要和顾南风道别，顾南风却主动提议："饭点到了，我们一起吃饭吧。"

姜茶茶和唐美妮异口同声："不用了吧。"

顾南风皱眉："反正都碰到一起了，你们也是好朋友，一起吃怎么了？"他随后瞅何耀，"吃了他的爆米花，我也不能占他的便宜啊！"

姜茶茶把头摇成拨浪鼓，她生怕何耀被某人一激就点头答应了。

何耀温柔地望向她："茶茶不愿意，就不用了，我尊重她的意见。"

姜茶茶暗自舒了一口气，挽过何耀的手臂："那我们就先走一步了，你们好好玩。"

她转身间，如释重负，又无比失落。

姜茶茶和何耀回到学校，何耀表示："今天我很开心。"

姜茶茶抿唇，不知道要说些什么，便木木地点头："今天我也很开心。"

何耀驻足："那我可以期待下一次吧？"

还有下次？

姜茶茶扭头。

"你忘了？我多收了你一笔钱。"何耀温馨提示。

姜茶茶转动眼珠，才想起来他说的是微信转账的事。

她瞬间脸红了起来，原来还可以有这波操作。

"何耀，你是不是……"姜茶茶想了想，硬是没问出来，她怕真的问出口，今天的无奈之举就成真的约会了。

"是不是什么？"何耀星眸微眯，侧头靠近她。

"是不是……"他真是耳尖，姜茶茶的心扑通扑通直跳，急中生智，"发现今天我利用你了。"

她低下头，像一个认错的孩子。

今天，顾南风故意找碴儿，她和顾南风暗暗较劲，是个人都看出不对劲了，聪明如何耀，又怎么会看不出来呢。

“嗯。”何耀也不含糊，爽快地承认，“你是想让朋友放心，消除隔阂。”

“对。”

“不过我不介意。”他的手突然伸到她的下巴处，将其抬起，“为你的善良助力，我很开心。”

——更何况，和你相处，我很开心。

何耀的笑，像黏稠剂一样黏着姜茶茶，久久都不散去。

她不得不承认，他的温暖很令人着迷，像一块巨大的沼泽让人理智不起来。

拿下他给的“头绳”之后，姜茶茶更是心乱如麻。

那是一根手链红绳，上边绑着一个小小的金色 Hello Kitty。

金小灿神出鬼没，惊呼：“哇，老板，你的约会礼物哦！”

姜茶茶赶紧把红绳扔进抽屉，砰地关上。

“老板！你害羞了！”金小灿挑眉，手指抚着姜茶茶的脸，一圈又一圈。

“金小灿，我现在有一个很严肃的问题问你，如果你开玩笑，我就扣你钱。”

金小灿立马严肃了。

“喜欢一个人，到底是什么感觉？”姜茶茶发誓，她真的很正经。

金小灿忍住笑：“喜欢一个人，当然是看到他，自己的心就怦怦跳啊！”

“有没有再多一些，具体的表现？”

“嗯，他一笑，你就缴械投降了；他说话，你就觉得像在唱歌……”

这说的都是何耀啊！

“那被喜欢是什么待遇呢？”

“当然是被温柔以待啊！”金小灿眨巴眼睛，又歪头想了想，“不过也不都是这样，有些人会喜欢闹你，有些人会喜欢损你，因人而异的，因为每个人性格都不同啊……”

这好像也有顾南风的痕迹。

“姜茶茶。”金小灿突然毫无征兆地凑近，打量正在思考的她，“你这满脸摇摆不定的表情，难道说……你不知道自己喜欢谁？”

姜茶茶用力拍她，很凶地呵斥：“一边待着去！”

金小灿委屈巴巴，缩着脑袋瞪施暴的某人：虽然你赚钱厉害，专业课也不错，可是没谈过恋爱，这方面有疑问有什么奇怪的？

哼！明明就是此地无银三百两！

晚上，姜茶茶又做梦了。

这次，她梦见何耀坐在云端上钓鱼，她伸手想去触及，想去靠近，突然就见顾南风张着邪恶的翅膀靠近过来！

她惊醒后，天大亮了。

奇怪得很，金小灿没在床铺上睡懒觉。

姜茶茶有种不好的预感，果然三秒后，金小灿就推门冲进来说：“姜茶茶，你怎么还不起来啊？今天大明星佟瑟瑟要来T大录节目，我们得去采访啊！”

姜茶茶差点没从床上滚下来。

她就说怎么感觉有重大事情没记起来！

佟瑟瑟，江教授留的作业！

就算只剩下新闻系内部角逐，也是七八十名选手竞争！想要拿到独家，绝对是各凭本事的！

姜茶茶穿上衣服鞋子，洗漱的速度比平时快了一倍，然后拉上金小灿就去游泳馆。

果然，早起的鸟儿有虫吃，其他同学早就把游泳馆门口堵得水泄不通。佟瑟瑟录制节目的第一个地方就是游泳馆。

金小灿着急了："茶茶，怎么办，怎么办？早知道我们就该去别的系借魁梧的男生过来了，就凭我们两个小身板，这样子怎么挤到前面去啊？"

姜茶茶眼神聚光，打量眼前的情形，分析道："就算现在挤过去也没有什么特别大的意义了。还记得江教授说过的话吗？独家新闻往往掌握在少数人手里。"

金小灿扭头，跟着姜茶茶绕开了前门。

两人来到游泳馆后面一扇被很粗的链子锁住的玻璃门前，这里原本是逃生通道，不过游泳馆前面的三扇大门平时基本敞开，所以这后门形同虚设，索性就被管理人员上锁了。

金小灿看着比自己胳膊还要粗的锁链咽口水："茶茶，我可不会隐身术。"

姜茶茶叹了一口气："就你这样，以后怎么去跑八卦新闻组？我保证你上岗没一个月，就被别人干掉了。"

说着，她扭头，去一旁的草地上捡了一块石头。

金小灿捂嘴间，只听"哗啦"一声响，姜茶茶粗暴地把玻璃门砸出一个大洞，还根据两人身体大小，把洞凿出一个形状来。

姜茶茶扔掉石头，很满意地双手叉腰，示意金小灿："来吧，进去吧。"

"你们真是大动干戈。"突然，一个不合时宜的声音响起，吓了两人一跳。

姜茶茶瞪眼，又是顾南风这个阴魂不散的家伙！

"你跟踪我？"

顾南风勾唇，双手抱臂："用得着吗？我只是恰巧路过，看到你们鬼鬼祟祟的。"

犯罪现场被人当场逮着，即便是心理素质好，也还是会有点慌。更何况，对方是顾南风这个恶魔。

姜茶茶仰脖："你想怎样？"

顾南风径直越过她们，直接钻洞："不想怎样，赶紧进去吧，我可不想被当成犯罪同伙。"

姜茶茶和金小灿四目相对。

两人紧随其后，也钻了进去。

三个人出现在了游泳馆内。

姜茶茶好奇地瞪顾南风："你进来干什么？"

"来见佟瑟瑟啊。"顾南风也不含糊。

佟瑟瑟现在可是很火的少女组合成员，长得很漂亮，在网上被誉为是五千年才出一个的美女，未来不可限量云云。

所有的男生都一样，都对美女趋之若鹜。

也对，谁不想来一睹芳容？

姜茶茶不忘讥讽："你想见人家，人家又怎么会让你见呢？既然是明星，肯定待在休息室里，助理保镖站外边一大堆。我看你啊，是空欢喜一场。"

顾南风却不搭理她，大步往前迈。

三个人一转眼，就到了更衣室这边的休息区域。

一群工作人员已经在支架摄影器材什么的，他们三个人一出现，格外刺眼。

姜茶茶和金小灿刚想表明身份，表达希望可以采访一下佟瑟瑟的意愿时，只见顾南风径直朝一个人走过去。

而那个人看到顾南风的一刻，竟恭敬地微笑着迎上来："顾公子，是您啊。"

那个人，姜茶茶没看错的话，是佟瑟瑟的经纪人。

阿东，一米八的瘦长条，因为长得像赵本山，跟佟瑟瑟在机场的时候上过镜，短暂地上过热搜。大家亲切地称他为“东叔”，佟瑟瑟十分疼爱粉丝，也跟着一起叫。

金小灿压低声音惊呼：“不是吧，顾大公子连娱乐圈的人都认识？”那尾音起码有五个问号。

姜茶茶皱着眉，看到顾南风和东叔相谈甚欢。

东叔要请顾南风进去，顾南风扭头走到姜茶茶跟前：“要不要跟我一起进去？”

他的笑容满是得意，姜茶茶很想说“不”来着，不过金小灿使劲地在旁边点头，本着这么好的采访机会不能放弃的原则，她只好十分不争气地同意了：“好。”

这么轻易地就能跨越障碍见到佟瑟瑟，简直跟中了大乐透一样幸运！

金小灿激动地探头问：“顾大公子，您是怎么和佟瑟瑟认识的？”

顾南风双手插在口袋：“她和我是同学，以前没红的时候，我资助她去韩国培训了一年。”

金小灿把大把的“哇”往嘴里咽：“原来是这样啊！”

顾南风用余光瞅了眼一直沉默的姜茶茶：“这是你们新闻系的作业吧。”

金小灿：“是啊，真没想到这么幸运就能拿到专访的资格！外边那些挤破头的同学真是要羡慕死了！哎哟！”

姜茶茶伸手揪了一下多嘴的某人。

顾南风勾唇：“那应该要好好谢谢我才是。”

姜茶茶：……

在休息室见到准备录制节目的佟瑟瑟，姜茶茶简单地问了两个问题，剩下的就交给金小灿了。在那些劲爆刺激的问题方面，金小灿比她强。

于是，姜茶茶退出休息室在外边等金小灿。

顾南风和她一起站在门口，一左一右地靠着墙。

两人一时都无话，空气里飘来外围工作人员的交流声，气氛有些莫名其妙。

姜茶茶的余光忍不住打量他，又下意识地赶紧收回来。

在他忽然转头间，她的心跳猛地漏了一拍，脱口而出："谢……"

"那天……"

两人不由得对上视线。

姜茶茶眨眼，局促地用手指了指门里边："我说谢谢，采访。"

"我是问那天，你和何耀之后都去干了什么？"

姜茶茶垂眸，心不由得狂跳，表面波澜不惊地说道："当然是去干约会该干的事啊。"

他一脚踏到她跟前，她下意识想后退，他的大手却一把勾过她的腰，逼她抬头看他。她再次迎上他质问的眼神，如同那一天在食堂后院，贴着运输车时的感觉。

"什么叫约会该干的事，说具体点。"顾南风魅惑的声音里透着不容拒绝的命令口吻。

"这……这是我的隐私，为什么要告诉你？"姜茶茶伸手推他无果，不服气地反问，"那你会告诉我，你约会都干了什么吗？"

顾南风挑眉："约会啊，你和何耀走了之后，我就直接和唐美妮分开了。"

姜茶茶怔住了。

那天，唐美妮可是很晚才回学校的，她说和顾南风玩得很好，还做了很多事，因为玩得太开心都忘记拍照了。难道都是假的吗？

"现在该你说了。"顾南风催促。

这时有人经过，姜茶茶涨红脸，呵斥顾南风："你先放开我！"

“你要和我讨价还价？”他的力道不松反紧，威胁意味十足。

姜茶茶看着他无限靠近的脸，觉得自己像一捅即破的窗户纸，赶紧说道：“我和何耀去吃饭、散步、谈天说地，然后一起回了学校，还……”

“还怎样？”顾南风皱眉。

“还接吻了。”姜茶茶咬唇，脱口而出，“怎样！”

他的目光那么冷。

他的沉默像加了液压器，让人平生压迫感。

姜茶茶心虚地眨动眼睛，只想让他们之间这种说不清的情愫烟消云散。

她不在乎用什么方式，只想自己和唐美妮的友情不再陷入一个为难和尴尬的境地，可为何他偏偏还要不断靠近？

顾南风怒极反笑：“姜茶茶，你挺可以啊。”

他倏地放开她。

姜茶茶觉得自己的心脏都要跳出来了。

这时，金小灿打开门，满脸兴奋的绯红，丝毫没有察觉到门口的奇怪氛围：“茶茶，我们拿到独家专访了！”

姜茶茶拉过她，赶紧逃离。

两人选择从刚才的路折返，不想走到游泳池边的时候，那些在门口等着的大军，或许是等得不耐烦了，又或许是听到风声了，纷纷冲了进来。

走在最前头的姜茶茶调转不及，被人撞到。

随着金小灿的惊呼“茶茶”，只听一声清脆的坠落声随之响起。

姜茶茶就这样落入了游泳池中。

姜茶茶不会游泳，她只觉得周围突然陷入一片深蓝，然后鼻子和嘴里被冲进一股力量，很快，她的身子不停地往下沉去。

这种被水淹没的错觉，随着最初的惊慌，慢慢地停留在似曾相识的画面中。

好像回到了九岁那一年，她被爸爸带到妈妈的老家，希望找到妈妈的踪影。可是妈妈不在，她看到一个很像妈妈的人在船上。

她挣脱爸爸的大手，冲向了海边。

她一边叫着妈妈，一边掉进了海里。

那种被海水迅速包围的感觉……

她仿佛看到了一道光，仿佛跟着这道光就能看到妈妈，仿佛有一个声音在喊她："茶茶，茶茶……"

……

顾南风跳入游泳池，将姜茶茶迅速拉起，推到岸边。

他给她做人工呼吸："茶茶！茶茶！姜茶茶！"

姜茶茶一口水吐出来，恢复意识的前一刻，她清晰地看到顾南风的唇落在自己的嘴上。

金小灿在旁边大哭："哇，老板，我还以为你要挂了呢！"

哭声里，猝不及防地，"啪"的一声，姜茶茶甩了顾南风一巴掌。

金小灿的哭声戛然而止。

"这是我的初吻！你浑蛋！"姜茶茶涨红脸，她确定以及肯定他是故意的！她明明都睁开眼了，他还凑上嘴！

随着停下脚步的众人默契地惊呼，顾南风抿抿嘴，一点也没生气。

他贴近她的脸，声音低到只有她一个人听得到："你不是说昨天和何耀亲过了吗？"

她的脑袋嗡地炸开。

电光石火间，他戏谑得逞的淡定，星星之火可以燎原。

本来去采访佟瑟瑟的大部队，不得不停下来围观一下这边的八卦现场。

不过随着金小灿拉姜茶茶离开，很快，这场小意外也就没有继续转移大部队原本的注意力了。

回到宿舍里，金小灿一边敲键盘把采访报告写出来，一边不忘和在换衣服的姜茶茶对话。

“茶茶，你赶紧把湿衣服脱下来。

“茶茶，澡就别洗了，你赶紧把报告也赶一下，等第一时间交给江教授。

“茶茶，你……”

姜茶茶整个人像陷在混沌的火焰里不可自拔，她时而抓头发，时而拍脸，时而暴走。

金小灿看得瘆得慌：“你怎么了？”

姜茶茶很凶地吼道：“我没事！”

这哪是什么没事的样子！金小灿转动眼珠，这才意识到她在别扭什么，捂嘴笑：“哎呀，老板，顾大公子那是事急从权，不是为了救你吗？再说了，还是你赚到了不是？”

姜茶茶捂着脸，突然一股悲怆无比的感觉从下而上，一个字都说不出来。

罢了，罢了。这个世界恶意太多，她一个人承受不来。

和金小灿一起把专访赶出来，姜茶茶紧赶慢赶地跑去教室。

江教授用一种“孺子可教也”的满意眼神瞥向姜茶茶，她们得了一个漂亮的A。

江教授：“茶茶啊，你看，你还是很有能力的不是？记住，新闻的爆点就在于把大家十分好奇的点进行抽丝剥茧，然后报道，那么你的努力就不会鲜为人知，而是事半功倍。”

姜茶茶默默点头，假装受教。

江教授自诩和别的学究气教授不同，走的是务实派路线。

这何尝不是另外一种死板？

走出教室，金小灿一蹦三尺高：“茶茶，我们有 A 了！有 A 了！”

“嗯，A 是有了，可我的梦想呢？”姜茶茶驻足，蹲地。

兴奋的金小灿微微一怔，意识到姜茶茶在说什么：“姜茶茶，海洋环境的关注离我们普通人真的太远了。你如果执意在这条路上走到黑，一点实际意义都没有的。”

“什么才叫有意义？大部分人的关注点才叫关注？大部分人支持的意义才是意义？”这些话在姜茶茶的内心深处藏了太久，“大路有人走，小路也得有人走啊。”

金小灿咬咬唇，她的嘴皮子不如江教授利索，而江教授也没有彻底说服姜茶茶。

“嗯，你是江教授的爱徒，至少他不希望你放弃大路，走小路吧。”

姜茶茶起身，无奈垂眸。

如果金小灿用一大箩筐的道理来回她，她准备好了很多的话回击。可是现在，一句也派不上用场了，她的脑海里浮现出爸爸的期待和江教授的倚重。

最大的绑架，就在于爱你的人以爱之名对待你吧。

这时，姜茶茶接到了徐教授的电话：“姜茶茶同学，我是徐卫，我现在美国。”

接下来，徐教授表达了抱歉，他说他不能接受顾南风进他的海洋研究小组。

徐教授没有说不能接受的原因，只是以要上飞机为理由匆匆挂断了电话。

姜茶茶没明白徐教授为什么不直接打给顾南风，后来想想，大抵是因为那天顾南风的乱说，让徐教授以为她作为转达者会比较合适。

姜茶茶郁闷极了。到底是从什么时候开始，自己已经和这个冤家分不开了？

他才帮她拿到佟瑟瑟的专访，她这就要拿这个消息当“谢礼”，也是醉了。

顾南风湿答答地回到宿舍换衣服，徐标正在打游戏，见他这副样子，奇怪地扭头：“你掉水里了？”

顾南风嘴角上扬，用鼻音回答：“嗯。”

徐标的手机响了，瞄了一眼：“原来是英雄救美去了。”

顾南风扭过头，稍微一愣：“消息传得这么快吗？”

徐标盯着电脑屏幕，评价道：“顾南风，你败局已定。你喜欢上姜茶茶了。”

顾南风换上干净的衣服，额发还滴着水。他盯着地上的湿衣服，第一次没有反驳徐标。

听到她说昨天和何耀接吻了，他觉得肺都要炸了；在水里的时候，他看到她无限下沉，脑子一片空白，心脏缩成一团；当给她做人工呼吸时，明明看到她醒了，他还是再一次俯身上去。她给的巴掌很响、很用力，但听到她的咆哮时，他的心里抹过蜜一样甜。

如果这些都还不算是喜欢，那真是说不过去了。

他的沉默让徐标放弃了即将打赢的比赛，缓缓转过头来，倒吸一口凉气：“你居然没有反驳！”

顾南风关上柜门，转身：“你说对了一半。”

一半？哪边的一半？败局已定？还是喜欢姜茶茶？

顾南风从宿舍楼下来，准备去把姜茶茶砸破的游泳馆后门窗户的钱补上。

姜茶茶却找上门来了。

顾南风眼底不自觉地涌上笑意，他走上前说：“你来道歉还是来道谢？”

姜茶茶歪着头：“那我该道歉还是该道谢？”

“你可以同时来，我受得住。”顾南风稍稍低头，沉声回应。

他眼底的一片星辰投下来，姜茶茶仿佛又回到了游泳池里的感觉，她不和他扯皮了：“我来是想告诉你，徐教授来电话了，他拒绝了你入研究小组的请求。”

给人带去不好的消息，是需要勇气的。

不过顾南风明明这么讨厌，她以为勇气会少一些。

可看到顾南风的明眸一瞬间跌进灰暗，姜茶茶的心还是被震慑到了。

他那样一个志得意满、站在云端上的人，怎么可能会因为这么一点小事就被击垮了呢？

他整个人陷入阴影里，不可自拔。如果不是她看见了，她不会相信。

“你……你没事吧？”

顾南风不吵不闹，只是沉默。

他突然揽过姜茶茶入怀。

姜茶茶愣了愣，以为自己又着道了的时候，听到顾南风有气无力地说：“就一分钟。”

……

“一分钟就好。”

他的拥抱传递着悲伤。

姜茶茶能感觉到他鼻息间拼命压抑的难过，他半张脸埋进她的脖颈里，小心翼翼又克制非常。

她忍不住回抱住他。

一分钟，如斯漫长，又似弹指一挥间。

直到他先放开她："我没事。"

"去海洋小组真的有那么重要吗？"看他像丢失了全世界一样失魂落魄，姜茶茶忍不住问出口，可是问出口后又后悔了。

这样好奇的口吻，太过熟悉。

江教授、金小灿、唐美妮这些人，都这样问过她。

她都是笑而不语，从最初的解释到最后的懒得解释。

不等顾南风回答，姜茶茶自嘲一笑："是梦想，对吧。"

顾南风点头，望向远方："嗯，梦想，不能放弃的梦想，不惜一切代价都想要去实现的梦想。所以，就算这次不能成功，我也不会放弃。"

"是有什么特别的缘故吗？让你选定这个梦想。"姜茶茶又问。

在她看来，顾南风身为云端上的人，生活是有固定的范围的，即便不是以金钱为目标的梦想，也不会跳到那么远的地方去，至少有点关联性。

海洋太远了。

"因为我妈妈。"顾南风修长的睫毛微微闪动，像雨中的蝴蝶飞向记忆的花丛，"她是海洋生物学家，在一次随考察船队出海后，就再也没有回来。"

顾南风说，在他的印象中，妈妈很漂亮，这种漂亮不单单是外表，而是她对自己梦想热爱的心。

顾启是一个很霸道的父亲，也是一个很霸道的丈夫。他爱妈妈，却不能爱她热爱海洋的心，曾经无数次为了这件事和妈妈争吵。

可是在妈妈一次次沉默后，她却始终都没有妥协。

从他懂事开始，床边故事都是妈妈讲述的关于她和大海之间的故事。在没去过大海之前，他就对大海有了一个大致的认识。

妈妈说，海洋是一个简单、纯粹的世界，它的神秘就在于人类至今还无法完全了解和认识它。

那次出海，妈妈说好的是去半个月就回来，可是一个月过去，妈妈始终没有回来。

他问过爸爸，妈妈怎么还没有回来。

可是爸爸总是说快了，然后就能看到爸爸脸上带着凝重，不断地打电话。

后来，不提妈妈渐渐成了他和爸爸之间的默契，就好像一提起，妈妈就真的会彻底消失在他们之间。

事实上，大家都知道真相是什么。

可是顾南风却觉得，妈妈一定会回来。

“就算她真的回不来了，我也想去她去过的地方，继续她的梦想。”末了，顾南风这样说时，脸上浮现出从未有过的认真。

姜茶茶点点头，心口像被一阵阵的海浪席卷过一般，久久沉默。

原来讨厌鬼身上还藏着这样一个故事。

原来他的内心有一片守望的海洋。

她突然很心疼他：“只要你相信，阿姨就一定。”

顾南风一怔，露出笑：“别以为你这么说，我就原谅你恩将仇报的那一巴掌。”

他指指自己的右脸。

正经不过三秒，不过姜茶茶笑着转身，第一次没有被他的挤对气着。

因为这一次她明白，所有的不正经，其实背后都是一份深情。

姜茶茶大步往前走，心情由阴转晴，丝毫没注意到不远处有一双眼睛默默地将他们刚才的举动看在眼里。

下午，姜茶茶接到了来自后勤办的处分。

金小灿的神情犹如晴天霹雳：“老板，是不是你又惹顾大公子生气了，不然他为什么要告发我们呀？”

姜茶茶狠狠地咬了自己大拇指一下，看着处分通知单：“不可能啊。”

刚和顾南风交过心，怎么可能是他告发的呢？

“除了我们三个，还能有谁？”金小灿的头一阵阵地发疼，这板上钉钉的事情，她也不想相信好吗！

姜茶茶无言以对。

难道说，这又是顾南风的计谋？

这个念头从心里产生，立刻又被打消了回去。那样的深情和笃定不会骗人的。

姜茶茶决定去后勤办问一下目击者是谁。

待到了后勤办，姜茶茶看到了何耀。

他正在和后勤办主任说着什么，后勤办主任的神情先是疑惑，随后撑了一下眼镜，没有说话。

姜茶茶走过去，听到何耀说：“主任，我说的是真的，游泳馆后门的玻璃门是我打碎的，你的处分通知单发错了。”

何耀拿出卡，表示愿意赔偿。

姜茶茶愕然，只见他扭头看到了她，神情自然地冲她招手：“你来得正好，我知道你被冤枉了，我正在和汤主任说这件事呢。”

汤主任四十多岁，手段狠辣，稳坐后勤办一把手不是浪得虚名。听说他家里人都是当官的，所以铁腕手段是从血液里流淌出来的，特别喜欢通过处事儿来彰显他的能力。

他待过的上一所学校，就是因为他的治理学校里的治安好了很多，男生们都忌讳着他不敢惹事。

“可是分明有人看到是姜茶茶和金小灿动的手，我这里可是有证据的，你乱认可不好。”何耀莫名其妙把这件事揽上身，汤主任显然不信。

姜茶茶听到这话，赶紧上前：“汤主任，是谁看到的？我想和他当面对质。”

汤主任扫了姜茶茶一眼：“不用，反正都有记下来。”

姜茶茶更加奇怪了：“记下来？”

汤主任见两个人都很坚持，有些不耐烦地扭过椅子，操作电脑。

很快，在电脑屏幕上，姜茶茶看到她带领着金小灿进行的“犯罪画面”。

姜茶茶在心里如释重负地松了一口气，果然不是顾南风。告密

可是那会是谁？还用手机拍下来？

汤主任扭头问：“何耀，你还要认吗？姜茶茶，你还要对峙吗？”

何耀没想到会有这一手，一时也不知道该怎么说。

这时，姜茶茶说道：“汤主任，这个处分我认，赔偿我也认。不过您也看到了，自始至终都是我一个人动的手，金小灿没参与。她的处分不如撤了吧，好吗？”

姜茶茶说得合情合理，汤主任再次扶了扶眼镜：“行吧，就按你说的做。”

姜茶茶连声道谢后，目光顺及何耀，转身出去。

何耀帮她“顶罪”，姜茶茶是很意外的。

这处分虽然不算大，但总归是污点，再小也多少会有些影响。

她和他一前一后下了楼。

在一楼的长廊上，姜茶茶转身：“你为什么要说那是你干的呀？”

何耀站着，双手插口袋，淡定开口：“我们是朋友啊。”

这话说得理直气壮，可听起来太不走心了。

姜茶茶：“那你也不用替我顶罪啊，处分可不是闹着玩的。”

“你都可以为金小灿开脱，我为什么不行？”何耀上前，走

到她跟前，“还是说，你根本就没把我当朋友？”

他的逻辑满分，她挑不出错处。

姜茶茶迎上他灿如星辉的眸子：“你知道的，这不一样。”

何耀微微勾唇，浅笑的样子像柳叶拂面：“嗯，是不一样，但我不想急着现在说。来日方长，我想让你看到我的诚意。”

他说得诚恳，呼之欲出的告白，只差那几个明确的字眼，却足以让姜茶茶听得面红耳赤。

如果说顾南风的霸道是一种炙热，他就是一股缓缓的热流，同样有着不容小觑的力量。

姜茶茶抿唇：“我……”

“你不用急着回答我，我说了，来日方长。”何耀勾唇，温柔地说道。

姜茶茶怔怔地迷失在他的微笑里，就这么傻傻地望着。

何耀被看得脸颊微微发烫，低头轻咳了两下：“茶茶呀，我们是不是该去食堂看看今天的菜单了？”

姜茶茶打了一个激灵，转身就跑：“哦，对！”

她脚底抹油的样子真是可爱；她红了脸颊、耳朵的样子也可爱；她仗义为朋友的样子更可爱。

何耀的手缓缓移到心口，听到里边的心脏跳得热烈。

第六章

你担心我

接连两天，顾南风没有再搞黑客攻击那一套，却开始在食堂大发优惠券，直接就将学生们的生意锁死了。

姜茶茶可以感觉到那天顾南风的决心，顾南风是动真格了。她也深刻领悟到他说的“不会放弃”的决心，因为都转嫁到了营业额上——海外研究小组是去不了了，那不转系的最后防线一定要守住。

中午吃饭时间，金小灿郁闷地望着手里无比安静的两部手机，感叹道：“老板，不然我们认输吧。这种烧钱赚吆喝的狠招，顾大公子玩得起，我们可玩不起啊！”

姜茶茶烦躁地抓额头，认输不认输都不是重点，重点是，如果她就这么撤退了，顾启会来找麻烦不说，她也要失信于老爸了呀！

姜茶茶犹豫间，何耀发来了微信：“出来聊两句？我在小卖部。”

姜茶茶想了想，回道：“好。”

她去了小卖部，何耀正在和老奶奶闲聊。

老奶奶笑得褶子都皱在一起了，还亲昵地拍拍何耀的肩。何耀扭头看到她来了，起身挥手，并走过来打开冰柜门。

“这次红豆冰棍存货很多。”何耀拿了两根，一根递给姜茶茶，调侃道。

姜茶茶了然一笑：“嗯，这次我请客。”

两人走到小卖部前的空地，就着长椅坐下。

“顾南风发放优惠券的事情我知道了。我研究过，他不是单纯赚吆喝，他用买二赠一的方式让学生记分，买得越多送得越多，运用金字塔的等级方式，吸引力很大。”何耀说，“表面上，无懈可击。”

姜茶茶听到这话，更气馁了：“是吗？那我是不是该认输？”

“为什么？”何耀问了一句废话。

“难道我要去跟他拼烧钱吗？我可烧不过他。”姜茶茶把金小灿的话重复了一遍。

“拼送优惠券，你确实拼不过。”何耀点点头，“不过我们可以另辟蹊径啊。”

姜茶茶扭头，顿时觉得他闪烁着智慧的光芒。

“是这样……”何耀稍稍把脑袋凑近，把他另辟蹊径的方法介绍了一下。

简单来说，就是分销掉顾南风的优惠券。学生可以认真收集优惠券，去食堂使用，也可以把他们收集到的优惠券拿到她的平台使用，她提供更多的选择，并且学生之间也可以内部消耗。这样一来，她不但可以压制住顾南风的营业额，也可以分一份蛋糕。

姜茶茶摸着下巴，思索了一下觉得可行：“不过，顾南风也依样画葫芦怎么办？”

“这招不算厉害，他如果再拿回去炒冷饭，就落了下风。”

何耀自信地笑，“剩下的事，就要你去和那些商家谈了，单笔利益会变薄，但胜在薄利多销。有信心吗？”

姜茶茶起身，点点头：“有！大不了我的分红也少点，先压过顾南风一头再说！”

何耀仰头望着重新燃烧斗志的姜茶茶，目光满是宠溺：“你真的是我见过最爱赚钱的女生了。”

“爱赚钱还分男女吗？”姜茶茶不以为然，“以后我要给我爸买一套大房子呢，不赚钱怎么行。”

何耀点点头，又问：“不是爸爸妈妈吗？”

“我是单亲家庭长大的。”姜茶茶吸吸鼻子，“这些年我和我爸相依为命，我爸本来是大老板，可是在我出生后，我爸就破产了。有高僧说我是克财的，不过我可不信命。”

何耀满心佩服：“你倒是坦白，如果换作别人，多少会粉饰一点。”

姜茶茶吮吸冰棍条：“是怎样就是怎样，也不是粉饰了就真的能变完美无缺的。”

何耀点点头，若有所思地说：“是啊，可是很多人都不明白这个道理。”

姜茶茶扭头，难得见何耀温和的脸上浮现伤感：“何耀，你怎么了？”

何耀回神，摇摇头：“没什么，我要说的都说完了。”

和何耀聊完自己最近心里的这些苦闷，姜茶茶感觉豁然开朗了许多。姜茶茶正准备起身离开，何耀却拉住她：“喂，你就这样走了，也太现实了吧？”

姜茶茶扭头：“嗯？”

几分钟后，姜茶茶被何耀带到了游戏厅。

何耀把玩具狙击枪递到姜茶茶手里：“我们比一场，怎么样？”

姜茶茶平时都忙着赚钱和念书，对这种娱乐活动不甚擅长，想了想提议道：“三局两胜制？”

何耀爽快地答应。

开局后，姜茶茶才知道这种看似简单的射击游戏其实还是挺难的。她总是慢半拍地错过射杀对象，刚有合适的射杀机会时又被人伏击了。

在紧张的氛围下，这样挫败掉几次，心理防线就足以土崩瓦解，她的手也慢慢不受控制了。

这时，何耀说道：“你想心里最讨厌的人和事，注意力集中，再试试。”

姜茶茶的眼前立刻浮现出顾南风的脸。

说来也神奇，她后来居上，战果渐渐追了上来。

三局下来，姜茶茶赢了两局，居然胜了。

何耀放下枪，笑笑地看向姜茶茶：“感觉怎么样？”

姜茶茶兴奋地点头：“嗯，真是畅快。”

“这是挺好的减压方式。”他漫不经心地递上纸巾，姜茶茶闻到那纸巾上的清香，才意识到给她减压才是他的目的。

姜茶茶的心再次一暖，打趣道：“看你斯斯文文的，没想到会喜欢这种减压方式啊。”

何耀勾唇：“看来我给你的感觉很刻板嘛。”

姜茶茶忽然想起他说的“来日方长”，心头不自觉地跳动。

这算是来日方长的了解吗？

出了游戏厅，何耀和姜茶茶并排走着，有一群高中小男生火急火燎地跑过来，撞到姜茶茶。

何耀拥过她，用自己的身体挡住。

人影带得疾风而过，她抬起头，他的脸靠得很近。

他顺势拉过她的手：“这里人多，我牵着你走。”

姜茶茶垂眸，何耀的手和顾南风的不同。他的手是那种凉凉的暖，也不会像顾南风那般用力，是那种若有若无的包围。

来到转角的大圆盘处，姜茶茶看到了顾南风和唐美妮，他们的手也是牵着的。

唐美妮笑着看向何耀和姜茶茶："这么巧，你们怎么也在。"

姜茶茶讪笑："是啊，这么巧。"

她望向顾南风，顾南风无悲喜的高冷表情在那一瞬间变得很矫情。

他是欲擒故纵吧，嘴上说不喜欢美妮，可身体却很诚实，不然为什么要陪着她出来逛街呢?

那一瞬间，姜茶茶心里的模糊地带突然就清晰了。

他和唐美妮才是一对。

而她，现在和何耀看起来是一对。

想到这里，姜茶茶也不别扭了："何耀刚带我去游戏厅打枪来着，挺好玩的，不如你们也去试试。"

唐美妮的好字还没说出口，顾南风冷冷道："那种地方太吵，不适合我们。"

"那就不打扰你们了。"何耀看向姜茶茶，"茶茶，我们去买饮料喝吧。"

姜茶茶点点头，然后瞅了一眼顾南风，便从他身边越过。

这一次，他没有阻拦，也没有任何表示。

擦身而过，姜茶茶听不到周遭的一切，只听到心口漏风，如千万只马匹奔过。

她不清楚自己的心到底在别扭什么。

或许，是因为顾南风的撒谎；或许，是以为通过和顾南风的谈心彼此靠近了一点，坦诚了一些，现在更像一个笑话；或许……

她对自己撒了谎，对顾南风心动过这件事，从头至尾都没有勇气去承认。

何耀一直默默地陪在姜茶茶的身边，将她的失落尽收眼底，带她去了自己的公司。直到站在门口，她才迷糊地回过神来问这里是哪里。

“我的公司。”何耀推门领她往里走。

姜茶茶往门边看，烫金的牌子用正楷写着“耀浩科技公司”。

何耀平时不显山不露水，竟然也有一家公司。走进去，满眼科技感十足的后现代感装饰，并且是很大的两层。

如果要用重点词概括一下，那就是——高大上。

她那个小小的外卖公司比起来，简直是小巫见大巫。

何耀扭头，拉过一张椅子：“你坐，我去给你倒杯咖啡。”

姜茶茶刚想说不用了，何耀已经大步朝茶水间走去。

姜茶茶稍稍别过脑袋，可以斜看到中间一层朦胧雾化的玻璃后的一处房间里边放着高档咖啡机，还有饮水机什么的，不禁暗暗赞叹：“没想到……”

“没想到什么？”一个洪亮又厚实的声音在她耳边突然出现，吓得姜茶茶一个激灵，差点从椅子上掉下去。

“哈哈哈，我吓到你了啊！”一个略壮实、皮肤有些黝黑的男生扶住椅子，自顾自地笑了起来，“抱歉抱歉。”

这道歉，道得可真够逗的。

只见他伸出胖乎乎的手：“你好，我叫赵浩子，是何耀的拍档。我在这里难得看到一个新面孔，还是一个女生，所以小兴奋了一下。”

说完，他又是一阵爽朗的笑声。

姜茶茶迟疑地伸过手：“啊，你好，我叫姜茶茶。”

“是大家爱找碴的那个碴碴吗？”赵浩子眨巴着并不大的眼

睛，贴近脸。

“那你是汤姆和杰瑞里的那种耗子吗？”姜茶茶毫不客气地回怼他。

赵浩子一愣，又是哈哈大笑。

这时，何耀端着两杯咖啡出来，赵浩子说道：“耀，你带来的美女真是又漂亮又不好惹啊。”

何耀略微傲娇地扬唇：“当然，我喜欢的人自然不会差。”

这猝不及防的一波告白外带夸奖，让姜茶茶红了脸。

赵浩子很识趣地寻了一个借口走开，给两人独处的时间。

姜茶茶有一搭没一搭地说：“你的拍档挺有意思的，哈哈。”

“我和他是同学，跟你和金小灿差不多，臭味相投，就一起干了。别看他那副大大咧咧的样子，电脑技术很好，是公司的技术骨干。”何耀介绍起来，“公司刚刚成立十个月，就做了两笔大单子，打下了明年的盈利基础，算是一步步朝着好的方向走了。”

姜茶茶点点头，心里在想：这两个人，新公司就能用得起这么高大上的办公室，步步高升肯定是没跑了。

“我们未来的五年计划，是做成科技界的翘楚，争取在十年内可以上市。”何耀抿了一口咖啡，“这是我们的保守计划。”

姜茶茶一直静静听着，听到最后忍不住好奇，问：“你为什么要带我来看你的公司啊，还和我讲了这么多关于公司的发展规划？”

“我想让你知道，我是潜力股，你错过了顾南风还不亏。”

姜茶茶无法形容当下听到这句话时的感受是什么。

她只知道，在后来的时间里，她的耳朵都是滚烫滚烫的。

何耀不动声色地戳穿了她，却又用他的方式安慰了她。

末了，听完整个过程的金小灿陪着姜茶茶一起哀叹。

“老板，顾大公子、何大公子，手心手背都是肉，你真是好福气啊！”金小灿说完还不禁哀叹自己怎么没有这个福气。

姜茶茶觉得自己的脑袋好像被塞进了一大团糨糊，心彻底被搅乱了，左右不定的样子实在是太糟糕了。

她决定不见何耀，专心做自己的事。

又一个星期过去，顾南风那边，食堂的销售额锐减。

彼时，顾南风和徐标出去夜间飙车。

在T市高速公路某出口附近的海边，两人把头盔拿下来，吹风。

徐标斜睨旁边一语不发的某人：“刚才别我车好几回了，顾南风，你是对我有什么不满吗？”

顾南风冷冷地盯着波光粼粼的海面，一言不发。

如果换作平时，顾南风会毫不留情地回怼他——我对你的不满一直都在。

看来某人是真的心情不佳。

徐标自顾自地说道:“三个月快到了。顾南风,不如你先服个软,回公司帮忙，彼此有个台阶下。”

顾南风：“你是劝我提早认输吗？”

“也不是。”徐标清清嗓子，“伯父最近不是一直在筹备你继承家业的正式宣告吗？与其三个月后的成败出来，逼得关系又搞僵了，不如趁现在时间还没到，主要选择权还在你这里啊。”

顾南风明白徐标的意思，当时顾启那样和他对赌，不过也只是为了改变他的选择。

他转身，把头盔重新戴上：“关系已经搞僵，我又何必操心搞得更僵一点。”

……

徐标叹气，他怎么就摊上这么一个脾气倔强到一根筋的朋友呢？

夜色下，风疾驰而过。

这里远离市中心，人烟比较稀少。

黑夜像一头恶狼，顾南风踩下的油门像猎人手里的刀，撕开恶狼的口子。

他满脑子都是姜茶茶和何耀在商场牵手时的样子，他们相视而笑的样子，她看到他和唐美妮在一起时如释重负的样子……

唐美妮说她最了解姜茶茶，要帮他出谋划策，提高营业额，他才答应陪她逛街。

可偏偏就造成了那样的误会。

是误会吗？某人喜欢何耀的样子，一点也不像误会！

这几天，姜茶茶总爱往食堂跑，要打败他的样子拼劲十足，还总是和何耀同框。

她那个脑袋瓜子才不会想到那么多套路，摆明了是何耀帮忙，还每次都对他视而不见。

随着一声巨响，顾南风连同机车摔在了地上。

他被惯性疯狂地甩出去，滚了十几米远。

黑夜，像少女奔跑的裙摆重新盖了下来。

顾南风再次醒来，看到了顾启那张冷漠的脸。

徐标在一旁如释重负地舒气："总算醒了。"

天知道，他那口气就提在自己的喉咙管里，要是顾少爷再不醒，他就要在这冰冷的气氛里昏厥过去了。

见顾南风也一脸冷漠，徐标便识趣地退下。

病房里，只剩下各自沉默的顾南风和顾启。

半晌，顾启说道："你这次也算是死里逃生，至于你之前的任性就一笔勾销，我不会再跟你计较。"

顾南风微微皱眉，想到徐标才劝他的那些话，没想到这位先拿来用了。

顾启继续说道："公司的新闻部已经和外边对接好，让你进入顾氏正式对外亮相。"

顾南风刚要说什么，顾启打断道："放心，在你没心甘情愿之前，我是不会宣布你就是继承人的消息。毕竟顾氏主位是黄金宝座，不是没人要的垃圾。"

顾启的最后一句话明显是给顾南风摆的谱，如果顾南风不识时务，他也不会硬逼，高姿态在那儿，即便不赢也不会输得太难看。

更何况，他的以退为进，很高明地让顾南风没有说不的余地。

顾南风不是一个任性到完全不讲道理的人，他的内心深处也不是一定要和父亲闹翻。

既然父亲这么说了，他便没有反驳："我知道了。"

顾启解开西装扣子，看了一眼手腕上的手表："那你好好休息，我让李叔留下来，你有什么事情就跟他说。"

说着，他转身就走出病房，紧接着李叔就从病房外走进来。

李叔留着络腮胡，两鬓稍白，明明比顾启年轻几岁，但看上去比顾启老很多。他年轻的时候就跟着顾启了，是顾氏的二把手，话不多，但是对顾启很忠心。他先是恭敬地点头致意，随后道："少爷，您这次太莽撞了。"

顾南风不说话。

"您知道董事长接到医院的电话有多着急吗？"李叔恭敬的语气里不免有些责备。

顾南风倒吸了一口凉气，表情露出痛苦的样子："李叔……我疼……"

李叔愣了一下，赶紧说道："我这去叫医生。"

李叔走后，顾南风的表情重新舒展。

没错，他是骗李叔的，他只是不想听李叔说下去。李叔寡言，从来都维持着分寸，即便是在他和顾启闹得那么僵的时候，也不会轻易责备他什么。

这一次，顾启应该是真的失态了，李叔应该也是真的急了。

他不想去听这份真实，那样会冲击掉他努力固造的外壳。

门再次被打开，顾南风抬眸，以为是李叔。

“姜茶茶。”顾南风一怔。

她突然出现，瞪大了眼睛将他上下打量。她的头发乱得像一个疯子，却是满脸的关切和震惊。

“你……你没事吧？”姜茶茶慢慢地走到顾南风跟前，一脸难以置信。

刚才徐标通知她的时候，可是说顾南风出了严重车祸，全身上下被包得像一个木乃伊，命在旦夕！

顾南风眼珠暗暗一转，明白了，是徐标这个家伙。

“没事，就是脑震荡，再加腰椎骨三节挫伤，医生说我差一点点就瘫痪了。”顾南风淡定地微笑。

姜茶茶吓得一个激灵：“这……这叫没事吗？”

“都这么晚了，你跑过来看我？”顾南风直勾勾地望向她，“你担心我？”

“我……我是跑过来看你死了没有。”姜茶茶拉过凳子，嘴硬地说，“毕竟你还欠我钱呢。赶报告时欠的跑腿费，你到底什么时候给我？”

顾南风瞄到她穿反了的鞋子，指了指床头柜上的手机：“把手机给我。”

姜茶茶把手机递过去。

顾南风操作了一下，姜茶茶的手机就响了。

顾南风说：“你看一下。”

姜茶茶不明所以地把微信打开，顾南风转了她两万块钱。

“你不是说你从不用手机支付的吗？”

顾南风：“嗯，本来是不用的。但为了配合你这种平民，我就把银行卡绑定了一下微信。现在我不欠你外送费了吧？”

“可是外送费用不了这么多啊！”他该不会是出车祸后脑子撞傻了吧？

“剩下的，就当是你欠我的。”顾南风略傲娇地眯眸，“像我这样的人，欠别人说出去不会有人信，别人欠我，就可信得多了，你说对吧？”

姜茶茶有种又被算计的感觉：“这钱我是不会收的！”

顾南风捂着腹部，刚才那招屡试不爽：“啊……疼……”

姜茶茶果然俯身过来：“你怎么样了？”

说时迟，那时快，他把她的手机抽过来，一下子点击接收，然后举高手机道：“姜茶茶，你还是收了。”

“可恶！你又骗我！”姜茶茶恼了，扑过去要把手机拿回来。

“疼疼疼，你压着我了。”

“你这个恶魔！你怎么不干脆撞死得了！”

“啊……”

“把手机还给我！”

……

“少爷，医生来了。”李叔领着一群医生进来，正好撞上姜茶茶压住顾南风的一幕。

众人皆目瞪口呆。

见此情景，姜茶茶忙面红耳赤地从顾南风身上撤退，偏巧唐美妮提着饭盒也进来了。

姜茶茶在撤退中的路线显得那样不明显。

“美妮……我……”姜茶茶一个激灵站直，指着顾南风手里的手机，“我是去拿手机的。”

她拼命朝顾南风使眼色，顾南风却目不斜视地看向李叔和医生们："我的伤口好像裂开了，帮我看一下。"

李叔招呼医生们过去，姜茶茶就一个人被晾在旁边。

站在暗处的唐美妮走进光线明亮的地方，也像没看到姜茶茶一样，把手里的饭盒放到床头柜上，对顾南风说："我亲自做了粥过来，等一下喂你吃。"

姜茶茶觉得自己尴尬无比，房间里那么多人，唯有她是多余的。

白大褂们都围着顾南风，像一座城墙，她的手机就这样拿不回来了。

她默默地退出病房，低头看到自己脚上的运动鞋，这才感觉到穿着别扭。她找了一张长椅坐下换鞋时，唐美妮出来唤她："茶茶。"

姜茶茶起身。

唐美妮微笑："谢谢你来看顾南风。"

她的口吻礼貌而又疏离，透着假意。

"茶茶，我和顾南风相处得很好，过几天他就要回公司帮他爸爸的忙了。我希望你和何耀也能好好相处。"唐美妮说，"我们能遇到喜欢的人不容易。"

唐美妮的眼睛像两颗琉璃，在走廊昏暗的灯光下演绎着滚动的隐忍。

姜茶茶很清楚，这是她委婉的警告。

姜茶茶抿唇笑："其实是何耀送我来的，大家都是同学，我听说顾同学受伤了，所以过来看望一下。"

唐美妮"如释重负"地拉过她的手："茶茶，我们还是好朋友吧？"

直到看见姜茶茶局促地点点头，唐美妮才转身："那你赶紧回去吧，我也要过去照顾顾南风了。"

她的头发轻轻地甩在姜茶茶的脸上。

姜茶茶望着她的背影，心里有一个声音轻轻地响起——我们还真的是好朋友吗？

从医院里出来，姜茶茶意兴阑珊地走在路上，想起唐美妮说的那句“顾南风过几天要回公司帮他爸爸了”，心里闷得慌。

他明明那么坚定地说过，就算失败了也不会放弃，难道这么快就改变了吗？

“嘀嘀——”突然一道光落在她的身边，她扭头，见何耀从车里探出头。

姜茶茶愣住，她为了骗唐美妮才说何耀送她过来，他怎么会真的在这里？

“你……”

“我打电话给你，结果是顾南风接的，他让我来接你。”何耀也不知道为什么他要这么老实地说出前因后果来，可是看到路灯下的姜茶茶像从雨中淋湿后走出来一样，他不想说谎。

姜茶茶点点头，坐上车。

何耀伸手摸摸她低落的脑袋：“怎么了？顾南风……他伤得很严重？”

姜茶茶摇摇头沉默着。

何耀也没逼问，静静地陪她坐着。

过了一会儿，姜茶茶说：“何耀，今晚我发现我以为无坚不摧的友情原来早就变了味道，而让其变了味道的，居然是外人。”

何耀淡淡笑着：“很正常。”

姜茶茶扭过头，看着他很有经验的样子，忍不住问：“你也有过吗？”

何耀看向前方，思绪陷入回忆：“我曾经也以为能和那个人一直走下去的。结果，再美好的过去也抵不过现实中的种种。有时候，坚固的感情并不是一定要触到多大礁石，只是很小的一件事，就足以地动山摇。”

姜茶茶点点头：“你说得对，很多事情我们坚信它永远不会变，其实只是我们接受不了它的改变。”

在她出神间，何耀又摸摸她的头：“你也不要太悲观，有些你不在意的，也许反而会陪在你身边更久。”

姜茶茶怔怔，挤出一个笑容。

顾南风出车祸的事情在学校内不胫而走，很多人都在议论纷纷，并且流传出了好多版本。

有些人说顾南风是为情所困，自虐出事；有些人说顾南风和徐标争女人，兄弟反目，飙车出事；还有些人说，顾南风是被仇家寻仇才出事……

说什么的都有。

反正，顾南风一天没回校，姜茶茶的耳朵边就总没闲着。

唐美妮总是跑医院，还到处问人食疗的方子，不由让人把她和顾南风联系在一起。

姜茶茶没有再去医院，没拿回自己手机就用金小灿的手机接单，平时学校上课有什么事情的话，便由金小灿人工通知，并不影响日常生活。

没有顾南风阻挠的食堂，姜茶茶的外卖公司重新恢复正常，生意红红火火，她又赚得盆满钵满，可是她再也没有兴奋的感觉。

何耀时不时地找她吃饭，他们经常走在路上接受别人八卦的目光。

姜茶茶有一种错觉，这种日子就是原本的样子，校园生活的真实写照。

没有顾南风，唐美妮就好像还在国外没有回来，她的生活并没有缺少什么。

几天后，江教授找到姜茶茶，说要她去做一个专访连载报道。

看到江教授又是一副兴奋的神情，姜茶茶猜到一定又是一个大人物。

“谁？又是明星吗？”

江教授挑挑眉笑：“还是从我们学校出去的大明星。”

“我们学校出去的大明星？”姜茶茶没反应过来，“谁啊？”

最近没听说学校里谁去参加比赛什么的呀。

“海洋管理系的顾南风，顾氏集团刚宣布他即将返回家族公司帮忙，他要正式进入顾氏亮相人前了。”江教授拍拍姜茶茶的肩，“哎，你不是和他还打过交道吗？”

“听说唐美妮还是他的女朋友？”江教授压低声音，也八卦了一把。

姜茶茶直接拒绝：“江教授，我不去。”

江教授一愣：“为什么？”

姜茶茶黑眸一垂：“没为什么，江教授，您派别人去完成这个任务吧。”

说着，她转身就走。

任凭江教授在后边唤她，她不但没停下来，还越走越快。

难道顾南风早就知道江教授有这样的安排吗？所以那天在医院里故意转给她两万块钱？

不，不可能。

可如果不是早有预谋，那为什么她还会和他再有瓜葛？

她好不容易恢复的清净，不是拿来破坏的！

姜茶茶跑去手机店买了手机，注册了新号码，回家了一趟。

老爸在自家筒子楼旁的次街摆了一个关东煮摊子。

过往的年轻人在下班途中，都会在他的摊子上买上几串，有些人会坐下来吃，更多的是外带。一旦有城管过来，姜达就往自家楼下一推，也算方便。

所以总的来说，小钱还是源源不断有的。

姜茶茶的手机没了之后，就用金小灿的手机给父亲报了个平安。姜达一直说要她再买一个，她总说不用。

这次过来，姜茶茶要了一杯关东煮后，姜达瞄见了她手里的手机。

姜达笑眯眯地说："哟，我女儿这回舍得花钱了。"

姜茶茶咬着豆腐干，意识到他在说新手机，便挤笑道："嗯，这几天营业额不错，就买了一个。"

姜达点头："这就对了嘛，年纪轻轻的，别太抠。"

姜茶茶听到"抠"这个字，心里不爽："爸，我哪里抠了？"

姜达抿嘴笑："你还不抠啊？从小到大，你恨不得把一毛钱掰成两半，哦，不，四半来用。我都担心你嫁出去后，会被婆家人嫌弃。"

姜茶茶恨恨地咬了咬串条子。

"怎么了，你是在学校里遇到不开心的事了吗？"姜达搓搓手，给姜茶茶加了两串新鲜鱿鱼。

自己的女儿自己最了解，女儿不高兴的时候，话就会少一些，也不会回嘴，就爱闷闷地吃东西。

姜茶茶摇头："没有。"

江教授器重她，外卖营业额蒸蒸日上，和何耀进展顺利，这一切，看起来都是那么的顺利，她还能有什么烦恼？

"爸，我恋爱了。"姜茶茶的眼睛充满要交心的诚意，然而这时，她的脑海中竟然莫名浮现出顾南风的名字。

"真的？"姜达微微一怔，有点意外。

“嗯，和……”

“何耀”这个名字还没说出口，突然听到身后传来轿车急刹车的声音，姜茶茶扭头望去，惊讶得差点把下巴掉下来！

一辆低调的黑色轿车停下来，顾南风从车上下来。

只见他穿着一身黑色大衣，像一棵黑色的挺拔大树，带风而来，然后十分利落地在她身边坐下。

只容纳得下三四个人的小桌，他一来就霸气地占了大半。

姜茶茶的眼珠子都快要飞出来了：“你怎么会在这里？”

顾南风微笑着看向姜达：“伯父，给我来一份吧。”

姜达愣了一下，随即便连忙点头说好，一边装杯子，一边看姜茶茶，问道：“就是他？”

姜茶茶赶忙摆手：“不是，他不是……”

顾南风起身，点头致意：“伯父，您好，我是顾南风，是您女儿的男朋友。”

姜茶茶跳了起来：“爸，他不是！他是我好朋友的男朋友！”

她瞪了一眼从刚才就忽视她的顾南风，顾南风回瞪。

这一番信息暴击让姜达没能反应过来，他看看姜茶茶，又看看顾南风：“你脚踏两只船？”

姜茶茶一阵无语，刚想解释不是。

顾南风说道：“伯父，我喜欢的从来都是姜茶茶。”他转而看向姜茶茶，“你哪只耳朵听到我说过我是唐美妮的男朋友了？”

姜茶茶急了，她一时不知道该怎么说，只好执拗地叫喊道：“这是全校都知道的事情，反正你就是唐美妮的男朋友！”

“我知道我不是就行了。”顾南风云淡风轻，还不忘提示姜达手里已经端着的关东煮，“伯父，好了吗？”

姜达也像中了魔障一样把东西递出去：“这儿呢。”

顾南风接过关东煮，礼貌地道谢，然后重新坐下，竟吃了起来。

姜茶茶不知道他又是作哪门子的妖，突然出现在这里，还当着自己老爸的面进行了这么一番表白，居然还把关东煮都吃上了！

“好吃吗？”她咬牙问。

“好吃。”顾南风微笑地看向姜达，拍马屁道，“伯父的手艺真好。”

姜茶茶伸手一把抓过杯子：“没吃过就说好吃，你不觉得太假了吗？”

顾南风将杯子重新挪回来：“此言差矣，以后我会觉得更好吃。”

姜茶茶冷哼：“你不在医院养伤，跑出来干什么？”

“自然是好得差不多了，顺便来……”他从外套口袋里拿出手机，“还你这个。”

原本侧身对着他的姜茶茶转过身，搅拌起了自己杯子里的汤汤水水：“不用了，我已经买新的了。”

顾南风拉过她的手，还是把手机拍到她手上：“那以后就当我们的专机好了。”

“你！”

“欠我的钱，你是不是不打算还了？”顾南风的后半句话突然提高了音调。

姜达听到，凑过来问：“什么？茶茶欠钱了？”

姜茶茶只好立刻收下手机，赶紧摆手：“爸，您听错了，我哪儿有欠钱。”

“伯父，我刚才是说，茶茶欠我的情是不是不打算还了。”顾南风反应神速，一套一套的，跟玩似的。

姜达这才如释重负地点点头，笑了，看着顾南风的目光很和悦。

顾南风安安稳稳地吃完两杯关东煮，和姜达礼貌告别，这才转身准备离开。

姜茶茶对姜达说：“我去送送他。”然后跟着顾南风来到车边，威胁道，“你就不怕我告诉唐美妮，你骚扰我？”

“我巴不得你去说。”顾南风淡淡笑着，“你不说，我也会去说。”

“顾南风，我已经和何耀在一起了。你也要好好对唐美妮，别再让我难做！”姜茶茶严肃地警告他，手啪地拍上了车门。

顾南风盯着她，脸上的清冷慢慢地恢复一丝飘然的笑意，他慢慢俯身过来。

隔着车门，姜茶茶还是下意识地往后退：“你干吗？”

“这么说你也是喜欢我的，对吗？”顾南风的嗓子里含着笑，“不然你难做什么？”

姜茶茶的脸哗地涨红了，他居然跟她抠字眼！

“你……你少自作多情了！”

他将她的手握起，按到她的胸口上：“姜茶茶，有时候自欺欺人，这里会疼。”

说着，他坐上车，扬长而去。

姜达的目光所及之处，姜茶茶愣了好久。

这晚，姜茶茶没回学校。

帮姜达推着车回家的路上，姜达说顾南风看上去是一个挺好的小伙子。

她闷声说：“他就是一个讨厌鬼。”

姜达笑了：“是吗？可我觉得你并不是真的讨厌他。”

她不是真的讨厌他。

她不是真的讨厌他……

她进了自己的房间，把脸习惯性地埋进枕头里。

“姜茶茶，有时候自欺欺人，这里会疼。”

可是一切都回不去了。

命运的手都在推着他们各自往前，唐美妮的眼睛始终都在她的眼前。

她做不到伤害唐美妮。

她不允许自己去破坏别人的幸福。

幽暗的月光下，姜茶茶坐在床边，看着床头柜上顾南风送回来的手机，鼻子突然一酸。

第七章

我喜欢的人就是何耀

顾南风回到家，刚脱下大衣，手机就响了。

是姜茶茶的短信：顾南风，我喜欢的人就是何耀。

顾南风咬唇，刚想拨回去。

这时，一个声音竟从客厅里响起：“顾南风，你回来了啊。”

顾南风抬头，眉峰高耸：“唐美妮，你在这里做什么？”

他出院，提前让李叔打扫了许久不住的别墅。

唐美妮是怎么进来的？

只见唐美妮围着围裙，头上戴着粉色兔子发箍，笑道：“我帮你准备了晚饭，你没吃饭吧，快过来吃吧。”

顾南风快步上前，拉住唐美妮：“李叔让你进来的？”

唐美妮歪头，垂眸看着顾南风用力的手：“顾南风，你弄疼我了。”

顾南风放开她，唐美妮淡笑：“是李叔让我进来的，不过是我求的李叔。我想亲自照顾你，顾南风。”

顾南风的脸色并不好看，但唐美妮只当没看见，侧身指向一桌子热气腾腾的饭菜：“不知道你的口味，所以中式、西式的，我都做了一点。”

顾南风的语气里是不容置疑的命令：“你现在可以离开了。”

唐美妮的笑容僵了一下，又继续道：“嗯，你在医院一定憋坏了，回来肯定是想一个人独处的。那……那我先走，你别忘了吃。”

她总是能粉饰掉别人很明确的指示，让人无可奈何。

说得好听些，她是自欺欺人；说得不好听，她是在利用别人给她留的颜面。

顾南风不是姜茶茶，他对唐美妮没有顾虑。

“唐美妮，我很感谢你帮我出谋划策，也感谢你在我住院的时候经常过来，不过这些感谢到此为止。”顾南风拉住唐美妮，“我只是把你当同学，不能再多，我希望你也不要对我心存幻想。”

唐美妮的笑再也绷不住了，就像顾南风暴力地把挂在她脸上那张摇摇欲坠的纸硬生生撕下来，撕得支离破碎！

“为什么，为什么你连一点机会都不肯给我呢？”唐美妮扭头望他。

“我心里有喜欢的人了，为什么要给你机会？”顾南风微微皱眉，“你的条件很好，不必浪费时间在我身上，同样可以找到真心喜欢你的人。”

唐美妮不甘心地咬唇：“可我偏偏就是喜欢你。”

顾南风越过她：“那就没办法了，不送。”

唐美妮一步步地往外走，她开始能明白童话书里说美人鱼即将化成泡沫前的脚下生疼，像走在刀尖上的感觉。

她一边走，一边听到顾南风把她做的东西扔进垃圾桶的声音。

她没有回头。

顾南风是一个冷傲果断的人，他原本有这个资本和好多女生玩暧昧，可他没有这么做。而他的坐怀不乱，就是让唐美妮心动的地方。

谁都想要摘下那唯一的、皎洁的、珍贵的月亮，更何况是她这样在外界看来最有可能的人。

唐美妮走出顾南风的别墅，站在路灯下，接到了顾启的电话。

“伯父。”

“怎么样？”

“没有，我被顾南风赶出来了。”她故作轻松地说道，“伯父放心，我说是我主动求李叔放我进去的。”

能进入顾南风的别墅，是顾启在背后默默支持的。

不过唐美妮不傻，明知道顾南风和顾启的关系僵，又是在顾南风即将回公司的时候，她自然不会搬出顾启。

讨不到顾南风欢心，唐美妮还是很明白怎么讨长辈欢心的。

顾启没说什么，而是在电话那头停顿片刻后，说：“辛苦你了。”

唐美妮笑：“我不会放弃的，伯父。”

说了几句后，唐美妮挂断电话，强撑在身上的盔甲终于在四下无人中慢慢地卸下。

她第一次尝到挫败的滋味。

原来，摔跟头是这么疼。

她不由得想起那个人说过的话：“美妮，你踹了我，自信还会遇到比我更爱你的人吗？”

那天下着微雨，她撑着伞，头也不回，信誓旦旦：“会。”

她永远都记得那天的自信，她以为转身一定会拥抱下一段美好，她以为头顶再不会有雨。

唐美妮走着走着，终于忍不住挨着路边的长椅坐下，泪流满面。

还不至于到号啕大哭，因为她的骄傲不允许自己狼狈如斯。

远处的一切都模糊了，却慢慢地聚焦出一个人影。

仿佛是他……

不，不会的，他怎么会出现在这里？

唐美妮擦擦眼泪，那个身影越发清晰地朝她走来。

真的……是他。

真的是何耀。

“你怎么会在这里？”唐美妮侧过脸，全世界，她最不想让人看到她流眼泪的人就是他。

“中介带我来看房，我觉得这里的环境挺不错的，所以就到处看看。”何耀回答她，一如往昔的平静，甚至没有一丝丝的讥讽。

这种云淡风轻，往事如烟，反而让唐美妮觉得刺眼。

她起身：“是吗？那你慢慢看吧。”

“离开我以后，我以为你会开心的。”唐美妮转身间，听到背后的何耀这样说。

“不管开心不开心，都和你无关。”唐美妮倔强地回道。

“唐美妮，不管怎样，我真的希望你幸福。”何耀的声音由远及近，越过她，“但刚才看到你哭，很奇怪，我居然不难过了。”

他迈步走向前面，在她目光所及之处打开伞，像那天他们告别时，雨真的淅淅沥沥地下了起来。

只是这一次，她看着他离开。

“何耀！我不是说让你不要装作认识我吗？

“我们老死不相往来。

“我们是比陌生人还要陌生的陌生人！”

走远的何耀能听到唐美妮哽咽的哭声，听着听着，直到听不见了。

她的歇斯底里仿佛把他带回了从前。

唐美妮是他的初恋。

年少时喜欢一个人，能够很轻易。

就是因为她在太阳下笑得很灿烂，浓密黑长的头发在风中起舞，那帧画面触动到你了，你就喜欢上了。

那时候，他的学习成绩很好，长相明朗，能把千篇一律的校服穿出好看来。

两个人自然而然地走到一起，似乎不用太多理由。

可是高中毕业后，大家成年了，有了新的追求，眼界不再只是限于篮球场和一模一样的校服后。

她的笑容慢慢变少，在看到他家的环境后，在知道他为了筹集大学学费还要去打工后，她毅然决然地提出了分手。

年少时的喜欢可以很轻易，但分离很不容易。

他希望她可以给他成长的机会，可是她的拒绝果断、干脆。

那个雨天，她决绝的背影像一个噩梦萦绕着一整个夏天。

直到上大学后，两人发现彼此居然进了同一所大学。

她视而不见，只当不认识他。

直到他无意中接触了姜茶茶，唐美妮误以为他还要做诸多纠缠，特地过来警告他不要生事，只当彼此没有那段过往，让他不要阻碍她的幸福时，他真的很生气。

自己喜欢过的人，居然狠心到要否认他们的过往！

他不想就这样乖乖照做！

可是，当他知道唐美妮喜欢的顾南风要针对姜茶茶想方设法提升营业额时，他心里的疙瘩就像沸腾的开水漾开来。

他要帮姜茶茶，他不能让唐美妮一个人幸福。

那天在百货商场牵着姜茶茶的手，和唐美妮、顾南风四目相对时，何耀有一种站在金字塔顶端的感觉。

只是他刚才说的话，不是气话。

他以为看到她哭，他会很解气，很开心。

可是没有，在那一刹那，他什么感觉都没有。

他希望她幸福是真的，看到她哭并不难过，也是真的。

他听到身后的哽咽声，心里释然也是真的。

从什么时候开始，他的固执被溶解掉了呢？

雨越下越大，他忽然很想吃红豆冰棍，忽然很想见一个叫姜茶茶的女孩子。

“姜茶茶，你告诉我，你死活都不愿意去顾氏做采访的原因。今天，你一定要告诉我！”

“如果你没有正当的理由，我可是要在你的作业上打零分了。”

江教授派了好几个学生去顾氏，结果都被打发回来，个个是一脸委屈。

姜茶茶因此被抓到办公室，和江教授相对而坐。

江教授要当面锣对面鼓地问出个所以然来。

姜茶茶：“江教授，你作为老师威胁学生不好吧？”

江教授挑眉：“新闻守则第二条是什么？”

姜茶茶：“过程不重要，追到新闻最重要。”

江教授满意地点点头：“所以只要动员到你，是威胁还是用奖励，不重要。”

姜茶茶无语地看着江教授不达目的不放弃的表情，决定退一步：“教授您看，那么多人都去采访了，都被退回，说明对方就是不愿意被采访啊。就算我去，也不会有什么改变的，您说是不是……”

“不。每次有人去，对方都问，是不是姜茶茶来采访。”江教授老谋深算的眼睛似要把姜茶茶看出一个洞来，“得到否定的答案后都被撵出去了。”

姜茶茶硬着头皮再次挤出笑容：“那他们也可以说自己就是姜

茶茶。”

江教授皱眉：“你以为他们没试过吗？”

姜茶茶郁闷地把头砸在桌板上：“江教授，如果我坚决不去呢？”

江教授叹了一口气：“如果你坚决不去，我也没办法。只是……没什么。”

他欲言又止，又不说了。

江教授忽然不再坚持，这让姜茶茶反而觉得怪怪的。

难道那个顾南风给江教授使了什么绊子，江教授不好意思说吗？

姜茶茶皱眉，默默地拉过其他老师问个究竟。

大家都说不太清楚，只知道江教授本来说他可能会办一个新闻展览的，但是今天一直闷闷不乐、垂头丧气的。

完了，姜茶茶觉得有一双罪恶的手死死地掐住了她的脖子。

江教授这一生除了意欲培育出可以接班他的新闻媒体人之外，最想要达成的心愿就是把他这辈子做过的新闻做个展览，而T市市中心的展览馆可不是谁都可以租借的。

被道德绑架的感觉真糟糕！

姜茶茶带着激烈的思想斗争来到小卖部买红豆冰棍，结果看到了何耀。

她刚想开口唤他，却看到唐美妮从小卖部出来，他们两个人在冰柜前翻找着。从她这个角度能看到唐美妮的嘴巴动了动，然后什么都没拿，转身就走了。

何耀的手还在冰柜里翻找着，可感觉他只是在重复这个动作。

姜茶茶上前，把最上边轻易就能找到的红豆冰棍拿了两根出来，递给何耀：“怎么了？”

何耀有些意外她突然出现，笑了笑：“嗯？没有啊。”

姜茶茶没再说什么，而是把零钱放到冰柜上，和奶奶打了声招呼，示意何耀到一旁的长椅上去吃冰棍。

何耀点点头。

两人坐下，姜茶茶忽然扭头问他："何耀，你和唐美妮认识吗？"

"不认识。"何耀下意识地否认，"当然，听是听说过的。怎么了？"

"没什么。"姜茶茶笑笑，也摇摇头。

刚才，何耀的瞳孔分明变大了一些，声调提高了一些，他撒谎了。

可是，他为什么要撒谎呢？

姜茶茶不由得想起那天在教学楼下看到的飞快逃离的、熟悉的身影。

出神间，何耀用红豆冰棍点了点她的红豆冰棍："怎么，你的心情又不好吗？谁惹到你了？"

姜茶茶没说话。

"该不会又是顾南风吧？"他的笑容泛着酸，像是自嘲又像是在不确定地发问。

姜茶茶扭头看何耀："为什么会提到他？"

在她看来，顾南风已经不在学校，交集线看似断了。客观来说，他不该这么一针见血地就戳到顾南风身上的。

"我随便猜的。"何耀笑了笑，心说因为从我第一次认识你开始，你的烦恼就是源于他。

"是江教授，他一定要我去做一个专访，我不愿意。"姜茶茶把红豆冰棍当江教授，狠狠地咬了一口，牙齿被冰到发酸，姜茶茶的眉头轻颤，"可是如果我坚持拒绝，他的展览就会泡汤。"

"如果有任何一点犹豫，那还是义无反顾的好。"何耀拍拍姜茶茶的肩说道。

姜茶茶微微一怔，思绪被拉回到某一段记忆——

“美妮，我是想去香港迪士尼玩来着，可是我家里的情况你也知道，我怕我这么一去，路费加花销会花很多。”

“我都说了，不用你花钱，包在我身上。”

“那怎么行！说好是我们两个的毕业旅行。”

“姜茶茶，你就回答我一句话，你想去玩吗？”

“我……”

“如果有任何一点犹豫，那还是义无反顾的好。不然你之后一定会后悔的！”

……

何耀见姜茶茶一直盯着自己，有些心虚地笑笑：“怎么了吗？”

姜茶茶摇摇头：“你说得对。”

有一点点犹豫，说明还是心有不忍。

没办法绝情绝义到彻底，只能怪自己，还能怪谁？

姜茶茶硬着头皮来到了顾氏集团，让前台转告顾南风说姜茶茶来访。

前台带着微笑通了电话，然后微笑着告诉姜茶茶：“对不起，我们顾总说不管您是哪个姜茶茶，都请回吧。”

“什么？”姜茶茶深吸一口气，她早该想到自己就算主动找过来，他也会刁难的！

还哪个姜茶茶！

姜茶茶一把夺过前台妹子的座机：“是吗？让我回拨一个。”

前台妹子见状，刚想要维护自己的工作领域时，迎上一记眼神杀，她的纤纤玉手只好默默收回。

姜茶茶听到电话那头嘟了两声，有人接起。

“顾总，我是姜茶茶，不知道有没有这个荣幸采访你？”

电话那头的人停顿了两秒：“没有。”然后干脆利落地挂了电话。

姜茶茶捏着电话，再次看向那脸上挂着工作笑容的前台妹子。

很好，几日不见，顾南风这家伙的气人神功有增无减。

姜茶茶索性决定等着。

顾氏集团的一楼大厅铺就的是灰白色地砖，让人一踏入就有一种嵌进一大片雪地里的感觉。左手边靠内是电梯，通往电梯区需要刷工作牌；右手边是一架白色的旋转楼梯。

除了前台两个妹子坐在玻璃长柜后边，再无一物。

姜茶茶想要坐在沙发上等着，却没有沙发。她只能靠着墙，踩着坚硬的地砖这么站着。她不由得有些后悔没带便携式折叠椅出来。

这个顾南风不知道要故意晾她多久。

大概过了二十多分钟，正当姜茶茶把姿势摆成一只脚金鸡独立时，就这样看到一拨人从楼梯上走了下来。

走在人群最前边的是顾南风，他一身定制的蓝色西装，一只手插着裤兜，头发全部梳到后边，露出饱满洁白的额头，整张脸多了几分精英范儿。

一大帮工作人员跟着他，气势浩荡地走下楼。

他分明看到了她，却只是一眼带过，收回视线。

姜茶茶快步走上前："顾总。"

顾南风身后两个女秘书适时越步过来，拦住靠近的姜茶茶："不好意思，请问你是哪位？"

姜茶茶望向顾南风："顾总，我是T大新闻系的姜茶茶，希望能对您个人做一个专访连载。"

众人面面相觑，又出现一个自称姜茶茶的！

顾南风像不认识她一样，稍作打量："你说你是姜茶茶，怎么证明？"

姜茶茶默默地在心里翻了一个大白眼，掏包准备拿学生卡："我有学生卡。”

“学生卡可以作假。”顾南风打断，“记者总是无所不用其极。”

他迈步往前，越过她：“我要去开会，你愿意等的话，就继续在这里等好了。”

漂亮的女秘书看了姜茶茶一眼，紧随着顾南风，一群人风风火火地从她面前走过去，视她为无物。

姜茶茶默默深呼吸了一口气，再次追上去：“顾总。”

既然决定做了，就要做好，这是姜茶茶骨子里认定的原则。

顾南风这次却没有拒她于千里之外，甚至愿意和她搭同一辆车。

姜茶茶能坐在他不远处，两人中间却隔着秘书，就好像隔着一个世界。

女秘书看着手里的 iPad，温柔如水的声音跟何耀一样总是显得波澜不惊——

“顾总，等一下要见的陈总，刚刚和女朋友分手。

“血型 AB 型，近视有四百度，轻微的低血糖，爱好是攀岩，不会玩游戏。

“曾经去过的国家有美国、法国、巴西、印度、泰国。”

顾南风一直闭目养神，盖在大腿上的右手食指有意无意地上下敲击，这证明他一直在思考。

望着他的侧脸，姜茶茶忽然觉得某人和之前在学校的时候简直判若两人。

车子很快到了一个茶舍门口。

顾南风下车。

姜茶茶随他入内，一直来到走道的尽头一间门口牌匾叫“雅竹”的包厢。

女秘书刚要推门而入，顾南风驻足皱眉：“换包厢。”

女秘书微微一怔。

“你难道没查到他前女朋友的中文名叫杨雅竹吗？”顾南风皱眉提示，说着立刻转身。

姜茶茶感觉到身边一阵风经过，这阵风也吹进了心里。她的心里涌起一种很奇怪的感觉，像是被什么杀到了一样。

换了一个包厢后，那位陈总也到了。

顾南风起身相迎。

若只是从他们的言语交谈来看，还以为是多相熟的朋友。可是姜茶茶看见、听见的这份“相熟”不过是来自五分钟前秘书准备的资料罢了，而顾南风都用上了。

姜茶茶不禁偷笑出声，怪不得都说好商人也都是最好的演员。

“这位是……”陈总扭头看到姜茶茶，以为是什么重要的人需要认识，不由得问道。

姜茶茶兀自在瞎想，不知不觉主客陈总的目光居然落在她这边了。她原本就只是想缩在角落当个陪衬就行，这会儿竟有些尴尬起来。

“她是姜茶茶，我的秘书。”顾南风睨着她，这样介绍。

姜茶茶愣了一下，只好顺水推舟伸手：“你好，陈总。”

陈总点头，伸手过去想要礼貌握手，下一秒却被顾南风打断，只见他顺势走向桌子入座：“陈总，来，坐。”

茶舍不同于饭局，少了那些喧嚣。

不过商人之间的见面，形式不同，目的都是一样的。

顾南风醒茶，倒茶间，就这么和陈总慢慢敞开心扉，谈到了合作方案上去。

姜茶茶静静地坐在角落，像在看一场聪明人之间的博弈，言语交锋间，那些无形的利益仿佛在空气里左右倾斜。

末了，顾南风用一张出去散心的机票打动了对方，就这样签下了一笔三千万的订单。

姜茶茶用香蕉当话筒采访顾南风：“顾总，你打感情牌让陈总在那样感性的情况下签了合同，会不会觉得太卑鄙了一点？”

“策略不分卑鄙不卑鄙，结果最重要。你的江教授没教过你吗？”顾南风挑眉，处变不惊。

说到江教授，姜茶茶心里的疙瘩就原地炸裂：“你拿江教授想做展览的梦想要挟我，更卑鄙！”

顾南风耸肩傲娇：“你可以不来的。”

从茶舍出来，姜茶茶拦在顾南风跟前：“不管怎样，顾总，我到底还是来了。你就给个薄面答应我的专访吧？”

阳光微醺，她鼓足勇气服软的脸蛋，明媚生姿。

顾南风的心酥痒酥痒的，逼近姜茶茶，道：“我说了，你得证明你是姜茶茶。”

“怎么证……”

顾南风吻上她。

姜茶茶的瞳孔瞬间放大，倒映着他带着笑的眉眼。

在后来的时间里，每次回忆起这个吻，她都深切地记得那一瞬间全身的血液冲上头皮，全身陡然一僵的感觉。

不知道过了多久，可能只是几秒，也可能不止这点时间。

顾南风后退，很满意地点头：“嗯，这下我确认你是姜茶茶了。”

姜茶茶双腿一软，踉跄后退，手抓到车门才勉强站住。

顾南风弯腰将她抱起，直接送到车上坐好：“白秘书，你先拿合同回公司。”

秘书没上车，恭敬地点头致意：“是，顾总。”

顾南风重新回到车上，还是坐在车后座。

此时她和他之间，没有秘书在中间坐着，她却不敢坐近一些。

顾南风闭着眼睛，保持着闭目养神的坐姿。

姜茶茶的眼珠子都快瞪飞出去了，他也毫无动静，就好像刚才那样乘人之危的人根本不是他一样！

“想要骂我就骂出来，不要憋在心里，我怕把你憋坏了。”顾南风突然开口，吓了姜茶茶一跳。

“你卑鄙！”姜茶茶在心里演练过无数次的话脱口而出，却软绵绵的像三只苍蝇飞过。

顾南风勾唇，这声骂不痛不痒，更多的像是撒娇，听起来真是舒服：“姜小姐，我已经认证你的身份，你可以开始专访了。”

姜茶茶看着手里准备的备忘录，眼睛里仿佛出现的都是乱码，完全不知道自己想要问什么。

这种滋味真难受！

她心烦意乱间，突然车子急刹了一下。

姜茶茶被惯性推动身体往前冲，顾南风的右手伸过来紧紧地按住她。

“你没事吧？”顾南风问。

姜茶茶垂眸看他的手，摇摇头。

司机也有些被吓到，扭头说：“顾总对不起，您没事吧？”

顾南风这才冷下脸质问：“你怎么开车的？”

司机倍感委屈：“顾总，有人忽然把车别了过来。”

顾南风望过去，见何耀从旁边车上下来了。

顾南风漆黑的眸底闪过一丝促狭，他打开车门下车。

何耀微微一笑：“不好意思，我一时开得快了点。”

两个男人，彼此走近。

顾南风一身蓝色西装，何耀穿着红色长外套，气场旗鼓相当，出众的外形像骄阳和皓月，无法不引人注目。

有些开车经过的女司机都忍不住失了分寸，拿手机出来偷拍。

而他们两人丝毫没有在乎外界，眉眼之间已经对峙了起来。

顾南风走到何耀跟前，眯着眼睛：“你是故意的。”

何耀顺着他的话也眯起眼睛：“我为什么要故意？”何耀把头一瞥，看向正走下车的姜茶茶，自问自答，“哦，原来是我的女朋友在你车上。”

顾南风冷哼一声，瞥了一眼何耀开的黑色法拉利：“何耀，你这车从哪儿借来的？品位还不错。但是这么任性地开车，修理费你赔得起吗？”

何耀笑：“哦，你说这车啊，是我拿到投资后奖励给自己的礼物。本来想找茶茶一起去兜风的，没想到她会在你车上。”

顾南风微微一怔，投资？

这时，姜茶茶赶紧上前：“何耀，我是在工作，我跟你说过的，做人物专访。”

她的交代在顾南风听来很是刺耳。他双手插进口袋，脸色冷到极致：“我的时间很宝贵，既然你没磕到我的车，那就算了。”

顾南风转身就走向车里。

姜茶茶见状，一时慌了神。

何耀上前一步，刚想说话，姜茶茶一个转身就追顾南风而去：“何耀，我先不跟你说了，回头聊。”

她利索上车，车子随即发动而去。

何耀的手尴尬地留在空中，张开的嘴也久久没合上。

飞扬的尘嚣里，她头也不回地离开。

那失落崩裂在何耀的心里。

他想让她看看他新买的车子；他想让她知道他刚拿到了一笔大融资，公司更上一层楼。他想和她分享他的成功和喜悦。

可是，她没给他机会。

那一瞬间，她的扭头把他所有的欢喜都埋葬了。

另一边，车里。

顾南风依然保持着刚才的正襟危坐，只是他轻轻下点的手指变成了握拳的姿势，脸上的清冷变得更加寒冷。

姜茶茶不知道他在生气什么，只好硬着头皮问："顾总，外界都说你这次进入家族企业的动作，是宣布你是顾氏继承人的前奏，你怎么说？"

顾南风迅速转过头来。

姜茶茶一愣。

安静的车里，顾南风的目光让姜茶茶的心跳都骤停了，只听他说道："我现在没心情回答你的问题。"

姜茶茶咬唇，默默地坐直。现在她的身份是记者，他的身份是被采访者。她的那套暴脾气根本不管用，能忍则忍吧。

"唱歌。"他突然又说。

她一愣："啊？"

顾南风："我现在无聊得很，想听你唱歌。"

姜茶茶迅速在脑海里思索自己仅会的几首歌中的一首："这风铃跟心动很接近，这封信还在怀念旅行……"

顾南风突然靠近过来，姜茶茶本能扭头。

他的脸又一次放大在她的瞳孔中："姜茶茶，你这么听话？"

姜茶茶无语。

"那我想让你说一句话，你是不是也愿意说？"他的眼眸闪过一丝狡黠，笑意像喷泉。

"什……什么？"该死，她不争气地结巴了。

"我喜欢你。"

"啊？"她的耳朵嗡了一下。

“怎么，你不愿意说？”他挑眉，笑意渐浓，那种她一定会照办的自信让她心里好生别扭。

“顾总，你这样是过分的要求。”姜茶茶忍不住反抗。

“很好。”顾南风点头，把手放回膝盖上，手指轻敲，“我还以为你为了这趟专访，原则底线都没有了。”

姜茶茶的手瞬间落在了车门把手上，“下车”两个字到了嘴边。

最终她还是妥协地叹了一口气，问：“顾总，你要怎样才肯好好接受我的采访呢？”

顾南风闭眼勾唇：“这几天你贴身跟在我身边吧！说不定我心情好了，就愿意回答你的问题了。”

姜茶茶的脸不自觉地又红了起来，不知道为什么，听到他说“贴身”两个字，心里的那股别扭又油然而生。

接下来几天，顾南风走到哪儿，姜茶茶就像一个影子一样跟到哪儿。

顾南风初回顾氏，很多事情排山倒海而来。

有时候，姜茶茶只是坐在旁边看着他处理公务都觉得疲惫感不断袭来，可是她从没见过他表现出一丝倦怠。

不管忙到多晚，他总是有条不紊，就算前一秒抉择未定，但后一秒见到别人，他脸上丝毫看不出慌张。

姜茶茶的眼睛就像一部记录仪，记录着担起公司大小事务的顾南风是一个怎样的状态。

其实很多问题不用问出口，在这几天的相处中，姜茶茶也找到了答案。

这天又到了晚上十点多，顾南风刚结束和欧洲那边的远程会议。他回到办公室，秘书让他签合同。

他让秘书先出去，拿着合同认真地看起来。

看着看着，他感觉到有一道目光始终落在他的脸上。

“我有那么迷人吗？”

姜茶茶愣了一下，眨巴眼睛：“我只是觉得，原来富家公子也不都是纨绔子弟。”

顾南风抬头，笑了：“那是你们对富二代的偏见。我们的努力有时是超出你们的想象的。”

姜茶茶噘嘴，拉长语调：“这几天看到了，别人对你这个顾氏未来接班人不敢小觑。”

顾南风的笑淡了下去：“我只是回来帮忙而已，这是我和父亲的约定。”

姜茶茶想起那天在医院，自己是从唐美妮嘴里得知他要回顾氏帮忙的消息，不由得嗫嚅：“我还以为你要彻底放弃你的梦想了。”

“你在说什么？”

“没什么。”姜茶茶装傻。

“你这是怕我接班，还是不想我接班？”顾南风双手抱臂，打量此时姜茶茶的表情。

姜茶茶摆摆手：“你接班不接班和我有什么关系？”

“这倒是，你的男朋友是计算机系才子，还深藏不露地在外边拉投资。我这样的富二代，你也不放在眼里。”顾南风讥讽。

姜茶茶爹毛了：“顾南风！我是很爱钱没错，可是我喜欢靠自己的双手去挣，绝对没想过钓什么金龟婿！”

办公室里，只有他们两个人。

她那一声怒吼，在到处都是静寂的空间分外响亮，震过之后，时间仿佛静止了一般，更加静了。

直到顾南风起身，绕开书桌一步步走过来。

姜茶茶一直都是“顾总顾总”恭敬地喊，被这么一激，她恢复了英雄本色，一时间气场颠倒，她强硬起来。

顾南风走到她跟前，打量她的一脸愠怒：“真的没想过？”

“没想过！”姜茶茶肯定以及确定地斩钉截铁回复。

顾南风突然搂过她的腰：“那答应我，今后你认真想想好不好？”

他突然的温柔让姜茶茶一时没反应过来，只觉得他的身体紧贴着她，那股温热即便是隔着衣服也传递过来。

“喂！你放开我！”姜茶茶一个激灵，推了一下他。

他没放手，两人推搡间，重力失衡，他和她一起倒在了沙发上。

两个人四目相对。

姜茶茶只觉得整个星空都倾斜而来。

“好好想想我。”顾南风低声道，“好不好？”

走出顾氏集团，站在擎天柱大楼下的广场上，姜茶茶失神低头。

好好想想我。

好好想想我，好不好？

好好想想我，好不好？

顾南风的这句话始终像蛊毒一样围绕着她，从这边流转到那边。

姜茶茶的手捂在胸口，里边的心脏扑通扑通地狂跳不停。

她觉得自己一定是被某人下毒了，不然怎么会这样头重脚轻，连走路都无法专心？

“茶茶。”

姜茶茶循声望去，只见何耀站在不远处微笑地唤她。

“何耀。”

何耀上前，把手里的围巾围在她的脖子上：“晚上有点凉，别感冒了。”

姜茶茶摸着软软的围巾问：“你怎么来了？”

“我来接你下班，这么晚了。”他说着顺势要牵她的手，她却躲开了。

“我没事的，准备打车回学校。你真的不用来接我的。”

何耀把手缩回口袋里，掩饰了一丝不悦：“你吃过饭了吗？”

姜茶茶点点头，结果肚子不争气地叫出声。

天知道，顾南风让秘书外带了吃的回来给她吃，可见顾南风忙着没吃，她也就默默地放下筷子，不好意思吃了。

何耀笑了：“我知道有一个馆子，这么晚了还开着。走吧。”

他带她去了一家名叫“徐婆婆的米粉店”的馆子。

馆子就在一条街的街尾，不大，只容得下五六张桌子，但是玻璃隔开的厨房内有袅袅的热气，看得人很有食欲，很温馨。

何耀一进门，就唤坐在收银台前的白发老婆婆：“徐婆婆，两碗米线，一份加辣，一份不加辣。”

徐婆婆抬头，一看到何耀就笑得露出了假牙：“臭小子，你好久没来了。”

何耀不好意思地笑笑：“因为太忙了。”

徐婆婆了然地看姜茶茶：“哦，是忙着谈恋爱吧？”

何耀腼腆抿唇，示意姜茶茶在一旁的桌子坐下：“这里的米线很好吃，你尝尝看。”

姜茶茶点点头：“你经常来这里？”

“算是吧。”何耀微笑，“以前备战高考的时候，我作业写到很晚，总是会来这里吃一碗米线。”

姜茶茶点点头，环顾四周：“那你应该对这里有很多回忆。”

何耀一怔，眸子里闪过之前的一些片段，随即问道：“你还要待在顾氏多久？”

他突然将话题转至此，姜茶茶没准备，哑然沉默。

“我怕你耽误上课。”何耀也自觉问得突兀，解释道。

“我可能还要待几天，这个专访是连载的。”姜茶茶讪笑，“所以需要一些时间。”

她居然不敢正视何耀的眼睛，仿佛那是一台检测仪器，会被检测出一些不能说出口的秘密。

“所以以后你不用来接我。”姜茶茶挤笑，“时间不定，我得配合他的工作安排，免得麻烦。”

何耀垂眸，拿过筷子递给姜茶茶：“我不觉得麻烦。”他把筷子递上，“还是你觉得麻烦？”

他一向都是温和的，可是温和中偶尔的压迫感，竟有着一股让人窒息的感觉。

姜茶茶接过筷子，压抑地微微皱眉。

“哦，对了，我忘了告诉你，公司拿到了一笔大的融资。”

这时，徐婆婆把做好的米线端过来。借着热气腾腾缓和气氛，姜茶茶望向何耀：“那浩子应该忙得飞起了吧。”

何耀点点头：“他日夜加班，等一下我得外带一份给他送过去。”

姜茶茶也附和：“那我也要外带回去给小灿。”

对话到此，两个人都一时无语，只低头吃米线不再说话。

回到学校的宿舍，姜茶茶把外卖丢给金小灿，脱了鞋子就往床上爬。

金小灿一边吸溜米线，一边瞅她：“你这么快就困了？今天采访很累吗？”

姜茶茶瞪大眼睛盯着墙面，没搭理。

她觉得自己要疯了。

第二天，姜茶茶病了。

迷迷糊糊地，姜茶茶听到金小灿在耳边惊呼“茶茶你发烧了”。

姜茶茶绵软无力地被金小灿扶着要去医务室，日光斜落进眼里的那一刻，她晕倒了。

再次醒来后，她看到自己在学校医务室的床上，何耀坐在身边。

姜茶茶："我……"

何耀说道："你的高烧虽然退了，但还要多休息，先别说话了。"

姜茶茶张了张嘴，何耀微笑："是我想去接你上班，见到金小灿着急地扶着你正往外走，你没走两步就晕倒了。"

姜茶茶垂眸："谢谢。"

这时，床头柜上的手机响了，姜茶茶瞥过去，下意识想到是顾南风。

何耀拿过手机，看到手机显示的是顾南风。

他直接接起电话："喂，茶茶今天不会去你那边做采访，我替她向你请个假。"

说着，他就把电话挂断了。

姜茶茶想说什么，只见何耀把手机直接塞到自己的口袋里："你好好休息，其他事就别再想了。你想吃什么，我去买。"

他的语气还是那么温和，不过他的动作却霸道了几分。

在他的灼灼目光下，姜茶茶浅浅勾唇："随便都好。"

何耀轻轻地抚过她的额头，起身离去。

姜茶茶只觉得心口有一块石头堵得慌。

这时，又有手机响了。

她愣了一下，才意识到是之前被顾南风拿走的那个手机。自从顾南风归还这部手机以后，她习惯性地把两部手机都带在身边。

姜茶茶看到来电还是顾南风，迟疑地没接，直到屏幕熄灭。

"茶茶，你还好吗？"这时，唐美妮快步走了进来。

姜茶茶愣了愣，手机不自觉地往被子下塞："美妮。"

"抱歉，这几天我都忙着帮顾南风处理新闻部的事情，都没时间联系你。"唐美妮带着一阵风抱住姜茶茶，"你生病了吗？很严重吗？”

姜茶茶有些恍惚，仿佛又回到了高中那会儿。

那时候是她赚钱最拼命的时候，经常日夜颠倒，忘记吃饭，好几次都虚弱晕倒，每次唐美妮都会第一时间赶到她这里，然后抱着她的脑袋嘘寒问暖。

“我没事，就是有点发烧了而已。”

唐美妮又好气又无奈，摸摸姜茶茶的额头：“你是不是因为采访顾南风太累了？”

姜茶茶怔了怔，这几天她在顾氏跟在顾南风后边，都没看到唐美妮，还以为她并不知道。

“顾南风就是这样，一工作起来就会像一个机器人，一点道理都不讲，跟一块铁板一样。”唐美妮垂眸，嘴角含笑，“顾伯父也是这样，父子俩其实是一个心性，却总是爱相互抬杠。”

“没有，是我自己的缘故。”姜茶茶垂眸，唐美妮的言语之间都是和顾南风家的熟络，“我都不知道美妮你去顾氏上班了。”

唐美妮一怔，拍额头：“是伯父让我去的！我一忙起来也是忙得晕头转向，忘记跟你讲了，对不起。”

这时，何耀带着吃的回来了。见到唐美妮，他只是不易察觉地慌了一下，随后打招呼：“你来了。”

唐美妮“嗯”了一声，责怪起来：“你是怎么照顾茶茶的？居然让她生病了。”

何耀也是“嗯”了一声：“下次我会注意。”

姜茶茶看着这两个人努力地想要表现出自然却还是透着尴尬，终于忍不住问道：“你们以前认识吗？”她突然这么一问，两个人都没有防备，愣在那里。

姜茶茶浅浅苦笑：“这个问题很难回答吗？”

“没有，我们以前不认识。”唐美妮和何耀异口同声，一字不差。

说完，医务室里的空气都凝结了。

谎言，之所以是谎言，是在戳破了一个洞口后，就像飞走的气球，瘪跌在地，无所遁形。

唐美妮起身想走:“那……那我先回公司了，茶茶你好好休息。”

姜茶茶喊住她：“美妮，你等一下。”

姜茶茶请何耀先出去，她们闺密有话要单独聊。

这段时间的别扭，两个人都太辛苦。

姜茶茶轻声叹气：“我们之间不是无话不谈的好朋友吗？”

唐美妮不说话。

“从什么时候开始，我们心里有了隔阂，连说话都透着别扭了？”

唐美妮没有去看她，而是盯着自己脚下的白色石砖。

姜茶茶又问：“我不懂，你跟何耀认识并不是什么过分的事，为什么要骗我，还是说你有什么情况瞒着我？”

“那你呢。”唐美妮终于扭头迎上她质问的眼神，“你有骗过我吗？”

姜茶茶微微一怔。

“我问你，你喜欢顾南风吗？”唐美妮目光如炬，容不得姜茶茶逃避。

如鲠在喉，姜茶茶的喉咙发不出声音来，只听唐美妮轻笑:“这个问题很难回答吗？”

“我承认，我对他有动心。”半晌，姜茶茶听到自己这么说。

唐美妮哼笑出声：“你终于肯坦白了。”

“可是……”

姜茶茶还想解释，唐美妮猛然起身打断了她：“你别再说了，我不想听。”

门口透过的光将唐美妮圈在一个光影里，看不清脸，只能看到她激动起伏的胸口。

“顾伯父已经默许我在顾南风身边，我真的很想和顾南风好好相处下去。茶茶，我希望你不要破坏我的幸福。”她说这话时像是恳求又像是警告，努力按捺住的冷硬话语刺耳地回响在姜茶茶的耳边，“这样，我们还是好朋友。”

这样，我们还是好朋友。

说完，唐美妮跑走。

门口的光完全没了遮挡，散了进来。

姜茶茶闭上眼睛，感觉到鼻子一酸，一滴眼泪从眼角夺眶而出。

她明明没有拥有什么，却觉得失去了什么。

何耀从外边回来，拉过椅子，把粥拿出来，一边喂，一边告诉姜茶茶：“我和唐美妮以前是认识，我追过她，她没答应。现在她和顾南风在交往，不想造成误会，所以我们就不想提及。那一天在教学楼下，你看到我和她在说话，就是她希望我不要提及认识她的事情。”

他把情况言简意赅地说出来，只希望她不要追究太深，这样也不会有误会。

“对不起，茶茶，就这一次，我骗了你。”何耀道歉道得诚恳，还做发誓状，“我保证以后都不会骗你，好不好？”

姜茶茶点点头。

唐美妮的性子要强，她希望她的人生是完美的。何耀出身不如顾南风，如今的一点成绩也是靠他自发努力得来。会有这个想法，自己可以理解。

姜茶茶想到顾伯父是那样苛刻严肃的人，也只有唐美妮这样的公主才能够得到他开放绿色通道吧。

一股自卑的酸楚涌上心头，吃完药后，她迷迷糊糊地睡去了。

第八章

我们去约会吧

等到姜茶茶再次醒来时，天已经黑了，窗外响起蝉鸣，而她的手心温热。

何耀坐在她的床边握着她的手，一直守着。

看着他浓密漆黑的头顶，姜茶茶的心里无限柔软。

感觉到动静后，何耀醒来，关切地问：“你感觉怎么样？”

姜茶茶心念一动，主动提议：“等我好了，我们去约会吧？”

或许她不该再胡思乱想，而是守住眼前的幸福。

何耀以为自己听错了，先是疑惑了一下，随后笑着越发握紧她：“好。”

第二天，姜茶茶回到宿舍，换了一身娇艳的橘色连衣裙，把马尾高高扎起，少女感十足。

金小灿揉着眼睛从床上醒来，不由得瞪大了眼睛：“老板，你这是……”

姜茶茶笑着冲她摆摆手：“今天暂时歇业，我给你放假。”

金小灿眨巴眼睛，意识到什么，扯着嗓子喊：“老板，你要去约会吗？病才好，不需要休息……”

门一关，姜茶茶已经出去了。

“一下吗？”

说来也奇怪，姜茶茶退烧后就觉得神清气爽，有魔障散开的感觉。

想到何耀，她默默地上扬嘴角，告诉自己：今天要去约会，要有一个崭新的开始。

来到学校门口，何耀已经等在那里了。

他没有开那部夸张的跑车，而是骑了一辆自行车。

他穿着一件纯白衬衫，简单的咖啡格子九分裤，干净阳光得像天边的一块云。

见到她，他笑着拍拍后座椅：“走吧，今天带你去兜风。”

他贴心地给姜茶茶戴上顶帽子，说：“头别吹着，身体刚好些。”

她坐上后车座，抱住他的腰，微风拂面，看着两边的风景后移，低声呢喃：“姜茶茶，这才是属于你的快乐吧。”

而何耀是一个很尊重女生的绅士，他把安排都告诉姜茶茶，柔声询问她是不是喜欢，如果不喜欢也有替换的备选方案。

姜茶茶没了做生意时的主见睿智，不管何耀说什么，她都点头说好：“在这方面我没什么经验，你做主就好。”

何耀一愣，脸颊涌上两片绯红：“我也没有经验。”

和唐美妮在一起的时候，他呆得跟一块木瓜一样，都是唐美妮带他去看新世界。等到他明白爱情是怎么回事时，唐美妮早已毅然决然地退场了。

现在，他真心地想和姜茶茶发展，可真心再次让一个人笨拙。

两人站在河边，相视一怔，会心一笑。

随即一阵清脆的笑声随着河水流淌开来，彼此间的感觉这才重新回到了之前并肩作战的融洽。

有时候，人和人之间最难以言喻的就是一种微妙的感觉，可以口不对心，可以无法解释，也可以像这样，不用解释太多，只是一笑就泯然释怀。

只是视线的另一角，姜茶茶没有发现，有一辆车一直默默地跟在他们身后，始终保持着一段距离。

车子里的一道目光，始终追随着他们。

顾南风坐在车后座，冷冷地看着某人和某人相谈甚欢。

“不是说病了吗？还穿这么短的裙子出来瞎晃。

“病了还出来约会！

“这样子像病了吗？

“笑那么灿烂，皱纹都长出来了。”

……

坐在前边的司机实在尴尬，默默扭头：“顾总，您要不要过去？”

“我为什么要过去？”顾南风白了一眼司机，“我忙得很。”

司机默默地想：你撂下公司一堆人，特地跑过来盯梢，真的是很忙。

这边，两人在河边商定好接下来要去的地方，正要出发时，一通电话扰乱了他们的规划。

是赵浩子打给何耀的。

隔着一段距离，姜茶茶都能听到那头浩子的叫声：“阿耀，你快回来救我，我被人讹上了。”

何耀皱眉：“什么？”

还没听懂到底发生了什么，那头一阵嘈杂声，然后挂掉了电话。

姜茶茶见状，赶紧说道：“可能真发生什么事了，回去看看吧。”

何耀思索一番，点头："好吧。"

两人匆匆往公司赶去。

推开办公室的门，姜茶茶被眼前的场景吓呆了。

金小灿揪着赵浩子的衣领，赵浩子脸上满是酸辣粉条，而赵浩子手里拎着一条裤子，身上只穿着一条短裤！

这是什么情况？

"小灿！"姜茶茶走上前，一把拉开金小灿。

何耀也适时地伸脚把赵浩子坐的椅子带过来，拉开两人的距离："浩子，怎么回事？"

赵浩子一脸火大，和金小灿互相指着对方涨红的脸道："你问她（他）！"

分开当事人，各自带到一旁审问。

姜茶茶从金小灿口中得知她是来送外卖的，结果没见到人，她就径直往里走。然后就看到赵浩子坐马桶上，居然不关洗手间的门！就这样，她看到了不该看的，他呢，也不问问，不分青红皂白地就要打电话报警，说她是女流氓！于是两个人打起来，她手里的外卖就失控了。

"哈哈哈哈哈……"姜茶茶不厚道地笑得前仰后合。

"姜茶茶，你还笑！"金小灿恼羞成怒地跺脚，"是你说的，有钱赚不能不赚，我才在休息日还跑出来送外卖的！"

"对不起，是我不好，哈哈哈，是我不好。"姜茶茶抹掉眼角的泪，"不过小灿，你可能想多了。是这样的，这公司里只有何耀和浩子两个人，一般没人来，所以他可能就成习惯了，不是故意的。"

"你少来！何耀是你的男朋友，你就爱屋及乌地袒护！"金小灿满脸委屈，"我还是你的员工兼室友呢！"

这时，何耀拉着赵浩子走过来，听到金小灿的抱怨，赵浩子刚想说什么，就听何耀轻轻地说道："金同学，是浩子不对，就算我们在公司两个人待惯了，但他既然点了外卖，就应该知道会有人来，不关门就是他不对，我替他向你道歉。"

赵浩子被训过，但还是心有不满地嘟囔："明明她把外卖放桌上就好了，是她自己要进来……"

"哎！我们送外卖是要把每一份外卖送到客户手上，我尽职尽责也算有错？"金小灿耳朵贼尖，双手叉腰，声音高了一个度。

姜茶茶见状，赶紧笑着打圆场："好了好了，不打不相识。这顿算我的。午饭时间也到了，大家坐下来一起吃吧。"

赵浩子和金小灿相互瞪眼，哼哼嗤嗤。

经过这么一闹，姜茶茶和何耀的约会变成了四人聚餐。

烤肉店里，四人临窗而坐，夹杂着香气的店中和外边的霓虹街道相互辉映。为了金小灿和赵浩子握手言和，何耀和姜茶茶倒也没闲着。

和何耀夹到肉片相视而对时，姜茶茶羞涩扭头，恍惚间，仿佛看到了顾南风。

她定睛想看个仔细，那辆车又飞快地疾驰离开。

"茶茶，"何耀唤她回神，"怎么了？"

姜茶茶愣愣："哦，没什么。"

这时，她的手机响了，居然是顾南风发来的消息——我去看看姜伯伯。

刚才那个在车子里窥探他们的人，真的是他！

姜茶茶没有心思，扒拉了两口，就和何耀他们告辞，匆匆赶回家去。

赶回家里发现没有灯火，她思索着爸爸应该还在摆摊没回来。

去了巷子口，果然看到爸爸的摊子还在，坐在前边的身影正是顾南风。

只见他们两个有说有笑，顾南风的侧脸在昏暗的灯光下显得那么出众，他不耍赖的样子竟带着几分温和。

她仿佛好久没看到爸爸那么开心的样子了。

姜茶茶的胸口怦怦直跳，目光再次落在顾南风身上。

自从她没接这个家伙的电话后，这两天他就没有出现过，仿佛不知道她生病了，也不知道她请假了一样。

今天，她已经决心要和何耀进入一个崭新的阶段，他又以这种方式再次出现，他到底想怎么样？

姜茶茶站在原地，情绪复杂，他扭头发现了她。

姜茶茶硬着头皮走过去："顾总，你怎么来了？"

"姜伯伯欢迎我来呀。"顾南风特别鸡贼地冲姜达撒娇。

姜达看了一眼姜茶茶，语气里略带责备："你啊，生病了都不告诉爸爸，幸亏顾南风来告诉我，多亏他照顾你，这顿饭爸爸当然要请。"

姜茶茶瞪顾南风：照顾她？他什么时候照顾她了？

"爸，我没事。再说了……"

姜茶茶一把夺过顾南风手里的串条子，刚要戳穿对方的谎言时，顾南风捷足先登地笑说："再说了，这是我分内事，没什么大不了的。叔叔你这么说，可就见外了。"

"你过来。"姜茶茶把顾南风拉到一旁。

顾南风理了理自己的外套，看向姜茶茶。

"顾南风，你别再来了。我明天就会去公司继续采访。采访结束之后，我们再无瓜葛，你听清楚了没有？"姜茶茶一脸严肃，义正词严。

顾南风皱眉："看来我跟你说的，你是忘到脚后跟了是吗？"

姜茶茶侧过脸："美妮很受顾伯父的喜欢，她也已经进公司帮你的忙了，大家都知道你们的关系，你再这样对我纠缠不清，会搞得大家很难堪！”

“我爸喜欢她是我爸的事，我跟她说得很清楚，我不喜欢她。”顾南风扳过姜茶茶的肩，“我这么厚脸皮地追在你身边，姜茶茶，你当我很闲，还是真的看不出我的心意？”

他漆黑的瞳孔发出灼灼的光，似要将她燃烧。

他有些着急且清楚的告白，像锡纸一样紧紧地包裹住她，令她无法呼吸。

姜茶茶忽然想起在医务室时面对唐美妮的承认，她猛地一个激灵：不行，不能再这样！

她推开他的手，道：“顾南风，你死心吧！我们都不能回头了！”

“那我就偏让你回头。”顾南风清冷的声音里带着决绝的霸道，“我查了一下，耀浩科技公司不过是刚刚成立的小公司，主要的科技人员是赵浩子……”

“顾南风，你卑鄙！”姜茶茶恼了，“你别碰何耀他们！”

“这么快就维护上了？”顾南风不悦地皱眉，“姜茶茶，我告诉你，没有什么是我顾南风办不到的事，你大可以试试。”

姜茶茶最讨厌别人威胁她！

她小时候和爸爸摆摊，除了逃城管，还要应付那些地痞流氓，可她没见过比顾南风更可恶的大流氓了！

她抬腿就踢他。

不想顾南风学乖了，往后退了一小步，让她直接踢了个空。

姜茶茶失去重心往后仰，顾南风稳稳伸手扶住她。

他方才的戾气和愠怒变淡很多，接着是后知后觉的无奈和温柔：“明天来上班，我等你。”

他的声音总是带着一种定身的魔力，任凭她有天大的气性好像都能被其化为绕指柔。

顾南风放开她，把自己的外套脱下来给她披上："大病初愈，别穿这么单薄，你的身体你不要我还要。"

"你！"姜茶茶涨红脸，作势就要丢掉他的外套。

顾南风紧紧地箍住衣领："你丢了试试。"

他在霸道和温柔之间切换真是熟练又自如！

"茶茶，我要威胁你轻而易举，你还是乖乖听话，别白费力气了。"顾南风挑眉，坏坏勾唇。

她揪住机会猛地一踢！

顾南风低吟出声，她到底还是得逞了。

他倒吸一口凉气，什么也没说，转身默默地僵着右腿，挪到了车子旁上车。

姜茶茶终于忍俊不禁。

活该！

这时，姜达不知道什么时候到了她身边，由衷地说道："你还说不喜欢他。"

姜茶茶吓了一跳："什么？"

"每次见到他，你总是又气又笑的。"姜达笑着转身，"爱情就写在你的眼里啊，女儿。"

爱情。

什么是爱情？

如果没认识顾南风，和何耀的相视一笑、淡然心动，也许也是爱情。

可是认识顾南风，他带来的天崩地裂、痴嗔笑怒，好像更是爱情。

姜茶茶收到何耀的问候微信，问她是不是平安到家了。

姜茶茶盯着手机屏幕，只剩下出神。

她喜欢顾南风，可是她不能给他带来平静和光彩；何耀的温柔，她又不能伤害。

姜茶茶忍不住捶自己的脑袋，扪心自问：“姜茶茶，你到底想怎样？”

姜茶茶帮姜达推车回到家里，坐在客厅里打开电视，看到了顾启。

独子顾南风以一个大学生的身份回到公司动作频频，自然是众多新闻媒体的关注点，有的记者没说两句就问道，让儿子回归公司帮忙打理家族事业，他是什么心情。

顾启笑容满面地说：“儿子听话又有能力，我当然很高兴。”

“贵公子在学校里也是一位风流人物，听说还有女朋友了，不知道您对未来儿媳妇的标准是什么呢？”

顾启笑容不改：“现在说这个还早了点，不过我想我还是属于那种比较古板的老人吧。”

他打太极打得很是出彩，不过言外之意还是很明显的。

姜茶茶听得出来，他说的是门当户对。

顾南风是顾氏的未来，即便他的身边不一定非是企业千金，也该是高门大户的女儿。

他的身边怎么都不可能会是她。

或许就是因为知道这一点，知道没有未来，她才会一步步地退缩，一次次地自欺欺人。

想到这里，姜茶茶回到房间，把关于顾南风的采访内容重新整理提炼了一番。

第二天，姜茶茶去了顾氏公司，准备去见顾南风。

她已经算好了，只要十分钟，就可以把采访内容都完成，剩下的连载部分素材应该够了。

不想，顾南风看到她径直说："走，我们去机场。"

"机场？去哪儿？"姜茶茶一头雾水。

"跟我来就是了。"顾南风拉过她，不由分说地往楼下走去。

"喂，你是去出差吗？不用了，我不跟你一起去了。"姜茶茶一边推脱，一边要挣脱他的手，无奈他抓得太紧，根本挣脱不开，她急了大喊，"我什么都没带！"

顾南风将她拖到门口，变戏法般从包里拿出她的身份证、护照等资料："不用你操心，我已经帮你拿来了。"

姜茶茶瞪大眼睛："你！"

"上车，时间来不及了。"他说着就要推她上车。

这时，从身后传来了唐美妮的声音："顾南风。"

姜茶茶和顾南风扭头，唐美妮穿着一身职业裙装，把长发梳成干净的马尾，看上去知性干练，明亮动人。

她上前，诧异地打量他们，道："你这是要去哪儿？等一下记者发布会就要开始了。"

姜茶茶微微一怔，看向顾南风。难道他不是要去出差？

"我要去哪儿不用跟你报备吧。"顾南风冷着脸，一只手搭在姜茶茶的肩上，"如果你要告状，尽管去告好了，我不在乎。"

说着，他就把姜茶茶推进车里，砰地关上门。

姜茶茶隔着乌黑的车窗，看到唐美妮整个人僵着站在那儿，然后车开动了，她的身影渐行渐远。

"现在你当着她的面上了我的车，姜茶茶，你赖不掉了。"

姜茶茶扭头间，看到顾南风得意扬扬地歪着头，心里五味杂陈。她失控地伸手去掐他的脖子："顾南风！你疯了！"

顾南风也不躲，握住她的手腕："我是疯了！早在我发现自己喜欢上你的时候，我就知道我疯了。"

他疯了，才会喜欢上这个爱财如命的死对头；他疯了，才会做那么多幼稚的事情；他疯了，才会不管不顾，为她放弃原则，只为有名正言顺的理由和她待在一起。

“你！”姜茶茶急得头皮一寸寸地发麻，“这样美妮一定会误会的！我绝对不能对不起她，我……”姜茶茶伸手就要去开车门，手却被顾南风拉住，死死地按在膝盖上。

“你放开我！”

“姜茶茶，收起你这该死的想法。”顾南风皱眉，“我根本就没给她承诺什么，你哪儿来的对不起？你一定要这么讲，那从你承认喜欢我的那一刻开始，你就已经对不起了。”

姜茶茶又一次被震撼到了：“你……你……你怎么知道的？”

那天，他来过医务室？

顾南风笑而不答，扭头看向前方：“乖乖地待在我身边，我保证给你一个永生难忘的专访内容。”

他说得意味深长，她不明白到底是什么意思。

车子一路疾驰向前，姜茶茶的心被彻底吹乱了。

坐上飞机，姜茶茶想要给何耀发一条微信，手机被顾南风拿走了。

姜茶茶爹毛：“把手机还给我！我不说一声，别人还以为我失踪了呢！”

“我向你爸爸拿护照的时候已经跟他说过了，你还有什么人要通知的吗？”

姜茶茶咬唇：“有啊，何耀！”

顾南风冷冷地收回视线：“放心，你不说，他也会知道的。”

“你这话到底是什么意思？”她怎么总觉得他话里有话。

顾南风又玩沉默。

姜茶茶伸手就去按服务铃，没等温柔可人的空姐完全走到面前，她就问："这是要飞去哪里？手机可以借我一下吗？"

空姐微笑："这是即将飞往西班牙巴塞罗那的飞机，您现在所在的位置是头等舱。很抱歉，女士，我们马上就要起飞，已经切断所有通信设备。"

姜茶茶深深地怀疑，这个空姐和顾南风是同一边的，她要被顾南风就这样绑到举目无亲的国外去了。

窗外的亮光随着飞机升空，变得越来越透亮，就像打开了一个新世界的大门，也像把陆地上的哀怨情仇都撇开了距离。

万里云层间，姜茶茶轻轻地拉上隔板，扭头间看到坐在旁边的顾南风已经睡着了。

他轻声打着鼾，睡得很熟的样子。

修长微卷的睫毛微微颤抖，漂亮坚挺的鼻子上打着光圈。

她就这样看得失神。

这个家伙是有多累，才会睡得这么香？

那个顾氏集团像一架庞大的航空母舰，他不过是二十多岁的年纪，却要承担和这个年龄不符合的压力。她一直以为他是巨人，终于见到他属于平凡人柔弱的一面，她的心无端端地塌陷了一块，不自觉一股暖流流过。

或许，只有像现在这样，四下无人知晓，她才能安心地望着他吧。

想到这里，姜茶茶涩涩地收回目光。

这时，她的肩上突然一沉。

紧接着，顾南风的气息随之而来。

姜茶茶先是一怔，下意识地挺直腰板，他像撒娇般将脑袋往她的脖颈处蹭了蹭。

从 T 市飞到巴塞罗那，需要六七个小时。

姜茶茶就这样给他当了六七个小时的人肉靠枕，等到下飞机的时候，姜茶茶觉得自己的右肩整个都麻了。

顾南风不明就里，拉过姜茶茶的手时就问："怎么这么凉？"

气血不通，当然凉了！

下了飞机后，顾南风推过行李车和姜茶茶一起来到机场门口。

姜茶茶本来以为会有一群人过来接机，不想顾南风从一个金发碧眼的小伙子手里拿过钥匙后，就径直走向了驾驶位。

姜茶茶上车后，忍不住确认："就我们两个？"

顾南风"嗯"了一声："不然你还想有几个？"

姜茶茶愣了愣，目不斜视地盯着前方，总觉得会发生什么，心跳再一次错乱了。

顾南风压着笑意在喉头："孤男寡女，异国他乡，怎么都不像办公事的节奏。姜茶茶，你是不是这样想的？"

姜茶茶被调侃，脸唰地红了一片："才没有！"

突然，顾南风的身体压过来，她吓了一跳往后仰："你……你干吗？"

顾南风表情无辜，拉了拉她旁边的安全带："我给你系安全带。"

该死！她又被戏弄了！

她仿佛看到他若有若无的笑，越发让封闭的车内空间变得暧昧。

一个小时后，车子驶向巴塞罗那的海边。

这场突兀的旅程，终于有了答案——海洋环境数据记录。

"我在这附近买了一座岛，用来建设生态酒店。不过最近这里旅游被过度开发，导致生态受到了破坏，海水上的垃圾泡沫横生，海底生物的生存环境遭到威胁。我想亲自记录数据，发给查理教授，然后共同探讨出一个补救方案来。"

姜茶茶点点头，垂眸。

原来如此，原来他没有放弃自己的梦想，他把梦想和事业结合在了一起。

原来，他是想让她当见证者。

“怎么一脸失落的表情？”他扭头，戏谑打趣，“难不成你真以为我带你来谈心散步的？”

“你少臭美了！”姜茶茶抓起一块石头就冲他扔去。

顾南风居然也不躲，石头不偏不倚砸中他的脑门，他应声倒下！

姜茶茶“啊”了一声，快步跑上前：“顾南风，你没事吧？”

顾南风捂着脑袋，痛苦呻吟。

姜茶茶惊慌失措地找手机想要打120，一想这里是西班牙：“该死，西班牙的120是几号啊……啊！”

他一把勾过她，揽入怀中。

姜茶茶瞪眼，彻底奓毛：“你又骗我！”

顾南风一本正经地盯着她：“你知不知道一个女人总被一个男人骗，是为什么？”

姜茶茶意识到他要说什么，伸手想捂住他的嘴，被他扯开：“那说明这个女人喜欢这个男人。姜茶茶，你到底要怂到什么时候？”

他的额头真的被砸到了，红肿的地方慢慢变得明显。

姜茶茶有些心疼，没再动弹。

海风带着海浪撞击着礁岩，清脆的声响此起彼伏地回荡着，海岸边蔚蓝的天连接远方的天地，米黄色的沙滩上，还保存着一天的日照所积存的温热。

周围便是世界，世界很大。

他们两个人置身在很大的世界里，变得渺小。

他问她，到底要怂到什么时候。

她也在问自己，是不是要不管不顾跨过内心的防线。

“我喜欢你，那又怎么样？”姜茶茶推开他，坐起来，“我喜欢你，不代表就要跟你在一起。顾南风，我绝对不会伤害唐美妮。”

她的身后，顾南风没有说话。

半晌，他伸手摸摸她的脑袋瓜，轻声叹气：“你这个傻瓜。”

他似乎在骂她，也似乎在骂自己。

姜茶茶鼻子一酸，强忍着不哭，任由眼泪被海风带走。

顾南风没有再强迫她，也没有再为难她，他带她坐船去他购买的小岛。

他穿上潜水服跳进海里，姜茶茶在岸边等着他，每一次看到他扎进海水里，她的心就会提起来；每一次看到他带着垃圾浮上来，她提起的心才会放下。

但这些她都不会表现在脸上。

因为装备，顾南风没有潜到很深，就只是大概把表层的垃圾整理了一些，不知不觉天就黑了。

姜茶茶担心太晚会出意外，在他浮上来后，她直接抓住他的胳膊说道：“我饿了，先去吃饭吧。”

这个小岛被顾南风买下来后，酒店的部分是待开发状态，但其他地方都已经活络起来，一些有生意头脑的华人听到这个消息后，也纷纷上岛来开店、开餐厅什么的。

顾南风带她去了一家酒吧，后现代风格的酒吧，里面贴满了刘德华的照片，音箱里还放着刘德华的歌，一看就知道这家酒吧的老板是刘德华的铁粉。

顾南风和她入座一旁的卡座，一个穿着白色衬衫、黑色背心的斯文男生走了过来：“请问两位喝点什么？”

姜茶茶见对方的年纪不大，没把他往老板上想，不由得看向顾南风："这里没吃的吧？"

顾南风笑了："你这里今天有什么招牌菜，看着上吧。"

那斯文男生点头说好，应声而去。

顾南风给姜茶茶倒水："他是这里的老板，如果有华人来访，是有菜吃的。"

姜茶茶打量他："你这都知道。"

顾南风笑："我还知道他之所以喜欢刘德华，是他钟情一个法国姑娘，姑娘是刘德华的铁粉。为了追到她，他就在这里开了一家酒吧。"

人总爱八卦，听到这么浪漫的开端，姜茶茶不由得好奇结果："然后呢？他追到了吗？"

"应该是没追到吧。"顾南风的目光落及店门口的一盏灯，"追到了的话，这灯应该就不会点着了。"

姜茶茶顺着他的目光望去，刚才进门时没特别注意，以为只是装饰灯，就是颜色特别一点，是粉红色的。

顾南风告诉她，这灯罩里放着粉色烛台，如果靠近一些就会闻到淡淡的樱花香味。听说，这是他特意给她留的灯。

"她是从法国到西班牙的交换生，和他在游学会上认识。两个人互生好感，只可惜他还没来得及说明心意，她就离开了。"

他三言两语，没有说得很详细，轻易地勾画出一个让人浮想联翩的情节来。

什么会让两个人情深缘浅呢？

什么会让爱情萌芽了却又无法怒放呢？

姜茶茶出神间，听到顾南风在耳边轻声说："这个世界上有这么多人，两个人能相识相爱，是概率很低的一件事。懂得珍惜，才不会有遗憾。"

她望向他，在昏暗的灯光下，他漆黑的眸子像两簇荒原上的火。

借用酒吧老板这件事，他想告诉她，爱情不需要任何芥蒂，只需要纯粹，那样才能获得幸福。

两个人四目相对间，老板上菜了。

顾南风微笑地把茶杯挪到一旁，示意姜茶茶好好尝尝：“你会发现这里的中国菜还挺正宗的。”

老板问：“两位要不要来一瓶酒？”

顾南风拒绝得利落：“不用，我怕酒后乱性。”

这个家伙！

姜茶茶从头顶红到了脚指甲，像一只熟透的大虾。

吃饭间，姜茶茶从柱子上挂着的电视里看到了一条来自国内的消息。

“据说顾氏集团董事长顾启原本是打算在今天宣布独子顾南风的联姻事宜，却突然无故取消新闻发布会……”

姜茶茶怔了怔，看向对面低头认真吃饭的顾南风，心乱如麻。

原来，理所当然的公事后边，他那么着急的背后，是这个原因。

“其实你不用为了我……”

“谁说我是为了你？”顾南风打断她的话，微微扬起下巴，“我是为了自己。”

为了我自己的幸福。

为了我和你的幸福。

两个人吃饱后从酒吧里出来，已经是晚上九点多。

这条比别的地方相对热闹的街道也变得安静了下来，昏暗的路灯映照着两边风格鲜明的石头壁，只剩下堆积的静谧。

姜茶茶和顾南风并肩而走，两个人倒映在石板上的身影不时地交错在一起。

他的手不时地碰到她的手，细细软软的感觉像羽毛在搔弄心坎。

上台阶的时候，顾南风握住了姜茶茶的手。

她想抽离，他握得更紧。

两人四目相对间，一道强光从前方打过来。

顾南风伸手护住姜茶茶的侧脸，扭头看去。

强光中，一个身影由远及近，恍惚间，唐美妮走到他们身前。

姜茶茶怔了怔："美妮。"

她总是这样，软肋是唐美妮，看到唐美妮就会心虚的样子真是让人火大。

顾南风皱眉间，看到从黑暗到光明的刹那，唐美妮脸上的阴冷被下一秒的笑容替代，好像之前的阴冷是个错觉。

"顾南风，茶茶，我来了。"

顾南风感觉到姜茶茶的手瞬间冰凉，攥紧拳头要从他的手心脱离："那你们聊，我……"

他拉住姜茶茶的手臂："你在这里等我。"

说着，他径直往前走，示意唐美妮跟他来。

两个人走到车旁。

顾南风不等唐美妮开口，就先说道："我飞到这里来，就是不想搭理你和我爸图谋的那个发布会。唐美妮，别让我讨厌你。"

唐美妮讪笑："我知道。我来不是为了逼你回去。"

顾南风打量她勉为其难的笑容，并不相信。

唐美妮双手抓握，垂放身前，很努力地缓和内心的伤痛："你和顾伯父的关系好不容易缓和，别因为我再搞得那么僵了吧。这次我来，是借着来帮你的名义过来的。你放心，发布会的事情我和顾伯父说，是我要主动取消的。"

"你为什么要帮我？"顾南风一问出口就后悔了，只见下一秒，她眉眼盈盈，哽着伤心："因为我喜欢你，我愿意为你做任何事，哪怕你不喜欢我。"

顾南风皱眉，稍侧过脸去：“你可以离开顾氏回学校的，不用掺和到我和我爸的事情中来。”

唐美妮低下头，自尊掩埋进尘埃里：“顾南风，我只想默默地待在可以看得到你的地方，为你做一点事。就当这次是我最后的机会吧，回去后我会主动跟顾伯父辞职的，可以吗？”

她说到了这个份儿上，顾南风也不好再说什么。

他“嗯”了一声，朝姜茶茶走去。

唐美妮就这么站在车边，默默地握紧拳头，沦为黑夜里的背景。

顾南风重新拉起姜茶茶的手，温柔一笑：“走吧。”

他头也不回，她亦不敢回头。

虽然听不见他们说什么，可姜茶茶从他们的表情和动作可以判断，唐美妮千里赶来，并没有得到她想要的答案。

这一次，唐美妮在她面前编织的两人和睦的假象，像被推倒的幕布，真相一览无遗。

姜茶茶偷偷瞥顾南风坚定的侧脸，也终于明白他说的喜欢是一种怎样的固执。

顾南风说道：“她来是帮我处理公事的，回去后她就退出顾氏，回T大。她是一个聪明的女孩，知道该怎么做的。”

他全身心地扑向她，没有一丝犹豫。

这一次，她告诉自己，要放下心里的疙瘩，为自己和顾南风勇敢一次。

唐美妮开车和他们回到同一家酒店。

三个人开了三间房。

巴塞罗那的月色映照着每个角落，也照亮了不眠人的心。

姜茶茶从冰箱里拿了一罐冰啤酒来到阳台，看到唐美妮也没睡，站在阳台上。

姜茶茶没有退缩，而是过去靠着栏杆，打开啤酒伸过去碰杯：“喝一个？”

唐美妮手里拿着的是红酒，她微微一笑，碰了一下：“来。”

“好像又回到了高中的那个暑假。”唐美妮抿了一口红酒道，“我们回到学校，躲到教学楼的天台去喝酒，纪念我们即将要告别的高中生涯。”

姜茶茶点点头，过往的情谊历历在目，那是即便是到了七八十岁也不会忘记的青葱岁月，只要一提及，那些画面就鲜活起来。

“那一次，你还特地从家里带来了很贵的红酒，我说我们刚十八岁喝什么红酒，该喝啤酒才对。”

“我们互相说服了好久，后来谁也说不过谁，就把红酒和啤酒混着喝。”唐美妮也笑了，“结果都喝醉了。”

姜茶茶勾唇，白皙的脸蛋上晃过一丝苦涩：“那时候你对我说，我们的品位这么不一致，以后一定不会喜欢上同一个男生。”

说到这里，唐美妮哈哈大笑：“对，对，我记得。我说，我喜欢的男生一定是这个世间最好的，那才配得上我。你说你只会喜欢毛爷爷，很难想象对别的男生会心动，因为他们都不如毛爷爷好看。”

笑完后，唐美妮将手里的酒一饮而尽，眼泪夺眶而出。

姜茶茶望向她：“对不起，美妮，我发誓，我努力过。我真的努力地否认过，拒绝过，逃开过，我……”

唐美妮用手背擦拭着眼泪：“对不起？我怎么感觉一直都听你在跟我道歉？姜茶茶，你是笨蛋吗？为什么总跟我道歉？”她捏姜茶茶的脸，“喂！明明是你先跟他告白的呀，明明是你先跟他有瓜葛的呀，明明是……”

他喜欢的人一直都是你，从来就没有喜欢过我呀。

姜茶茶伸手去擦唐美妮脸上的泪水，可她越擦越多，怎么都擦不完。

不知不觉，姜茶茶也泪流满面。

两个人抱在一起，任凭对方的眼泪流下。

“对不起，美妮。”

“你还说！姜茶茶，你还说！”

女生之间的感情是解释不清楚的存在，说“没关系”时不是真的没关系；说“对不起”时是谢谢你的意思；而有时候哭了，才是真正的原谅。

后面两个人还说了什么，姜茶茶已经忘了。

因为第二天，她顶着一对超级肿的眼睛看到冰箱的门半开着，发现里边所有的啤酒都被喝光了，这才艰难地回想起来昨晚有多不醉不归。

顾南风敲门，姜茶茶去开门。

望着她这副从地狱里爬出来的样子，顾南风不由得愣住：“你昨晚干吗去了？”

“和美妮喝酒。”姜茶茶挠挠乱糟糟的头发，一张嘴，满嘴还是酒气。

顾南风微微皱眉：“你酒量太差了吧，她就好好地在楼下，已经叫好了早点。”

姜茶茶瞪顾南风：“你这是嫌弃我了吗？”

顾南风一愣，笑得眼角开出了花：“姜茶茶，你这是吃醋吗？”

他伸手宠溺地揉她的脑袋瓜：“我就是喜欢你这种小老虎的样子，这才像我的姜茶茶。”

姜茶茶将计就计，拉过他的手就要咬，可是真的咬上去又舍不得用力了。

她悻悻地把他的手推开，转身就要往洗手间走去。

顾南风从身后将她环住：“你瞧，事情总会解决。你和唐美妮可以重新做朋友，我很开心。”

他的声音带着清晨第一缕阳光的香气，姜茶茶温顺地低着头：“嗯，我也觉得很开心。”

她们昨晚那样哭过，那样喝过，一切矛盾都解开了吧。

唐美妮一定能找到属于她真正的幸福，姜茶茶相信。

第九章

把你当作最好朋友的人

姜茶茶收拾完毕后，跟顾南风下楼去吃早餐，只见唐美妮已经坐定，桌上点了很多吃的。

顾南风说得不假，唐美妮果然精神奕奕，还更加明艳动人。

她抬头冲他们招手："这边。"

顾南风和姜茶茶落座在她对面。

唐美妮将一份鸡蛋加牛角包的早餐外加一杯热巧克力推到顾南风手边："顾总，您的习惯。这是法式牛角包，鸡蛋七分熟，比利时的现磨巧克力粉冲泡而成。"

随后，她又将汉堡和牛奶推到姜茶茶的手边："茶茶，你最爱的早餐搭配，我没记错吧。"

姜茶茶点点头，又默默地看向顾南风的早餐。

她不知道关于他的习惯，唐美妮却清楚他会吃怎样的早餐。

一个人的习惯，是需要留心多久才能默念在心？

吃完早餐后，唐美妮又说："顾总，您需要的专业潜水服，还有潜水教练，我都已经准备和联系好了。”

顾南风点头：“好，知道了。”

此时的唐美妮已经是称职的助理，对顾南风恭敬有礼且称呼一直坚持为“顾总”。

顾南风虽然依然冷淡，但同样也进入公事公办的状态。

姜茶茶望着他们配合默契，突然有一种插不进去的失落感。

不过顾南风并没有给她过多胡思乱想的时间，他牵过她的手就往外走：“发什么呆，要做的事情多着呢。”

三人回到海边。

海边停着一艘快艇，唐美妮联系好的几个潜水员也都整装待命。

顾南风要亲自下水，姜茶茶说：“我也要去。”

顾南风想也不想地拒绝：“不行，你没证，这样下去很危险。”

姜茶茶把头一歪：“谁说我没证的？不信你问美妮。”

唐美妮抿唇点头，意味深长地附和：“嗯，茶茶她有潜水证的。”

“那也不行。”顾南风还是拒绝得利索，“这次我是要往深处潜的，你吃不消。”

“好不容易来到这里了，就让我在岸边看看，不下海？那不是太遗憾了！”姜茶茶急了，一把抓过顾南风的手，“你不让我跟着，我就不让你下海。”

所有人都看着，见到这一幕，全默契地清嗓子来缓解尴尬。

顾南风无奈一笑，垂眸看到某人倔强的爪子紧紧抓着自己，只好答应：“好吧，但你下去后一定要听话。如果我或者教练让你上去，你就一定要上去，听到没有？”

姜茶茶点头如捣蒜，先下去再说。

于是，一众人换了专业的潜水服，教练和姜茶茶讲解了一些下水后的常识，又嘱咐了一番，这才进入海中。

唐美妮则待在岸上守着。

姜茶茶虽然之前写过海洋报道，也下过几次海，但都是在无波澜的安全范围内，像这次进入五米以上的中层还是头一次。

而事实上，潜水本身就带着不可测的危险性，不是说有经验就可以完全万无一失的。

人类在海洋面前，至今还是知之甚少，掌控甚少的。

姜茶茶和顾南风进入巴塞罗那的海域，映入眼帘的除了一望无际的蔚蓝色海水，还有摇曳生姿的各色水草，偶尔有成群的鱼群游过，就如同置身在另一个世界。

顾南风在最前边，他拿着相机把要记录的资料都记下来，每下一层深度就会拿温度计出来看一下，也会看到一些人为垃圾嵌在洞孔之中。

顾南风总是看不过眼，看到垃圾就想弄干净，在教练提醒关于氧气瓶的时长后，他才罢手没有一一管控。

姜茶茶紧随其后，随着潜水的深度加深，耳膜的不舒服就会多一些。

而越往下，光线折射能见度就越低。

方才在海水里潜玩的感觉，转而被一种紧张和未知的恐惧感替代。

慢慢地，姜茶茶感觉自己和顾南风之间的距离被拉开了。海水里的不方便就是一切动作都被放慢，就算隔着几米也不能张口喊，和身边的人也只能做手势上的沟通。

不知道她心里的呐喊是不是被他感应到了，当她刚想蹬腿去追他时，他突然扭头看她了。

这时，突然有一股力道在海水里形成阻力，以最快的速度将她往右边拉。

一切发生得太快，姜茶茶根本不知道发生了什么事，只感觉一个庞大的黑影从头顶飞过，紧随着一阵巨大的波浪袭来。

姜茶茶瞬间就在海水里翻了一个身，待她看清那庞然大物是什么时，她整个人都失去了呼吸——是鲨鱼！

只见那鲨鱼张开血盆大口，直直地冲顾南风过去！

姜茶茶来不及多想，就想过去救顾南风。她被紧紧拉住，扭头间只见教练拼命地把氧气管往她嘴里塞。她这才发现自己刚才被鲨鱼的摆尾扫飞后，氧气瓶脱落了！

一时间，所有的水都往喉咙里灌，巨大的窒息感要吞没了她！

姜茶茶咬住氧气管，就见顾南风两边的教练从事先准备的袋子里拿出橙黄色的球来，试图吓走鲨鱼。

可是效果不明显，鲨鱼没有离开，而是一口咬住了顾南风甩过来的氧气瓶。

千钧一发之际，教练开始伸腿踢鲨鱼的体侧面。鲨鱼骨骼很软，体侧面更是可以攻击的软肋，当鲨鱼遇到海豚群的时候，海豚就是这么做的。

没想到教练的攻击惹怒了鲨鱼，它一个转身，就朝教练攻击。

教练吓得往两边逃去。

姜茶茶看到顾南风失去了氧气瓶，身体不断地往下坠！

她游过去想要把自己的氧气瓶给顾南风，可是旁边的教练不断地拉她往上游。

姜茶茶拼命地想要挣脱，无奈敌不过教练的力气，眼睁睁地看着顾南风往深海里下沉！而这个时候，她恍惚看见，仿佛有一个黑点从远处游过来了。

“噗。”

姜茶茶被教练拽上水面。

之前七八个人一同下水，现在只有他们两个人上岸。

姜茶茶看向岸边，想要唐美妮赶紧找人下去救顾南风，可一眼望过去，岸边已经没有一个人。

姜茶茶气得一把推开教练：“你是不是疯了？你怎么可以不管顾南风？”

教练全身湿漉漉地半跪在她身边，没有说话。

姜茶茶要再次进入海中，被他再次拉住。

“你别拉我！我要去救顾南风！”姜茶茶声嘶力竭，在空无一人的海岸边显得那么微弱。

“你去了也救不了他！”教练扯下潜水帽，义正词严地吼回去。

姜茶茶蒙了，怔怔地看着面前的教练：“你……你……何耀？”

何耀满脸是水，气息还未平稳。他很少会发脾气，可是刚从生死一线回来，就算温和如他，脾气也失了控制。

他扳过姜茶茶的肩：“就算你恨我也好，骂我也好，我也不会让你去冒险！就算刚才让我再选一次，我还是要护你周全！你听到了没有！”

时间一点点推移，绝望似乎越来越沉重。

姜茶茶扭头看向海面，心如死灰：“可是他死了，我活着又有什么意思？”

空气仿佛停滞了。

当姜茶茶感觉自己要窒息而死的时候，突然有人冲破平静的海面——是唐美妮和顾南风！

顾南风抱着昏迷不醒、满脸苍白的唐美妮大喊：“快！快救她！”

姜茶茶和何耀帮忙将唐美妮拉上岸，姜茶茶终于又见到顾南风。顾南风还活着，她失而复得地欣喜：“顾南风，你没事吧？”

顾南风给唐美妮做心脏复苏：“我没事，美妮为了救我受伤了！美妮！你醒醒！唐美妮！”

他一声声地呼唤唐美妮，可是唐美妮一点动静都没有。她的大腿划开了一道大口子，鲜血直流。

姜茶茶眼睁睁地看着顾南风顾不上其他，满脸担心惊恐，一遍遍地唤着唐美妮。她木木地待在一旁，脑子一片空白。

救护车很快赶到，把唐美妮送上车，顾南风陪护着。

何耀开车带姜茶茶跟在后边。

姜茶茶静静地望着前边的救护车，一言不发。

那车子里躺着自己最好的朋友，有生命危险，还有自己最爱的人陪在身边。

一切发生得太快，在她短暂的人生里还没有过这样的经历。短短两个小时，生死一瞬，跌宕起伏，而好不容易把握的幸福又再一次地失去。

就像一辆好不容易步入正轨的火车，再一次偏离轨道，驶向她不能掌控的未来。

何耀坐在一旁，握着方向盘的手也是抖的。

当他知道她被顾南风带到这边，在处理好公司的事后，刚向学校请好假紧急赶来，就碰到他们要下海。

在唐美妮的安排下，他冒充其中一名潜水员陪在姜茶茶的身边，亲眼看到她的目光始终落在顾南风的身上，也亲眼看到危险来袭，她奋不顾身要救顾南风的样子。

何耀不知道自己错过了什么，他只知道顾南风这一钻空子，就将他彻底踢出局了。

当姜茶茶以为顾南风会死的时候，她那绝望的目光，疼痛如几年前他被分手时的那个下雨天。

不，是比那时更痛，更疼。

为什么？为什么他何耀喜欢的女孩都偏偏选择了那个人？

医院里。

唐美妮被送进急诊手术室。

手术室上方的紧急灯刺眼地亮着。

顾南风身上沾着她的血，他还穿着潜水服，靠墙而站，脚边滴着水。

姜茶茶上前，握过他冰冷的手："没事的，美妮绝不会有事的。"

"她是为了救我……"顾南风眉峰高耸，漆黑的眸子还回荡着险象环生的画面——

当他吐出肺里余存的氧气，感觉肺要炸了一般不断下沉，仿佛要坠入地狱时，一双手托住了他。

起先他看不清这个人是谁，当对方毫不犹豫地把嘴里的氧气管拔出来，塞进他的嘴里时，他看到了她的脸。

他刚想拒绝，可是和鲨鱼的搏斗太耗体力加上缺氧太久，竟拗不过刚下来的唐美妮。

唐美妮把氧气瓶让给他之后，拉着他就要往上游，不想那鲨鱼又回来了，险些咬住唐美妮的腿。唐美妮拔出匕首刺过去，大腿和鲨鱼的牙齿擦过，被划开一大道口子，血立刻喷涌而出。

"如果她救不活，该怎么办？如果她的腿有什么意外，该怎么办？"顾南风的眼睛充斥红丝，哑然哽咽。

蔚蓝色包裹的危险，唐美妮为他奋不顾身，那份可能说说而已的喜欢，因为此时拼上性命而变得泫然生姿，光芒万丈。

姜茶茶无言以对，她被比下去了。

顾南风问的这两个问题就像两座泰山压下来，她的任何言语都是那样苍白。

贴着冰凉的瓷砖墙壁，姜茶茶只能陪着顾南风一起等。

何耀默默地站在角落里，看着姜茶茶的不知所措，看着那手术室的灯亮着，神色深沉而复杂。

顾南风联系了当地所有的医生给唐美妮会诊，并联系了国内的医生，通过视频加入手术的讨论中来，尽全力地给她提供最好的医疗保障。

不知道过了多久，手术室的灯灭了。

唐美妮被推出来。

经过长时间的手术，医生也面露疲惫，他解下口罩告诉顾南风和姜茶茶："腿算是保住了，不过会留下一道很长的永久的疤，生命体征目前平稳，不用担心。"

顾南风再次确认："确定没事吗？她什么时候可以醒？"

医生："唐小姐缺氧了挺长时间，具体醒的时间得看她自己的意志了。"

姜茶茶点头谢过医生，和顾南风一起送唐美妮回病房。

顾南风一刻不离地守着，姜茶茶催促他好几次，他才去换了衣服，她买的咖啡他也放在一旁。

他望着唐美妮，生怕眼睛挪开一下，她就会如随时会变成泡沫的美人鱼，从这个世界离开。

"茶茶，你先回去吧，我一个人守在这里就行。"顾南风的声音哑了，他透着难以纾解的疲惫，"美妮醒了，我立刻通知你。"

姜茶茶原本想说没事的，她也要待在这里，可是看到他说完后就扭过头去的模样，她只能一言不发，从病房里退出来。

隔着门板上的一小扇窗户玻璃，姜茶茶感觉到自己被禁锢在一个牢笼里。

一个唐美妮亲手制造的牢笼。

一只温热的手搭上来，姜茶茶不用回头，知道那是何耀。

"我多希望躺在那里的人是我。"她苦涩勾唇，"这话很荒诞吧？可是我说的是真的。我希望躺在那里的人不是美妮。她没事，顾南风也没事。"

那样就不会有这种错位，也不会有失控。

“她会没事的。”何耀轻叹，“你应该相信她，也相信你自己。”

“美妮醒来后，一切都不同了。”姜茶茶转过身，静静地望着何耀的眼睛，“看着他守在美妮身边寸步不离，我竟有那么一个瞬间希望美妮不要醒来。何耀，我是不是坏透了？”

不等何耀说，她又继续说道：“之前美妮一而再、再而三地装傻，和我有了嫌隙也当作没有。我在心里有怨过她为什么会坏到这样，可是我……我现在才发现，我又能好到哪儿去？我比她更坏，更不值得当朋友。”

姜茶茶说完就给了自己一巴掌，何耀忙拉住她：“不是这样的。”

“我真的太坏了。”

姜茶茶就像失魂了一样不停地要打自己，被何耀拥入怀中禁锢：“你别这样，我不允许你这样。”

她的下巴磕在他的肩头，仰望的视角正好被白炽灯盈满。

目光中，姜茶茶什么也看不见，只能感觉到何耀怀抱的力量，还有他心疼的瑟瑟感。

“何耀，你别喜欢我了吧，我不值得你这样。”他听到她这么说。

在后来的时间里，关于这段记忆，姜茶茶是缺失的。

因为她说完这句话后就什么也听不到了。

等她再次醒来时，她发现自己在输液，躺在另一间安静的病房里。

听到有人推门进来，姜茶茶立刻坐起来。

何耀：“你醒了？”

“我……我怎么了？”

“医生说你受惊加疲劳过度，所以晕倒了。”何耀端着一碗温热的粥坐过来，“来，正好，你吃点东西吧。”

姜茶茶扭头问：“美妮，美妮醒了吗？”

何耀摇头：“还没有。”

听到还没有，姜茶茶提起的精神再一次萎靡，她重新躺下：“你先放着吧，我没胃口。”

何耀没有强求，把粥放到一旁：“那等你想吃了，记得起来吃。”

姜茶茶侧着身，背对他，没有搭理。

何耀走出房间，看到站在门口的顾南风。

他似乎站了很久，却没有进去。

见何耀出来，顾南风问：“她怎么样？”

何耀望着他：“你担心她，为什么不自己进去看看？”

顾南风没说话。

何耀垂眸上前：“我知道，一切发生得很突然，你不知道怎么面对唐美妮，也不知道怎么面对姜茶茶。那你以后打算怎么办？把她搅得心烦意乱后，现在又不想管了？”

他最后一句话提高音调，十分刺耳。

顾南风清冷的目光定定地落在何耀愠怒的脸上：“我和她的事，不用向你交代。不管我和她如何，她都不会喜欢你，何耀。”

何耀气得一把抓过顾南风的衣领，他的温和儒雅在面对顾南风时都是失效的。从一开始，他就能感觉到来自顾南风的敌意，一开始，他也是不喜欢顾南风的。

或许，情敌之间的默契也是天生的。

“你别太自命清高了，顾南风。两个女孩为你伤心，你如果有一点良心，就该好好地收起自己左右摇摆的心！”何耀皱眉，一字一句痛斥道。

“你们在干什么？”姜茶茶刚推开病房门，就看到这一幕，不由得怒道。她冲过去推开何耀的手，“这里是医院，你干吗？”

何耀放开顾南风，两个男人各自扭过头去。

姜茶茶烦躁地推开他们，径直离开。

她跑到楼梯口，顾南风追了上来："你刚醒，别乱走。"

姜茶茶扶着盘旋扶手，一时间仿佛回到在学校时那个晚上。

"我没事，你回去陪美妮吧。"姜茶茶不去看他。

"对不起。"顾南风说道。

姜茶茶沉默了。

他说不清这声道歉里包含了多少，她也不敢问这声道歉里是不是意味着放手。

谁也没有再说什么，不知道这份沉默维持了多久，姜茶茶回过神来，随即飞快迈步下楼。

她没有听到上边顾南风再追过来的声音。

姜茶茶躲在一楼的角落，捂着嘴哭了。

原来，人在经受着巨变、害怕时，是不会记得哭这件事的。当所有尘埃落定，情况逐渐清晰，才会有时间有精力流眼泪。

她离开医院，漫无目的地乱走，不知不觉，她回到了和顾南风吃过饭的酒吧。

白天，酒吧没什么人。

那门口的粉色灯箱没有晚上那样夺目特别，不过那幽幽的花香十分沁人心脾。

姜茶茶推门进去，戴眼镜的老板正坐在高脚凳上看书，扭头看到她，微笑起身："你好。"

姜茶茶点头："你好。"

老板温和地引她入座："我看给你来一杯茉莉清茶吧，好不好？再配一块口味清淡的蛋糕，怎么样？"

姜茶茶垂眸，她身上还穿着病号服："你看着办就好。"

白天的巴塞罗那，阳光很温和，从落地窗折射进来，起伏的灰尘间能隐隐闻到海水的味道。

老板很快端上了茉莉清茶和一块原味泡芙。

“这泡芙特地用木糖醇替代白糖，减少了奶油，不会那么甜，你尝尝看。”

“谢谢。”

“怎么了？发生什么事了吗？今天就你一个人过来。”老板略带关切地看向姜茶茶。

姜茶茶拿着勺子舀了一小口泡芙放进嘴里，竟没品出丝毫的甜。

老板见她不说话，不好意思地笑了笑：“是我唐突了。”

“老板。”姜茶茶喊住他，“你后悔吗？”

老板一怔，没反应过来她问的是什么。

“喜欢一个可能永远都不会回来找你的人，你后悔吗？”

等待一个可能永远都不会出现的人，你后悔吗？

那天，老板陪着姜茶茶坐了很久。茉莉花茶的花瓣在热水中不断翻滚，姜茶茶从酒吧离开后，反复回想着他说的话。

“哪有什么后悔，喜欢就是喜欢了。不能在一起那是缘浅，可我依然感谢老天让我遇到这份心动。

“我不知道她在哪里，但我就在这里。有一天她回来了，知道怎么找到我。

“况周颐说，它生莫做有情痴，人间无地著相思。不过再给我一次选择的机会，我还是会这样选择。因为爱一个人太美，我不想拒绝。”

姜茶茶回到医院，想要去找顾南风，想要去告诉他不管他做何选择，她都不会后悔也不会放弃。

回到五楼时，她看到几个值班医生着急地往同一个地方跑去。她以为是唐美妮出事了，赶紧跟着他们一起去，结果发现他们都越过了唐美妮的病房，她站在唐美妮的病房门口虚惊一场。

姜茶茶扭头间，就这样看到何耀站在唐美妮的病床前。

门没关，她推开间听到了两个人的说话声。

唐美妮醒了？

姜茶茶欣喜地正要进去，这时听到何耀冷冷地说道："你的戏真是演过了。"

唐美妮气若游丝地说道："我都赌上自己的命了，就算是戏也成真的了。"

"没想到你说的破釜沉舟居然是海底搏命。唐美妮，我真是小看了你。你故意在潜水服上做手脚，引鲨鱼闻着气味过来，又暗中让几个教练离开，连不可控的鲨鱼你都要利用。即便手下有电枪在手，可那是大海，那是鲨鱼，一个不小心，你就会没命的！"何耀压低声音，但还是控制不住地激动。

"我是差点没命了呀，可我现在不是好好的吗？"唐美妮轻声说道，"我赌赢了不是吗？"

"为了顾南风，为了你所谓的锦绣前程，你真是疯了。"

"自己想要的就要拼命去争取！何耀，你不也是为了报复我才去接近姜茶茶的吗？"唐美妮微微仰头闭眼，"我们认定了自己认定的，就好好地抓紧，不要丢了吧。"

姜茶茶踉跄间，脚不小心踢到了门边。

何耀回头，不由得僵住："茶茶。"

姜茶茶抬眸，迈步走进病房："美妮，你醒了。"

唐美妮有些不好意思，但更多的是小心翼翼的试探："嗯。"

姜茶茶点头，微笑："醒了就好。"她转身驻足，"以后别再冒险了，想想你的父母、你喜欢的人，如果可以的话，也请你想想我，曾经把你当作最好朋友的人。”

姜茶茶没有等唐美妮说什么，不闹不吵，静静地走出病房。

走廊那端，顾南风提着一大袋东西正回来。

两个人间隔着十多米的距离，站在阴影中。护士推着药车匆忙而过，姜茶茶和顾南风谁也没有再向前走一步，好像脚前隔着万水千山，明明相望有距，却相聚无期。

他好几天没有梳洗了，头发有些凌乱，脸上的胡楂儿给他完美的脸增添了几分沧桑。

一开始认识他，她觉得他就是被关在冰山里的变态王子，冷漠、高傲，特别喜欢刁难她，可他为了自己的目标又会毫不含糊地“心狠手辣”。

可是那是不了解他的错觉——他的内心，始终温柔得像一个孩子。

为什么终于有点了解他了，却要放手了呢?

望着望着，姜茶茶缓缓勾唇，说出最磨人的“再见”。

那天，他说对不起。

今天，她要说再见。

顾南风，我不愿你为难，我也不愿看到她再疯狂下去。

如果可以，我们就停留在最美好的时刻，谁都没有亏欠谁。

离开医院后，姜茶茶独自一人去了海边。

风声如旧，夹杂着的海浪声每天都在如期上演，似乎不会为了世界上的任何一点变化而有所停歇。

她想到他带她来这里时说的话，跌倒在他怀里的情形。

原来幸福真如手中沙，想要握紧，偏偏事与愿违。

不过是几日的工夫，一切都已物是人非。

低头出神间，她看到有一双脚正向她走来。

“茶茶。”姜茶茶站起来转身，被何耀拉住，“你听我说，你听到的不是全部的事实！”

她冷笑地甩开他的手：“你不用解释了。不管你是真心还是假意，都跟我没关系。”

“跟我有关系！”何耀不让她走，一个跨步挡住她，“我承认，我刚开始接近你，的确是为了报复唐美妮。可是……”

“可是，你慢慢地还是喜欢上了我，你对我是真心的，我应该相信你，对吗？”姜茶茶望着他急切解释的眼神，轻声打断，自顾自地说道。

“对。”何耀用力点头，“就是这样，我真的没有骗你！”

“你觉得我还会相信你吗？”姜茶茶的笑容更淡了，她推开何耀，“就算你现在说的每一个字都是真的，我也不想原谅你。”

“为什么？”何耀皱眉，温和的目光里带着疼痛，“我没有做过伤害你的事情，你的心也一直没有真正地喜欢过我。即便这一次我来巴塞罗那找你，也只是想争取一次你喜欢我的机会。”

“你伤害了顾南风。”姜茶茶定定地看着他，“你和唐美妮，用私欲给顾南风制造了危险。”

“说来说去，还是为了顾南风。”何耀苦涩哼笑，“那你为什么不向顾南风戳穿我们呢？这样唐美妮就什么也得不到了。”

他怒急出口，波动的眼神在触到姜茶茶隐忍的眼泪时还是有些不忍，只好别过头去。

她越过他离开，他自责地久久站在原地，没有追上去的勇气。

曾经，他发誓绝对不会成为和唐美妮一样的人，自私、伤害别人。

可是现在，他最终还是变成了自己讨厌的人，明明知道姜茶茶不会伤害朋友，却还是要用这样的话去激她。

“茶茶。”

巴塞罗那的海风吹走了一个又一个伤心人，又吹来一件又一件伤心事。

没有人注意到何耀从口袋里拿出一个戒指盒，这是他为姜茶茶和自己定制的情侣对戒，想不到还没有送出去就已经没有资格。

姜茶茶提前从巴塞罗那回国。

她把连载内容整理出来交给江教授，并表示她不会再去顾氏集团，后续的工作交给其他人做。

“茶茶，你这是怎么了？怎么几天的工夫就瘦了一圈？累到了？”拿到连载内容后，江教授喜不自胜，打量到姜茶茶不对劲，不免关心了几句。

“嗯，累了，我不想再折腾了。”姜茶茶不再和他闲扯，放下东西就转身离开办公室。

金小灿见她出来，兴冲冲地迎上：“茶茶，十点了，我们该去食堂了。”

姜茶茶迟疑了片刻，点头。

金小灿喜滋滋地抬头挺胸，道：“自从顾大公子不在食堂折腾后，我们的生意又恢复往昔了，加上我们之前的优惠券攻略，生意是节节攀升。”

姜茶茶没说话，一直往前。

两人下楼梯的时候，遇到了何耀。

何耀手里拿着笔记本，一边走一边还在一只手操作着。然后不经意间一抬头，他看到了姜茶茶。

姜茶茶就像没看到他一样，目光迅速从他脸上移过，下去。

金小灿一怔，赶紧追上。

当局者迷，旁观者清，更何况当局者还是很清醒地在闹别扭。金小灿追上姜茶茶，走到她旁边，问：“老板，你和何耀吵架了？”

“没有。”

“哦。”

“我们分手了。”

“啊？”金小灿刚偃旗息鼓的眼皮立刻又撑开了，“你们分手了？”

姜茶茶扭头，迎上某人格外夸张的反应：“现在谈恋爱分手很奇怪吗？”

“不，不是……”金小灿被姜茶茶的冷漠吓到，“我只是觉得你从巴塞罗那回来后就很奇怪。”

“有什么奇怪的。我不是和以前一样上课、赚钱，再赚钱、上课吗？”姜茶茶皱眉，有些不耐烦地解释。

“你不笑了。”金小灿说这句话时声音很低很低，可姜茶茶还是听得分明。

在巴塞罗那时，和顾南风说再见时，她没哭；发现唐美妮的欺骗、何耀的利用，她没哭；现在听到金小灿略带委屈的“你不笑了”，她的眼角忽然生出泪水来。

姜茶茶飞快地用手背滑过眼角：“你想多了，赶紧开工干活儿！”

“唔。”

不过是喜欢上一个人，又不得已要忘记一个人，没什么大不了的。姜茶茶逼自己不去想顾南风，把时间安排得满满当当。

她忙完上课，忙中午的外卖，忙完外卖，又在下午没课的时候去学校附近的汉堡店打工，晚上还要去学校操场上跑两个小时。

让身体忙起来，她的心也就不会闲下来胡思乱想。

就这样，过了一个星期。

这天中午，姜茶茶送外卖到传达室。保安大叔乐呵呵地接过外卖，和姜茶茶寒暄几句，突然就很紧张地折回传达室。

姜茶茶看到电动移门缓缓打开，一辆黑色的商务车缓缓开进来。

车子在门口的位置停下。

司机从车上先下来，打开车门，把轮椅先拿下来。紧接着，另一边的车门也打开了，顾南风从车上下来，抱着唐美妮坐到轮椅上，动作小心轻柔。

三人都看到了彼此。

此时，姜茶茶一身橘黄色的外卖服，踩着滑板。她奔忙了两个小时，早就是满头大汗，回归在她最本真的状态。

而顾南风一身帅气的西装，唐美妮虽然面容消瘦，披着长发，但一身浅色的波西米亚风长裙，显得更加优美灵动。

即便她坐在轮椅上，和他都是一对璧人模样。

他们各自待两边，就像两种不同的风景。

谁也没有先打招呼，也知道不是该打招呼的关系。

姜茶茶回神，先转过身去。

她想起脚下的滑板正好可用来逃离，踩上就快步离开。

她很努力地控制着步伐，不想看起来是落荒而逃，可到后边，她还是不自觉地狂奔起来。

当她气喘吁吁地跑到僻静无人的长廊上，只听到自己的胸膛里扑通扑通的心跳声，似乎要跳出喉咙。

“他们回来了。唐美妮的腿没有大碍，就是还要一段时间静养，不宜走动。”何耀不知道什么时候出现在她身旁。

姜茶茶扭头看了他一眼，转身就走。

“茶茶，你对我这么生气，是不是可以理解为你其实有喜欢过我？”何耀不死心地问。

“你想多了，我没有生气。”姜茶茶定定地望着走廊上垂下的绿藤，“我已经放下了，你也别再多纠缠。”

“你真的放下了吗？”何耀不依不饶，走到姜茶茶面前，那双温和的眼睛已然变了味道，他压低声音道，“如果你真的放下了，刚才跑什么？”

姜茶茶别开他的目光，试图越过他：“不用你管。”

何耀一把扯住她的胳膊：“我可以帮你。”

“既然你想成全唐美妮的心意，那你现在就还不能甩掉我。别忘了，顾南风还不知道真相。”何耀顿了一下，“就算你讨厌我，对你而言，我还是有利用价值的。”

他戳到了她的软肋。

姜茶茶想要拒绝，可是不得不妥协。

她愤愤地甩开他的手：“就算这样，我也不会喜欢你，你牢牢记住了！”

“没关系。”他开口间，她已经离开，“只要还能待在你身边，怎么样都没关系。”

因为我现在说的我喜欢你，是迟来的真心诚意。

姜茶茶通知金小灿不要再接单，下午她把自己困在宿舍里，哪儿也不去。她不想接触因为顾南风和唐美妮回来后看她的眼神变得不单纯的那些人，也不想送外卖送出一堆八卦来。

金小灿借故出去了一会儿，回来后就一直用眼神瞄某人，想说话又不敢说。

一时间，两个人的气氛变得微妙而又暗潮汹涌蠢蠢欲动。

金小灿是一个有话藏不住的人，憋到憋不住的时候也只好一吐为快：“茶茶，顾大公子和唐美妮回来了。”

姜茶茶低着头在记专业八级英语单词，轻轻地“嗯”了一声。

“我看到唐美妮坐着轮椅，你们在国外是不是发生什么事了呀？”金小灿顿了一下，赶紧又说道，“我只是想说，你有事别憋在心里，我一直都是支持你的。”

姜茶茶抬眸，看到镜子里反射着金小灿扭过头望着她的关切之意。

姜茶茶忽然发现，其实自己忽略了这个随时随地都陪在身边，几乎二十四小时都黏在一起的工作伙伴兼室友。或许是和唐美妮相识得更早，或许格外珍惜唐美妮对自己的这段友情，又或许是和金小灿打闹惯了，距离太近……她一直只会往前看，看不到牢牢跟在身后的金小灿。

金小灿才是一直陪她哭、陪她笑、陪她数钱的那个死党，但她回来后，对金小灿闭口不言，金小灿很担心她，却询问无门。

见姜茶茶又是沉默，金小灿失望地垂眸。

“我和他们在巴塞罗那的确发生了一点事。”当金小灿要转过身时，姜茶茶缓缓开口。

……

“就是这样，我还是输给了唐美妮，一个人回来了。”姜茶茶就像一个旁观者叙述完一切。当然，她没有说出唐美妮是用自己的性命来算计了一个感动的囚笼的事实，也没有说何耀一开始是为了唐美妮才接近她的。

即便不再是朋友，她也不想再节外生枝。

金小灿一直安静地听着，末了，她激动地从椅子上跳起来：“从鲨鱼口中逃生？怎么会有这么离奇的事情？姜茶茶，这该不会是唐美妮策划的苦肉计吧？”

姜茶茶微微一怔。

金小灿从姜茶茶的神情里立刻捕捉到什么，更加肯定地说道：“茶茶，你是不是没说实话？我说对了对不对？她算计了你对不对？这一听，就很像电视剧里烂俗的桥段啊！以退为进，不择手段！真没想到她这么有心计……”金小灿兀自越说越激动，噌地就夺门而出，“不行！我一定要给你讨个说法！”

姜茶茶没回过神来，金小灿就跟风一样嗖地冲了出去！

“小灿！”

姜茶茶追出去时，金小灿已经像脱缰的野马，拉都拉不住了。这一下子，谁是老板谁是员工，谁平时送外卖送得多一点，从脚力就能立分高下。

姜茶茶紧赶慢赶，还是没能阻止金小灿赶到教室。

课刚结束，一些溜得早的同学早就离开了教室，一些还在磨蹭的，也三三两两地在讨论等一下去哪儿玩。

顾南风亲自来接唐美妮，金小灿气喘吁吁地赶到时，他正在帮唐美妮坐到轮椅上。

“唐美妮！”金小灿平地一声吼，成功引起所有人的注意。

下一秒，姜茶茶才赶到门边上，发现一切已经来不及了，不过她还是上前要把金小灿拉走。

金小灿气势磅礴的样子好似九匹马都拉不过来，她直接推开姜茶茶：“你走开！”然后径直走向唐美妮。

“唐美妮，我问你，那什么鲨鱼是你安排的吧？好巧不巧的，你们那天下海，就遇到了鲨鱼？你救顾南风离开，还能从鲨鱼嘴里脱险？你明明就不会潜水，为什么还能一个人到海底？还有，就算你能潜下去，又怎么会刚好找到他们的坐标？退一万步说，你们下去都有坐标，下去时还带了那么多教练呢，为什么你救顾南风时，那些人都刚好不在了呢？”金小灿气不带喘，发射出一连串的问题，跟机关枪似的突如其来，问得唐美妮瞪大眼睛，根本反应不过来。

“你说话呀！你怎么不说话？我问你的问题怎么不回答？是无话可说了吗？亏茶茶还把你当好朋友，你怎么可以这么狠心，这么做呢？”

顾南风站在一旁，皱眉盯着来势汹汹的金小灿，伸手做了一个防御的姿势：“你冷静一点。”

“该冷静的是你，顾大公子！”顾南风自己撞上来，自然也逃不开金小灿的指责，“女人的心眼有多深，你根本想象不到！别被感动到就绕晕了头脑，好好用你的脑袋想一想吧！”

姜茶茶头皮发麻，涨红脸上前用力拉金小灿：“够了！金小灿！别再说了！”

这时，唐美妮就像受到惊吓一样，紧紧地握着顾南风的手，一言不发，任凭金小灿在那儿质问着。

姜茶茶捂住金小灿的嘴，听到唐美妮说道：“没想到茶茶你是这样想我的。”

医院那天，彼此说开。她此时想，已经利用了，便要利用到底。

姜茶茶闷声往雪白的墙壁上白了一眼，不想反驳唐美妮故意抛出来的话，也不想再多和他们纠缠下去。

这时顾南风冷冷开口：“有什么你可以直接找我说的。”

姜茶茶迎上顾南风清冷又略带责怪的眼神，心霎时一冷。此时的他已经完全站在了唐美妮那边，金小灿的冲动质问没有让他有一丝半点的动摇，反而觉得是她在惹是生非！

再看唐美妮缩在轮椅上楚楚可怜的样子，姜茶茶忍着气，扯过金小灿：“我们走！”

金小灿不依不饶地扯着脖子：“我还没说完！唐美妮，你别缩着脑袋不说话！亏茶茶把你当最好的朋友，你害不害臊！”

姜茶茶连拉带拽把金小灿弄出教室，直到推她出教学楼，才忍无可忍：“金小灿！你闹够了没有？”

她把隐忍的闷气都发在金小灿身上，怒目的眼睛盈着湿润，一声大吼总算把金小灿吼得怔住了。

金小灿从没看过姜茶茶发这么大的脾气，以前她算错账闹出损失都没被她这么吼过。

“我……我是想帮你啊。”

“你这样根本就帮不了我！反而显得我卑鄙，去破坏别人的感情，你知道吗？”知道她是为自己好，可姜茶茶还是忍不住对这样的好心办坏事产生恼意，“早知道这样，我打死也不会和你说了。”

金小灿怔怔地站着，那张可爱的娃娃脸此时只剩下落寞和难过，盯着地面半晌不说话。

“我知道，除了唐美妮，你从没把我当过好朋友。在你眼里，我只是一个室友，一个公司的员工。”金小灿红了眼眶，哽咽地丢下一句，“是我多管闲事了！”

“小灿！”见金小灿哭着跑开，姜茶茶追了两步，猛地驻足。

从巴塞罗那回来后，她把爱情和友情都留在了那里。现在的她什么都没有了，只剩下金小灿，她还是伤害了那个真正关心自己的人。

为什么人总是在失去后才幡然醒悟，知道珍惜呢？

何耀从远处走来，他看到了哭着跑开的金小灿，遥望间也看到强忍泪水的姜茶茶。

他走到姜茶茶身前，听到她哽咽在喉，喃喃自语：“小灿会不会也不理我了？

“我不是故意说那些话伤她的心的。

“是我不好，都是我不好。”

她受伤的目光让他心疼。

何耀伸手环过她，试着让她靠在自己的胸膛上。

姜茶茶倔强地不肯靠，双手推开他，却还是被他无声的力量拢过去：“没事的，没事的。”

被强行抵在他结实胸膛的那一刻，姜茶茶泪如雨下。

她的别扭，她的无奈，她的不解，她的伤心，被揉成一团，最后硬是在一个最不想展现软弱的人面前倾泻而下。

真是讽刺。

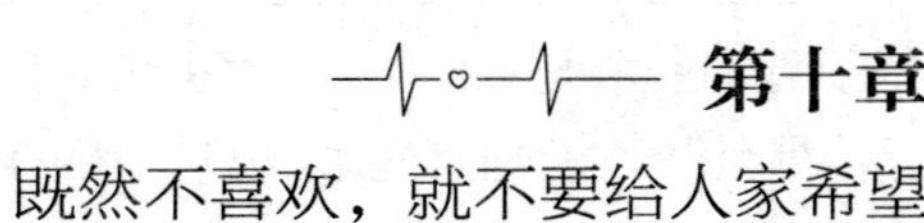

第十章

既然不喜欢，就不要给人家希望

金小灿就这么一去不复返，姜茶茶不停地给她打电话、发微信，她就是不接也不回。

平时金小灿是一个揉搓捏女孩，可一旦脾气倔起来，也不是轻易能哄好的。

姜茶茶真担心她会做出什么傻事来。

见姜茶茶着急地要报警，何耀按过她的手机说道：“别担心，我知道去哪儿能找到她。”

“你知道她在哪儿？”姜茶茶皱眉，看他的样子是早就知道，可是她着急到不行了，他才说，是几个意思?

几分钟后，何耀带她来到公司，她才这知道是几个意思。

“姜茶茶就是一个大笨蛋！她心里只有她那个死党闺密，我对她再怎么好，她都不领情！

“我平时陪在她身边，比她那个唐美妮陪着她的时间都要多，她却这么对我……呜呜呜……

“我到底哪点比不上那个唐美妮了？

“我这么帮她，她居然骂我！哇呜呜……”

赵浩子坐在椅子上，伸手不停地给金小灿抹眼泪。他坐的那张椅子调得过矮，导致他伸手去够坐在桌上的金小灿时像一头长臂猿。金小灿哭得用力，他安慰得认真：“好了好了，乖宝宝，别哭了。你都哭了半个小时了，不累吗？”

“不累！”

“好好好，不累不累。可是我会心疼啊！你再这么哭下去，雷峰塔都被你哭倒了呀！”

“呜呜呜……”

金小灿和赵浩子，是什么时候谈恋爱的？

姜茶茶彻底傻眼。

何耀走到她身边，轻声科普：“其实我也不比你早知道多久。我猜是那天的内裤事件吧，不打不相识，大概浩子就是这么和你家小灿萌发爱意的吧。”

姜茶茶目瞪口呆地看着面前这一幕，脑补自己错过多少故事。

抽泣中的金小灿也看到了姜茶茶，她一个骨碌，从桌上滑了下来，表情发怵：“茶，茶茶……”

那样子既有被找到的尴尬，又有来不及告知的忐忑。

要知道她对姜茶茶的感情是很复杂微妙的，既有对老板身份的姜茶茶的敬重和追随，也有对室友身份的姜茶茶的依赖和喜欢。

赵浩子起身，像一座沉浮的大山缓缓立起。他眨巴着眼睛，突然意识到什么，搭手挡在金小灿身前说道：“你要怪就怪我，别怪小灿！”

他的样子傻得可爱。

望着他护着金小灿的样子，姜茶茶突然忍不住地扑哧笑出声来。

赵浩子被姜茶茶笑得不明所以，露出典型的 IT 宅男反应缓慢的模样来。姜茶茶径直走过去，将金小灿从他身后拉出来，问：“什么时候开始的？”

金小灿的脸颊一红，看了看赵浩子，又看了看姜茶茶：“好像，我也不记得了。”

姜茶茶了然点头：“今天我说歇业，你偷跑出去是来这里送外卖了对吧？”

金小灿把头垂得更低了，从鼻音里跑出娇羞的“嗯”。

姜茶茶漆黑的眼珠移向赵浩子：“你对金小灿是真心的吗？”

赵浩子一怔，点头如捣蒜：“真！比我做代码程序还要真！”

姜茶茶搂过金小灿的肩：“她是我最好的朋友，最得力的帮手，是一个勤奋上进的好姑娘。如果你敢欺负她或者骗她，我就让你知道霸道女总裁的厉害！”

赵浩子眨巴眼睛，咯咯笑，开心得像一个孩子：“我不会！有你和阿耀看着，我怎么敢呢，哈哈哈……”

“茶茶，你说什么？”金小灿嚯地抬头，不敢相信自己的耳朵，“你说我是你的……”

“是我不好，伤了你的心。”姜茶茶诚恳道歉，拥过她，道，“我一直忘了告诉你，当我没有察觉的时候，你就对我很重要了。现在，以后，你都会是我最好的朋友。”

金小灿鼻子一酸，又是一阵号啕大哭：“茶茶。”

这一次，是喜极而泣。

姜茶茶也红了眼眶。

兜兜转转，幸好。

她失去了很多，可至少金小灿还在她的身边。

四人回到之前去过的烤肉店。

最开心的当属赵浩子，他拿过菜单笑呵呵地说请客：“我这万年光棍总算脱单了，上次羡慕你和姜茶茶，现在我们是两对官宣CP了。”

姜茶茶和何耀四目相对，彼此尴尬地错开视线。

金小灿则拍赵浩子的肩，低声喝道：“别得意忘形，点你的菜。”

“是是是。”

别开目光，姜茶茶下意识看向窗外，那个曾经出现过顾南风的位置。

如今，车水马龙，一切如常。

没有顾南风，取而代之的是一个个路过的行人。

姜茶茶想起今天在教室里，顾南风那并不信任她的目光，心里泛过酸楚。曾经他的死缠烂打，他的坚定不移反复在脑海鲜活出现，仿佛要和今天的截然不同作对比。

感情是最没有具象的东西，她分辨不清，哪个才是真正的顾南风。

或许，两个都是他。

唯一能解释的只是时过境迁。

何耀夹了一块烤肉放到姜茶茶的碗里：“情绪经过大起大落，身体需要补充能量。”

姜茶茶夹起烤肉塞进嘴里：“太老了，烤的时间再短一点会更好吃。”

何耀继续剪肉，微笑道：“还是熟一点比较好，你的胃不好，不能吃太生的。”

姜茶茶瞥金小灿，金小灿的无辜大眼睛学赵浩子眨呀眨，只当没听见。

何耀专注地看着锅里，能让拒绝都做得令人心生暖意。

如果没有他最先接近的意图，没有之前的种种，没有顾南风的出现，姜茶茶想，她和何耀会是另一种局面。

可惜，没有如果。

饭桌上，赵浩子和金小灿主动交代他们的爱情进展路线，倒也让气氛温馨热闹很多。

姜茶茶没想到，那天的误会事件之后，赵浩子对金小灿一见钟情，总是打电话订她的外卖，并指定她来送。

一来二去，两人就送出了感情。

金小灿渐渐喜欢上赵浩子对代码以外的世界的那种单纯无知，赵浩子则喜欢上金小灿霸道、可爱又略带怂样的性格。

他们的感情干净、简单，彼此都陷在对方的爱意里就好。

赵浩子的优秀不外露，金小灿的可爱很内敛，不会被外界所干扰，简直甜到飞起。

姜茶茶由衷地祝福他们可以这么一直长长久久地走下去。

吃完饭后，赵浩子牵金小灿的手说要去约会。金小灿这妮子贼兮兮地兜着双手冲姜茶茶要约会费："老板，支持点呗？"

姜茶茶难得豪气冲天地，点头拿钱包："好，我支持你！"

下一秒，她一摸口袋："咦，我钱包呢？"

金小灿一怔，哀号："不会吧，你又把钱包丢了？"她眼珠子转一转，试探问道，"老板，你不会连手机都丢了吧？"

虽然金小灿不想把姜茶茶所说当成小气的托词，用手机试探一下总是没错的。

姜茶茶再摸手机，心下咯噔一沉："好像也不在。"

何耀轻拍她的肩："应该落在店里了，我进去找。"

姜茶茶望着急匆匆进去的他，有些懊恼也有些歉意。

金小灿叹气："茶茶，你这丢财的习惯，真是害人害己啊。"

赵浩子急不可待，不等金小灿要到约会费，就急吼吼地拉她走了。

何耀出来时，姜茶茶见到他无奈地耸肩："店里也没有。"

“算了，老毛病了，不见了就不见吧。”姜茶茶没抱多少希望，“钱包里没多少钱，主要是手机。”

何耀把手机递给她：“先把账户紧急挂失吧。”

“嗯。”姜茶茶拿过手机操作一番，在何耀的提示下，又登入自己的社交账号发了个声明通报一下，以免被不法分子顶替，诈骗朋友熟人什么的。

做完紧急处理后，何耀陪她去手机店买了一部新的。

何耀付钱的时候，姜茶茶伸手按住他的卡：“这钱是你先替我垫的，我回学校就把钱还给你。”

何耀眼神里泛着苦涩：“茶茶，你一定要和我算得这么清楚吗？”

姜茶茶不语。

“好，如果一定要算得这么清楚，我要向你收利息。”何耀一本正经地把卡递给导购员后，手肘撑着柜台看向姜茶茶，“这几个小时的利息，用你一张合影来还怎么样？”

姜茶茶怔住。

“我们认识这么久，好像没有一起拍过照。”何耀说着拿过包装盒上的新手机，打开照相功能，拥过姜茶茶的肩，把脑袋靠了过来。

只听清脆的一声“咔嚓”，姜茶茶看到手机画面上留下了他们两人的合影。

何耀很满意地欣赏成品：“果然是拍照手机，画面感觉很好。”

姜茶茶把手机夺过来，看着上边的照片：“那是我长得好看。”

“你是要删掉吗？删掉也没用，我已经发了一份到我这里了。”何耀把自己的手机拿出来，以兹证明。

姜茶茶看他故作镇定的模样：“删掉做什么，既然要演戏，这样的照片当然是要 PO 上网的。”

何耀微微一怔，目光落在她的手机上。

这时，导购员把卡和发票送回来，姜茶茶顺势把手机息屏放进口袋里，暗暗地呼了一口气。

刚才那句话是赶鸭子上架，形势所逼，她虽然默认了何耀留在身边的事实，但到底还是没有做好放大招的准备。

从手机店出来后，姜茶茶正准备回学校，不想何耀提议道："我想去见见你爸爸。"

姜茶茶愣住，没想到何耀会有这个提议："见我爸爸？"

"嗯。"何耀很认真地点点头，"自从上次在学校门口匆匆见过一面后，我就没再拜访过。"

"不用了吧。"姜茶茶微微蹙眉，试图婉拒，"太晚了，我爸已经睡了。"

"伯父在卖关东煮，现在这个时间点不会太晚。"何耀看手表，戳破姜茶茶的话。

她真是记性差，她的胃不好这么隐私的事何耀都知道了，父亲在卖关东煮的事情又怎么瞒得住对方。

"那就去吧。"何耀微笑地提议。

姜茶茶硬着头皮带何耀去了自家楼下的次街上，姜达的推车挂着长串彩灯格外醒目，伴随着香味十足的热气，看上去温馨又勾人。

何耀快步走过去："伯父。"

姜茶茶紧跟而上："爸。"

姜达开心地唤道："哎，茶茶，吃过饭了吗？要不要再吃点？爸爸今天刚进了你最喜欢的鱿鱼串。"

姜茶茶刚想说不用，何耀接过话茬："鱿鱼串？伯父，我也很喜欢吃，给我来两串吧。"

姜达打量何耀："哦，小伙子，你是茶茶的同学对吧？上次在学校门口我见过你，你叫……"

姜达努力地回想他的名字，何耀急忙解答："伯父，我叫何耀。"

姜达眉头舒展："对对，何耀。好好好，你和茶茶坐一会儿，鱿鱼串马上就来。"

"爸，不用忙活了，我和何耀都是吃过饭才来的。"姜茶茶说这话时完全跟耳边风一样，何耀站到姜达身边撸起袖子要帮忙。

这时，一群女学生停下脚步，围过来要照顾姜达的生意，姜茶茶被这样那样地挤到了一旁。

长眼睛的人都能看到那些女学生是醉翁之意不在酒，分明是冲着何耀来的。

姜达指点了一会儿后，何耀就上手了。

姜茶茶站在一旁，望着何耀，不由得想起顾南风。

不知不觉，他的影子已经到处拥挤在她身边的每一个角落。身影可以突然抽离，可她的记忆却不会。

"茶茶，你和顾南风是吵架了吗？"姜茶茶回过神，扭头迎上姜达关切的目光。

"没有。"姜茶茶垂眸。

"老爸不知道你和这个小伙子有什么事，也不知道你和顾南风之间发生了什么。不过老爸知道，你不喜欢何耀。"姜达舒展双臂，轻叹一口气，"既然不喜欢，就不要给人家希望。"

"爸，你怎么知道我不喜欢何耀？"姜茶茶被姜达的肯定语气弄得不知所措。

"傻瓜，你是我女儿，我会不知道吗？"姜达宠溺一笑，"你看他的眼神没有一点快乐呀。"

姜茶茶忍不住反驳："可是爸爸看妈妈的眼神也没有快乐，这么多年，您还不是忘不了妈妈。"

姜达的笑容在那布满皱纹的脸上立刻僵住，过去那些伤痛仿佛因为姜茶茶的一句话全部跑出来。

姜茶茶意识到自己说错话了，她轻轻扯过姜达的袖子："爸，对不起。”

姜达垂眸，看着自己沧桑而臃肿的影子，过往的回忆像烈马过境，呼啸而过。

“所以，爸爸才希望你找一个能让你快乐的人，而不是重蹈我的覆辙。”姜达推开姜茶茶的手，默默地走向一旁。

亲人之间的伤害是无心的，却也是最容易发生的。姜茶茶一直目睹父亲沉浸在母亲离开这个家的悲痛当中。这些年，邻里之间也有不少有心人给父亲介绍对象，父亲一直都是微笑拒绝的，他说他这辈子只要做好赚钱和照顾女儿这两件事就好。

其实姜茶茶知道，爸爸一直忘不了狠心离开的妈妈。

有时候，晚上爸爸会坐在床边看着妈妈的照片发呆；有时候，爸爸会一个人站在阳台上喝闷酒。

他从来没有提过妈妈，可是姜茶茶知道，妈妈一直在他心里，他从来没有忘记。

出神间，那群叽叽喳喳的女学生都离开了，何耀把钱收好交给姜达，抬头冲她微笑。

望见他的微笑，姜茶茶一个激灵，转身就走。

“茶茶，茶茶！”何耀在身后喊她，她却走得飞快。

直到何耀在车水马龙的大马路上及时拉住她。

“姜茶茶！”

姜茶茶嚯地转身，迎上他愠怒疑惑的目光，她才反应过来刚才和自己擦身而过的疾风，是自己差点被一辆车撞上了。

何耀一把拥过她，紧紧抱住她，她能听到他失控的心跳和急促的喘息。

“你不要这么吓人，好不好？”他隐忍着怒气，声音微微颤抖，还在后怕中。

姜茶茶瞪大眼睛，耳边车鸣声呼啸而过。那远处霓虹闪烁的黑夜，像巴塞罗那的深海。

死里逃生，这种感觉真是熟悉。

“我不要你救，我不要你管。”姜茶茶喃喃地推开他，情绪变得激动，“何耀，我不喜欢你！我不要演戏，我不要！”

何耀试图拉住失控的姜茶茶，两个人站在大马路上这样子非常危险。

这时，突然一道强光照过来，姜茶茶和何耀本能地用手臂挡住眼睛。

车门被打开，有人下车。

姜茶茶放下手臂，看到了顾南风的脸。她以为是自己产生的错觉，而这种以为只是维持了三秒。随着他走到她的面前，将她和何耀拉开。

“你们在做什么？”顾南风冷声问道。

何耀皱眉，伸手就要拉姜茶茶：“这不关你的事。”上次也是在马路上，顾南风当着他的面带走了姜茶茶，这一次，他绝不允许！

顾南风打掉何耀伸过来的手：“她在说‘不’，你就不能硬来。”

“顾南风，你不觉得自己管得太宽了吗？”说着，何耀就要和他争执起来。

眼看着两人要动手，姜茶茶挣开顾南风的手：“够了！”

看着这两个针锋相对的男人，姜茶茶觉得前所未有的疲惫。

她谁都不想见到，谁都不想搭理！

不管不顾路上的车流，姜茶茶转身飞快地跑开。

她谁也不恨，最恨自己！为什么要喜欢上一个人？之前好好赚钱的日子不好吗？

爸爸说，喜欢是快乐的感觉，可快乐的同时也承受着伤心。

关于这件事，千百年来好像有几百种答案，却又好像还没有答案。

她并不聪明的脑袋快要炸开了！

姜茶茶一鼓作气地跑到一条小溪边，这里她从未来过，不知道具体方位。可是抬头间，她就能看到顾氏大楼。

是不是不离开这座城市，关于顾南风的影子就避无可避呢？

姜茶茶低头拿手机，想让金小灿来接自己，可是她发现刚买的手机又不见了，一股巨大的无力感让她感到窒息。

姜茶茶蹲坐在冰凉的石阶上，心无限下沉。

不知道过了多久，她听到一个熟悉的声音在跟前响起："你到底要在这里坐多久？"

姜茶茶抬头，是顾南风。

"要不是看你要在这里坐到天亮的样子，我才不会打扰你。"顾南风双手插口袋，"你大概不知道这个公园经常有拾荒汉出没，一个女孩子在这里很危险。"

"你怎么找到我的？"姜茶茶冷冷垂眸，她身上什么都没有，他怎么好像总能找到她？

"一条街一条街地找，我开着车找起来当然比你的何耀快一些。"顾南风把手机递给她，屏幕亮起，是她设置的那张和何耀唯一的合影。

姜茶茶拿手机，顾南风适时收回手，没让她拿到："走吧，我送你回去。"

"不用。如果让美妮看到，会误会的。"最后四个字，姜茶茶说得一顿一顿，格外着重。

"我也不想送你的，不过你跑了以后，我和何耀都来找你，最后先找到你的是我。"顾南风侧过脸，客观讲述自己的"无奈"。

"你可以打电话给何耀，让他过来接我！"姜茶茶被顾南风的"无奈"挤对得恼火，"把手机给我！"

“我知道你不想。”昏暗的光线下，顾南风稳如一棵松柏，一脸冷硬地说道，“我更不想。”

“顾南风，你别自以为是了，我现在和何耀正在有条不紊地恋爱中。你手里的手机就是他买给我的。”姜茶茶心里的别扭被他又一次激活，她庆幸在手机店里的时候没有把照片删掉，而是设置成了手机壁纸，也用来逼自己忘掉顾南风，“你没看到照片吗？”

“那刚才，你和他在大马路上吵什么？”顾南风问。

“谈恋爱吵个架很正常，有什么大惊小怪的。”姜茶茶皱眉敷衍。

“是吗？”

顾南风若有所思地上前，身上的气息扑面而来，姜茶茶越过他：“你不相信就算了，我为什么要跟你解释。”

擦身而过间，他伸手握住她的胳膊，声音沉到了地面：“你总爱这么逃走吗？”

“在巴塞罗那的医院，你说了一句‘再见’就先回了国；现在你说算了就算了。姜茶茶，什么时候你变成了我，变得这么霸道？”

姜茶茶侧头看他凝重的脸：“顾南风，今天在教室里，金小灿说的话，你相信吗？”

顾南风的眼光微微跳动。

“你千万不要相信。我不止霸道，还很坏。”姜茶茶轻笑，“我更不会在深海里为了救你，去跟鲨鱼拼命。你明白吗？顾南风。”

顾南风有力的手失去力道，片刻间，姜茶茶挣脱开，并从他手里拿回手机，大步离开。

回到学校的宿舍，金小灿还没有回来。

姜茶茶一个人待在不到七平方米的房间里，却觉得空旷得要命。

她拿着手机，息屏又点亮，和何耀的合影也是时隐时现。

何耀发了很多消息，也打了很多通电话。

姜茶茶只是回了一句：我回学校了。

她答应配合演戏只是为了要顾南风死心，这种没有观众的时候，能保持距离就保持距离就好。

顾南风这段时间都在亲力亲为地照顾坐轮椅的唐美妮，他们的形影不离随着他专访连载的报道，也吸引了其他媒体记者的注意。

于是，当挖掘唐美妮的受伤资料时，顾南风在巴塞罗那投资的小岛曝光出来，度假酒店打上了广告。

铺天盖地的新闻推送，姜茶茶不可避免地能看到。

墙上的时钟快指向十二点时，手机传来唐美妮发来的微信："睡了吗？"

姜茶茶的心猛地一跳，难道是顾南风和她说了什么吗？想到今晚在公园……

"没有。怎么了？"姜茶茶忐忑地打下这行字后，那边很快回了消息——明天是我的生日，顾伯父说要在顾宅给我办个派对。你能来吗？

姜茶茶盯着手机上的字，没有回复。

这时，手机上方叮咚推送了消息框——撒花！美妮的二十一岁生日到了。

时间过得真快，唐美妮的二十一岁生日就这样到来了。

还记得去年给唐美妮过生日的时候，她们是在泰国的普吉岛。那个时候是唐美妮过第一个二字头的生日，她找了一整支乐队在海边唱歌，还请在场所有的游客喝酒，晚上缤纷的烟火照亮整个夜空，久久不肯熄灭。

应了唐美妮出发前的心愿，派对要有多隆重就有多隆重，她要用最嚣张的方式来纪念这最美的年华。

唐美妮的父母远在法国出差，特意打电话来祝贺她生日快乐，还贴心地问她钱够不够花。

事实上，这样的特殊祝福是唐美妮父母的常态。

平时他们无暇陪伴唐美妮，更遑论重要的节日都是他们更加忙碌的时候，唐美妮早就习以为常。

直到所有人都离开，烟火消失，海边重归寂静，只剩下唐美妮和姜茶茶两个人时，唐美妮靠在姜茶茶的肩头，笑着说道："之后，我的生日都安静地过吧，只要有你陪在身边就好。"

"为什么？"那时姜茶茶不解地扭头看她那还残存笑意的脸庞。

"因为热闹后更显得寂寞啊。"唐美妮慵懒地闭上眼睛，嘴角带笑，"其实我只是想要最爱的人都在身边而已。"

其实我只是想要最爱的人都在身边而已。

这话再一次回响在姜茶茶的耳边，仿佛又感觉到那个大小姐靠在肩头沉甸甸的依赖。

姜茶茶默默地回复："我知道了。"

侧过脸去，姜茶茶贴着枕头只觉得眼眶一热。

真好，唐美妮其实从没变过，她一直就是这么自私又霸道的，只是自己一直包容着，没有去格外感受。

希望最爱的人都在身边，如今对于唐美妮来说，她的最爱是顾南风，而自己呢？或许曾经真的爱过，只是现在是可以退而抛弃的朋友。

去祝贺她的生日吧，姜茶茶对自己说，就当是和自己的青春好好地告个别。

第二天，学校门口。

唐美妮亲自来接姜茶茶，这一次没有看到顾南风。

唐美妮坐在副驾驶座上，冲姜茶茶淡淡勾唇："上车吧。"

姜茶茶却扭头看向教学楼的方向："不用了。"

只见何耀一身白色衬衫配灰色格子九分裤，踩着一双红色运动鞋，十分清爽干练，手捧鲜花而来。

何耀快步走到姜茶茶跟前，温和致歉："抱歉，导师拉我谈话，让你久等了。"

姜茶茶摇头："没事，我也刚到。"

何耀伸手宠溺地摸摸姜茶茶的头，转身看向唐美妮，把手里的鲜花越过车窗递上："这是我和茶茶送你的花，祝你生日快乐。"

唐美妮怔怔接过："谢谢。"

何耀牵起姜茶茶的手："我有车，我们自己过去就好，你在前边带路吧。"

说着，他们越过唐美妮的车子，往外走去。

唐美妮静静地望着他们握手相去的身影，垂眸间看到手里的紫色桔梗，突然心头百感交集。

这是她最喜欢的花，何耀曾经也送过她。

那时候她问他："知道我为什么喜欢紫色桔梗吗？"

他摇头说不知道。

她骂他笨，然后又说："因为它的花语是真诚不变的爱。"

他摸摸她的头，宠溺地说："那你要一直喜欢下去，我要一直给你真诚不变的爱。"

当时能轻易地说一直和永远，因为谁都没想过会被时间改变。

他终于牵起了别的女孩的手，摸着别的女孩的头，并且真心实意地笑着。

唐美妮深深地吸了一口气，回神道："开车。"

从学校出发，大约开了半个小时，两辆车驶进市中心的一片高档住宅区。

保安行礼，看到唐美妮的车子，立刻恭敬鞠躬后放行。

顾南风在门口接唐美妮下车。

姜茶茶和何耀从另一辆车上下来，握手而站，望着他点头致意。

顾南风推着唐美妮的轮椅，目光落及两人十指相扣，面无表情地推着唐美妮进门。

“刚刚你表现得很好，接下来也要一直保持下去。”何耀低声道。

“我知道我在做什么。”对于何耀时时刻刻的提醒，姜茶茶不由得蹙眉。

嚯地，他突然一个迈步挡在她的跟前。

姜茶茶吓了一跳：“你做什么？”

何耀伸手轻轻地抚过她耸起的眉眼：“你看看你，男朋友突然靠近让你诧异成这样，是不是太奇怪了？”

他无奈的责备还是带着温和，姜茶茶眨动眼眸，一时不知所措。

“如果可以，我想回到刚开始认识你的时候，这样你就不会讨厌我。”他苦涩勾唇，手指从她的眉眼处轻轻后退。

“走吧。”他重新跨步回她身边，牵她往前走。

顾宅。

没有意外地奢侈。

内部装潢，照着低调奢华大气的调调走，被仆人迎进门换上拖鞋后，踩上灰色的大理石地砖，就能分明地感觉到那是金钱的沉淀。

宽大的客厅里，已经站了不少有头有脸的客人，巨大的琉璃灯供给着明亮的灯光，盘旋的红木楼梯像一条火龙通往二楼，高挺的墙壁上别出心裁地挂着绮丽图案的毛毯，看上去就像艺术家二十世纪的宏伟巨作，夺人眼球。

顾南风站在一旁和唐美妮一起接待宾客，没有看到顾启。

围绕着椭圆形长桌上摆满精致的点心，有戴着厨师帽子的男生端着盘子忙进忙出。

四周都布置了粉色玫瑰花，看上去温馨又甜蜜。

姜茶茶看着唐美妮手举酒杯和顾南风相顾微笑，她随手从服务生的盘子里拿过红酒，给自己一杯，也给何耀一杯：“来，干杯。”

何耀看她一饮而尽，微微蹙眉：“你是要把自己灌醉吗？”

姜茶茶哑然失笑：“这么一点酒，醉不倒我的。更何况，今天是一个好日子，就算醉一下又何妨。”

“茶茶。”说话间，唐美妮和顾南风过来了。

姜茶茶扭头，唐美妮举了举手里的酒杯：“谢谢你们能来。”

姜茶茶勾唇：“我没带礼物过来送你。我想了半天，觉得你似乎什么都不缺。”

她说话时有意无意地看了一眼顾南风。

唐美妮摇头笑：“你来，就是最大的礼物了。”

何耀拥过姜茶茶的肩：“你们什么时候宣布订婚消息？”

一旁一直沉默的顾南风目光落在何耀的手上，目光鄙夷：“我们现在都还是在校学生，说这个太早了。”

“怎么会，只是订婚而已。今天唐小姐的生日宴会放在你们顾宅办，我以为会是这个意思。”何耀微笑。

“是啊，你们走到现在这一步实属不易。”姜茶茶附和道，“我想顾伯父应该也很期待吧。”

顾南风眉低了低，目光里射出愠怒来：“所以你今天过来，是醉翁之意不在酒是吧？”

姜茶茶没有去看他，像没听到一样，对唐美妮说：“祝你二十一岁生日快乐。”

这时，顾启从楼上下来。

大家纷纷恭敬地向他投去注目礼，有些人鼓掌，有些人呼唤道：“顾总。”

顾启满脸堆笑，一边伸手做了一个安抚的动作，一边从二楼下来。他穿着黑色背心，满鬓白发却挡不住精神奕奕。

他道：“今天是美妮的生日宴，大家别喧宾夺主，乱了主次啊。”

大家哈哈大笑。

谁不知道顾家要为一个叫唐美妮的姑娘办生日宴，还特地放在顾宅，重视程度可想而知。现在又亲口听到老爷子亲昵地去姓唤名，这唐美妮的身份已经不言而喻。

都说唐美妮为了顾家大公子受了伤，自古不管英雄救美，还是美救英雄都是佳话。

大家很清楚，这次的生日宴不只是庆祝生日这么简单。

顾启朝唐美妮招手："美妮啊，你过来。"

顾南风脸色一沉，但也只好推唐美妮过去。

姜茶茶把顾启的笑容看得清清楚楚，那是她永远都得不到的厚待和欣赏。

只有不小心仰望了那高不可攀的云端，你才知道，有些事不是努力就可以得到。

顾启把双手搭在唐美妮的轮椅上，笑着环顾每个宾客："今天借着美妮的生日宴，我这个老头子宣布一件事情。"

顾南风意识到了，他低声喊道："爸。"

顾启就像没听到一样继续说道："我宣布，小儿顾南风和唐家小姐唐美妮正式订婚。"

"爸！"

"婚期就等他们学业结束后再说。"

顾启带头鼓掌，大家纷纷应和。

唐美妮羞涩地低下头，看向顾南风时又一脸不安。只见顾南风握拳，很生气地瞪向顾启。

她伸手握过顾南风的手，生怕他会做出什么冲动的行为。

顾启安排好的记者对顾南风和唐美妮进行拍照。

姜茶茶站在不远处，看着这一切发生，默默低头："何耀，我们走吧。"

这一屋子的热闹，并不属于她。

推开厚重的大门时，姜茶茶才感觉到自己重新呼吸到了氧气。

“如果想哭就哭出来，别憋着。”何耀说。

“哭？”姜茶茶淡笑，“唐美妮终于得到她想得到的，我应该替她开心才对。今天我来，也听到我要听的了，大家皆大欢喜。”

何耀的目光若有若无地聚焦：“那你会真的放下顾南风吗？”

姜茶茶扭过头：“当然。”

阳光好刺眼，骤然的一道白光，仿佛那天在飞机上看向窗外时那样。

何耀开车带她离开顾宅，去了公司。

一进门，两人就看到金小灿和赵浩子黏在一起，像一对连体婴一样，不时地嘻嘻哈哈。

何耀清了好几下嗓子，两人才如梦初醒扭过头：“哦，你们来了啊。”

金小灿脸颊一红：“老板，你怎么来了？”

姜茶茶轻叹一口气：“你总是见不到人，我不来这里还能去哪儿找你？”

金小灿没听出她的揶揄，信以为真地从椅子上弹起来：“咦，你不是说这几天不接单吗？我才下课后过来的呀。”

姜茶茶捏捏她的下巴：“你都没心思赚钱了，我强留着你的躯壳有用吗？”

金小灿打掉她的手，瞅她和何耀：“那我还不是跟老板你学的，这叫有样学样。”

姜茶茶推她的脑袋瓜：“我得考虑辞退你。”

“别呀，茶茶，你真的忍心让我当一个依靠男朋友的米虫吗？”

姜茶茶满脸黑线地扯开某人夸张的手：“少来了。我来这儿不是为了‘逮捕’你的，你想多了。”

何耀微笑着上前说道：“我们刚参加完唐美妮的生日宴。”

这时，赵浩子的大手轻敲键盘，“咦”了一下：“生日宴？不是订婚宴吗？”

他说话间，电脑屏幕上就播放了顾启在顾宅宣告订婚的话语，底下滚动着新闻标题——顾氏接班人和唐美妮宣布订婚，王子和公主的现实版再次上演。

唐美妮的背景资料被事无巨细地拉了出来，她在巴塞罗那单挑鲨鱼勇救顾南风的故事也被渲染得分外逼真，描写得绘声绘色。

赵浩子一边啃着鸡爪，一边啧啧地说道：“这下子，顾南风投资的小岛度假酒店可真是火了。哎哟，小灿，你干吗？”

金小灿暗暗揪赵浩子的耳朵，小心翼翼地看向姜茶茶。

姜茶茶微笑打趣：“媒体时代就是快，上一秒发生的事，下一秒大家就都知道了。”

何耀拉过椅子没有接话，而是问：“茶茶，这几天我和浩子都要加班，你和小灿可以留下来做外勤吗？”

姜茶茶点头：“好。”

赵浩子开心地拉过金小灿的手：“太好了，小灿，我要吃你上次给我送的猪腰手打面！”

姜茶茶越过这对磨人的二傻情侣，看向何耀。她知道他是想让她忙起来，没工夫胡思乱想。可是他不知道，她之后不会再胡思乱想，有的只是深埋心底的祝福和思念。

第十一章
你输不起

入夜后的市里，黑夜和霓虹交相辉映，又互相碰撞，仿佛黑夜不甘落寞于宁静，霓虹不甘被夜空所吞噬。

何耀的办公室里没有开灯，只留有两盏台灯对着各自忙碌的电脑。

何耀和赵浩子相对而坐，手指不时飞快地在键盘上飞舞。

他们进入工作状态后，就像另外两个人，金小灿收起了打闹性子，乖乖地在旁边给赵浩子倒水，递吃的。

一时间，偌大的工作间，四个人，很安静。

姜茶茶坐在靠窗的位置，翻动手机，她登录微博，看到几条未读的私信。

微博上，姜茶茶除了写一些生活随想，还上传了自己以海笑笔名写的报道文章。这个微博她没有对外透露过，也没和金小灿以及同学互粉。

所以上边的粉丝都是她的读者和粉丝。

几条私信的内容有问她是谁的，有询问能否转载她的文章的，还有人说是粉丝能不能相约见面的……这其中，她注意到有一条私信问的是：海笑，你有关注过巴塞罗那小岛酒店的新闻吗？

这个用户是大V，叫“海洋记者”。

姜茶茶微微蹙眉，她知道这个海洋记者，坐拥几百万粉丝。最先引起爆红的，是他曾去往各个海域，不管是危险的还是不危险的，都亲自潜入海底拍摄VLOG上传网上，给大众呈现了新奇视角，满足网民们的好奇。然后他慢慢地给大家科普关于海洋的知识，并靠自己的号召力，呼吁大家对保护海洋环境引起足够的重视，还常常揪出那些污染水源的企业，是一个犀利又正义的家伙。

出神间，对方又发来了一条信息：我希望你能够写一篇关于那家度假酒店的文章。

姜茶茶想了想，回复道：顾氏度假酒店有什么问题吗？

海洋记者：酒店建立在小岛之上，那小岛是半封闭的地理环境，一旦开业，人为污染不可少。你觉得生意人会在合理处理垃圾这件事上花多少心思？

姜茶茶隐隐明白他的想法：你觉得应该关闭掉度假酒店？

海洋记者并没有直接回答这个问题，而是说：近年来，去巴塞罗那旅游的人众多，海洋环境也大不如前。我想你也有所感触吧。

姜茶茶在对话框输入：可顾南风和其他生意人不同，他很注重海洋生态环境。

这句话还没发送出去，就看到海洋记者又说：海笑，如果你不愿意的话，那我就找别人。不过我还是希望由你执笔，因为你是我很敬重的海洋卫士。

姜茶茶盯着自己没有发出去的话，又看了看海洋记者说的话，突然心头一阵抽动。

猎人盯上了猎物，势必要将猎物杀死才会罢手。

“海洋记者”盯上了顾氏的度假酒店，如今网络的力量不容小觑，他如果想秉承着自己的环保想法，写一些扭曲的报道立刻就会发挥舆论效应。到时候估计会没有人管顾南风创造的度假酒店到底是不是会对环境产生不利，直接就一棒子打死。

到时候，即便有后续反击，顾南风也要担了这无妄之灾。

姜茶茶重新点亮屏幕，回复“海洋记者”：我写。

那边的人瞬间已读。

看来她只有先把这件事揽过来，才能占一些主动权。

姜茶茶扭头望向窗外，隐匿在夜空中的电线杆上停落着还没休息的麻雀，它们一拍翅膀，轻易就飞上天。

那一刻，她恨不得变身为麻雀。

为什么它们想离开就轻易地能离开呢?

而她好不容易要和顾南风分道扬镳了，却又莫名地要再次连接?

“是不是很无聊？”何耀不知道什么时候走到了姜茶茶身边。

姜茶茶把手机盖在腿上，回神抬头：“没有。”

何耀在她对面坐下，把一杯温热的牛奶递到她手里：“我让你陪我熬夜，你还真就乖乖地坐着呀？”

他笑了笑：“喝完去楼上睡吧。”

牛奶的温热透过马克杯回荡在手心，姜茶茶望着何耀疲倦中带着笑意的眼睛，内心无限缱绻。

“你怎么这么看我？”

“哦，没什么。我想起以前念书备考的时候，我爸爸也是给我温了牛奶，然后催促我去睡觉的。”姜茶茶垂眸。

何耀笑：“你是在骂我老？”

“不，”姜茶茶赶忙摇头，对上他笑意渐深的黑眸，明白过来他在开玩笑，“不过你再这么熬下去，是会老得快。”

何耀摸摸下巴，作势害怕真的长出胡子一般。

姜茶茶被他的样子逗笑，咬唇扭头。

何耀苦笑叹气：“没办法，做程序员经常会这样。接了一个给企业维护七天程序的活儿，就得日夜守着。”他摸摸姜茶茶的头，“不过我答应你，会早点睡。”

他的声音软绵如水，有一种酥心的魔力。

他送姜茶茶上二楼，推开一间房间，里边放着一张床，干净的白色被单上盖着黄色被子，温馨而又简洁。

“这里是我平时休息的地方。”何耀给姜茶茶盖被子，“晚安。”

她的眼底倒映着他凑近的脸，他似乎想要吻她的额头，不过还是没有这么做。

“做个好梦。”何耀温柔地注视她，笑着转身。

“何耀。”她看着他的背影，喉咙一动，叫住他。

他驻足。

最后她只生涩地说出：“晚安。”

万千言语涌上心头，似乎说出口都是不合时宜的。

她说讨厌他，可是心里明白真正讨厌的不过是自己；她介意过他的欺骗，可是早已经在不知不觉中释怀；她想告诉他，如果没有顾南风，她或许会真的喜欢他。

门轻轻地关上，何耀贴着门板站了好久。

他的温柔和笑意渐渐消失在漆黑仄长的过道上，小窗外的月光将他的身影拉得好长，弯折在一旁楼梯的扶手上。

何耀从裤袋里缓缓拿出手机，发亮的屏幕停留在和姜茶茶微博私信的界面上。

“如果想哭就哭出来，别憋着。”

“哭？唐美妮终于得到她想得到的，我应该替她开心才对。今天我来，也听到我要听的了，大家皆大欢喜。”

“那你会真的放下顾南风吗？”

“当然。”

放下？如果能放下，她就不会答应“海洋记者”写顾南风度假酒店的报道了。

“茶茶，如果你一个人忘不掉他，那我陪你一起忘。”

他曾经那么深爱唐美妮，以为就此一生不会再喜欢上别人，所以姜茶茶，你也可以的。

何耀的眼底闪过一丝倔强的狠意。

而这样的不眠夜，内心波澜的又何止是姜茶茶和何耀两个人。

和唐美妮的订婚消息被父亲公布后，顾南风坐在顾氏集团的办公室里，整个人嵌在黑暗里，一身的阴郁，让人不寒而栗。

他修长的手指轻轻敲击桌面，一下一下，似在思考。

顾启今天不由分说地公开订婚消息，让顾南风很不爽。当他要当着那么多人的面公然反驳时，唐美妮的握手求情又让他错过时机，更是郁闷。

顾南风忘不了自己眼睁睁看着何耀带姜茶茶离开，却不能阻止的感觉。

他走到窗边，往下看，公司前边的广场已经没有人经过。

顾南风的目光慢慢聚焦，落在他曾经和姜茶茶站过的地方，记忆入脑，缓缓勾唇。

不，他不能妥协，他也没想过妥协！

顾南风拿上车钥匙下楼，快步走出大门，竟看到何耀。

何耀上前：“你果然在。”

顾南风蹙眉。

何耀微微一笑：“睡不着，我过来找你聊聊。”

两人坐在广场的长椅边，相对而站。

“你想找我聊什么？”顾南风开门见山。

何耀：“我知道度假酒店的事是你的重中之重，趁着你订婚，起到了绝好的宣传效果，你就再接再厉，别前功尽弃。”

顾南风觉得他这话讲得有趣：“你来就是为了跟我说这些？”

何耀：“我来是想提醒你，事业不易，别因为冲动坏了梦想。”

“那你呢？”顾南风盯着何耀，“你会为了你的耀浩科技，放弃姜茶茶吗？”

何耀微微蹙眉。

“我查过，你原本家境普通，被唐美妮抛弃之后奋发向上，找了同学赵浩子做搭档，开创了科技公司。这两年冒头很快的背后少不了你比常人付出几倍的努力，可以说你是把命都压在了这上边。”顾南风睨他，“你会在你的命和姜茶茶之间选择哪一个？”

何耀勾唇，双手背后：“你和我不同。即便我舍弃一切，也不过是从零开始。你是含着金汤匙出身的，顾氏集团是你割舍不掉的重担。你买下小岛创造度假酒店，即是一个重要的开头，也是你梦想的付诸实践。你，输不起。”

最后的“你，输不起”，就像一把尖刀刺痛了顾南风的心。

“事已至此，顾大公子，你就认命吧。”何耀轻叹一口气，拍拍顾南风的肩膀。

顾南风的目光落在他的手上，冷冷侧开身子：“你来说这番话，是为了你前女友唐美妮，还是为了姜茶茶？”

“过几天我会带茶茶去国外。我会努力给她带来快乐，你不会再有无谓的烦扰了。”何耀目光渐硬，“如果你还念着唐美妮奋不顾身救你的情分，明白吗？”

何耀越过顾南风离开。

顾南风站在原地，握紧手里的车钥匙，白皙的指节微微颤抖。

第二天。

姜茶茶从二楼的房间悄悄下楼时，何耀和赵浩子，还有金小灿都还在睡梦中。

赵浩子沉重的呼噜声此起彼伏，金小灿靠着他厚实的背，睡得很香。

何耀双手抱臂，靠在椅背上，睡相跟画报一样。

姜茶茶默默地把毯子盖在何耀的身上，从笔筒里拿过笔准备给他们留一张字条，说她先回学校。

可是她俯身一伸手，何耀的眼睛睁开了。

姜茶茶尴尬抿唇："我……"

"你醒了。"何耀微笑。

"我……我吵醒你了。"姜茶茶直起身。

"没有。我睡眠浅，很容易醒。"何耀站起身，"走，我带你去吃早饭。"

听他这么一说，姜茶茶怔怔，那她下楼来时他不就醒了吗？

所以他刚才是在装睡吗？

姜茶茶扭头看看赵浩子和金小灿。

何耀牵过她的手："回来给他们带外卖，就让他们多睡会儿吧。"

她随他出去。

两人又来到之前去过的"徐婆婆的米粉店"。

时间很早，来店里吃早饭的人不多。

徐婆婆笑呵呵地迎上来："你们来了，坐，坐。"

两人在位置上坐下，徐婆婆认真打量何耀的黑眼圈："怎么？昨晚累着了？"她又看看姜茶茶，笑意渐深。

姜茶茶涨红着脸，感觉徐婆婆想歪了。

何耀赶紧说道："哦，昨晚忙公司的事忙到很晚。"

徐婆婆呵呵笑着："那早上吃点馄饨吧，我多给你们加点醋。"

何耀看向姜茶茶，生怕不够："再要一笼小笼包吧？"

姜茶茶只想打发徐婆婆赶紧走开，低下头只管应允。

桌子上都放着一壶热茶，何耀给姜茶茶翻了一个茶杯，为她倒上热茶：“我觉得自己很幸福。”

他突然这么说，她一愣：“嗯？”

“天气很好，早上的日光很好，来这里吃上婆婆的一顿早饭，对面坐着我喜欢的人。我觉得很好，很幸福。”

何耀给自己倒上热茶，茶水碰撞茶杯发出清脆的声音，热气间他温和的眉眼，让姜茶茶看着不由得恍然。

姜茶茶能感觉到这是他由心而发的感慨，而听到这些，再看周围，只觉空气里沉浮的灰尘也透着香气。从昨晚看到何耀为工作全力以赴，到现在只是淡淡的一起吃一顿早饭，都让她觉得踏实平静。他向她诠释了另外一种幸福——不是心动才是幸福，平淡也是幸福。

徐婆婆端上了一笼小笼包和两碗馄饨：“哎，小笼包，拢住人心；素馅馄饨，两小无猜——”

这徐婆婆上个菜都要意有所指的，姜茶茶简直受不了。不过老人家调皮归调皮，分量倒是给得十足。

如果不是新闻里播放顾氏集团的新闻，姜茶茶估计会吃撑了回去。

“今早最新新闻，顾氏集团接班人顾南风投资的巴塞罗那小岛度假酒店被人检举在施工期间严重破坏了海洋环境，涉嫌施工资质不符合，已经有当地群众集合到政府门口进行抗议……”

店里架在木板上的电视上播放着主持人正经的播音腔，后边说什么，姜茶茶已经听不进去了。她没想到“海洋记者”出手如此之快，不过是一个晚上就爆出这等劲爆新闻。

姜茶茶皱眉，面对一桌早餐顿时索然无味。

“何耀，我想回学校了。”姜茶茶起身，看了一桌没怎么动过的吃的，便说，“这些打包吧。”

何耀没有强留，也没说什么，只是点点头："我去准备打包盒。"

他送她回学校的路上始终保持沉默，直到到了学校门口，姜茶茶说："我要去国外几天。"

何耀看向前方，几乎没有犹豫地说："是回巴塞罗那。"

他的平静和肯定，让她不知道该怎么解释自己去那里的原因。

"想做就去做，我说了，我会等你，也会支持你。"何耀微笑扭头，"公司的事交给浩子，他能搞定。我陪你去。"

"不用了。"

"这是我支持你的唯一条件。"何耀打断姜茶茶的拒绝，语气里有着不容置疑的坚定。

姜茶茶叹了一口气，开车门下车："随便你吧。"

她只是要去做一次海笑该做的事情，秉承最公正的态度写一篇不偏颇的海洋报道，不管是给海洋记者一个交代也好，给顾南风一个真相也好，这其中，都没有要旧梦重温的私心。

姜茶茶回到学校，找到江教授和他请假。

江教授一听她要出国，以为她又要去写些什么不着边际的报告。但一听到她去的地方是巴塞罗那，他的眼神立刻亮了，问她是不是因为顾南风的新闻。

姜茶茶不想和江教授多说，为了得到批准便点头说是。

江教授二话没说，直接批了，还不忘絮叨叮嘱她努力要带劲爆材料回来。

姜茶茶回到宿舍收拾东西，有人敲门。

"进来。"

姜茶茶扭头间，看到来的人是唐美妮。

她没有坐轮椅，倚在门口，身体稍稍往左倾斜，一身米色的长裙遮盖住没完全好的腿，放下来的波浪长发盖不住巴掌大的脸上那一抹苍白和无助。

这个节骨眼上，她突然来访，姜茶茶微微蹙眉：“有什么事吗？”

唐美妮拖着僵硬的右腿，缓缓走进来把门关上。

“顾南风投资的度假酒店出事了。”

“嗯，我看到新闻了。”姜茶茶一边收拾行李，一边说道。

“你是要去哪儿？”唐美妮问她。

“何耀刚做了一个大单，要带我出去玩玩。”姜茶茶这样说。

唐美妮顿了一下，问：“你不是去巴塞罗那？”

姜茶茶忙活的手终于停下来，扭头看向来意不明的唐美妮：“你到底要说什么？”

“我是想问问你，能不能帮帮顾南风？”唐美妮抿唇，“你之前不是对海洋环境的事特别上心，也写过不少这方面的报道吗？我想说你能不能帮顾南风写一篇正面的报道，证明那些新闻是子虚乌有的，这样的话……”

“新闻的第一条特性是什么，唐美妮，你还没毕业就忘了吗？”姜茶茶打断她，“是真实性。”

唐美妮迎上姜茶茶犀利的目光，不说话。

“你这是公然让我造假。”姜茶茶皱眉。

她们不再是朋友，最后的一点情分在生日宴也全部消失殆尽。

如今，唐美妮这样过分的要求真是让姜茶茶觉得又好气又好笑。

唐美妮修长的睫毛微微颤动，眼神黯淡：“我现在管不了那么多，如果能帮到顾南风，让我干什么都行。”

姜茶茶低头看着自己的行李箱，把衣服放进去：“那你可以自己来，何必假借我的手。”

“如果不是你有‘海笑’这个有影响力的笔名，我又何必来找你。”唐美妮冷哼的声音像一道激光嗖地晃过姜茶茶的耳膜。

姜茶茶缓缓抬眸，用近乎不信的质疑目光望着她。

关于“海笑”这个笔名的一切，姜茶茶从来没有告诉过任何一个人，包括唐美妮，她是怎么知道的？

唐美妮迎上姜茶茶的目光，突然扑通跪地。

“茶茶，再帮我最后一次吧，好不好？再帮我最后一次！我好不容易拿到了通往城堡的入场券，不能什么都还没有开始，城堡就塌了呀！”

唐美妮跪下的时候拉扯到右边大腿的肌肉，身子疼得往左边倾斜，可她依旧扯住姜茶茶的手，死死地拽住，苦苦哀求。

城堡？入场券？

姜茶茶望着唐美妮苦苦相求的脸，不由得在刹那间怀疑，她到底是喜欢顾南风，还是喜欢顾南风身上的光环？

“没有这么严重，就算度假酒店不开了，顾南风仍然还有顾氏集团。”姜茶茶提醒情绪激动的唐美妮。

唐美妮拼命摇头：“不，那不一样。这个开场对顾南风来说很重要！如果这次垮了，之后都会成为他的污点。我不允许我喜欢的人有污点！”

姜茶茶缓缓地蹲下身，平视这个自己曾经视作最好朋友的人，这个被宠坏的公主，做这种举动，让她觉得很陌生，很陌生。

原来，时间不是了解一个人最绝对的方式。有时候，那些错觉不过是自己营造的梦。

“好，我答应你。但你要告诉我，你怎么知道‘海笑’的事情。”

唐美妮低头：“我……”

两天后，飞机上。

强光透过挡板照在姜茶茶的侧脸上。

她闭着眼睛听到飞机在平稳地穿过云层，伴随空姐在过道上走来走去的声音，还有身边何耀翻阅书本的声音。

“请问需要饮料吗？”空姐好听的问候传了过来。

姜茶茶睁眼：“我要一杯橙汁。”

何耀：“那我也要一杯橙汁。”

“不，我还是要一杯水吧。”

“那我也是。”何耀又跟着改了。

姜茶茶睨着某人：“你怎么总学我？”

“有吗？凑巧而已。”何耀耸耸肩，又把手里的书翻过去一页。

最近他好像越来越无赖了，故意装傻的本领也是越来越强悍了。姜茶茶无奈摇头，扭头看向窗外。

云层渲染了晚霞，一大朵一大朵绵软的橘红色，带领着他们去往那片海域。

姜茶茶想起前不久离开时还以为自己再也不会回去，现在不过隔了几天，就又回来了，并且是和何耀一起。

可见，人生真的什么都可能发生，不要太早下定论才好。

将近七个小时的飞行，再加上三个小时的车程，姜茶茶赶到海域边，透过手里的相机看过去，黑暗的夜空和水面已经连接成一片。

海风不息，海浪不息，她能听到它们依旧拍打礁石发出的壮阔声音，只是看不清它们的身影。

姜茶茶拍了几张照片，并不满意效果。这时，几个塑料袋被海浪推送到了她的脚边，她低头，习惯性地把这些湿漉漉的垃圾拎起来装进随身带的收集袋。

她环顾四周，突然发现何耀不见了。

“何耀，何耀！”

“我在这里！”姜茶茶几声呼唤后，终于听到何耀的回应，声音像从一旁的悬崖下传来的。

姜茶茶循声找过去，跳下崖边，踩着高低不平的礁石一步步跳下去：“何耀，何耀，你在哪儿？”

何耀却没了回答。

黑夜下，海浪的气息夹杂着危险，姜茶茶的心渐渐地提了起来。她望着一望无际的海水，喊道：“何耀，你别吓我，你说话呀！”

就在周围一下子安静下来，姜茶茶只听到自己的呼吸越发加重的时候，突然海水里噌地冒出一个脑袋：“我在这里。”

何耀居然下了水！

只见他挣扎着拍打水面，高高举起的右手里抓着一个大黑网，透过网的缝隙能看到里边有不少垃圾，还有不小心蹿进来的小鱼。

姜茶茶瞪大眼睛。

“你看，我捡了不少垃圾，我刚刚……”何耀很明显花费了不少体力，仅仅是从海水中爬上来就踉跄摇晃了好几分钟，“刚刚我还拯救了一只乌龟，它差点就把白色垃圾吞进肚子了。”

“啪”的一声响起，姜茶茶打了何耀。

“你知不知道这样很危险？”姜茶茶气急败坏地吼道。

他身上什么都没戴，只是脱了外衣外套，就这么跳进了海水里！

“这里即便是白天，也要穿好防护服才能下去，现在是晚上！你是不是不要命了？万一又遇到鲨鱼怎么办？”姜茶茶都不知道自己在说些什么，只知道脑子一片空白，心里一块石头压着，根本喘不过气来！

何耀一点也没生气，挠了挠后脑勺：“应该不会吧，唐美妮又不在。”

“你！”

“我没想那么多，看你在捡垃圾，我也就想帮些忙。”何耀认错，“对不起，让你担心了。”

看着他这个样子，姜茶茶心里是百感交集。她咬唇努力平复自己的情绪，瞪眼道：“别以为你用苦肉计我就会……”

何耀一把伸手抱住她。

“看到你这么担心我，我很高兴。”他因为激动轻微颤抖，温柔而低沉的魅惑的声音炙热地传进姜茶茶的耳中。

姜茶茶微微一怔，何耀泡在海水里起初的湿冷慢慢被他的体温融化，他的拥抱越发紧。

在她看不到的角落，一个身影慢慢地从暗处退却。

末了，姜茶茶急匆匆地带何耀回酒店。

路过那条主街时，姜茶茶注意到酒吧门口的粉色灯箱不见了。

姜茶茶不由得往店里张望，才发现店里一整片漆黑，没营业。她忍不住想，这段时间那个斯文老板到底发生了什么事，难道是和他的心上人重逢了吗？

回到酒店，姜茶茶催促何耀回房间换衣服。

她一个人待在大厅里，试图询问服务生这边去政府抗议的组织的具体情况。

服务生是当地的一个小姑娘，给姜茶茶上了一碗冰激凌拿到不菲的小费后，十分活泼地道谢，然后笑着赞美姜茶茶人美又大方。

姜茶茶顺势打开话匣子，希望能探听到一些消息，只可惜这姑娘热情是热情，问关键问题总是一问三不知。

姜茶茶有些懊恼，正想打发她走人时，一张钞票伸到眼前。

“顾南风！”

几乎是同一时刻。

顾南风帅气地把钞票放进女服务生的手里，姜茶茶瞪大眼睛看着顾南风。

他淡定地看向她。

她惊愕地看向他。

女服务生又拿到一份小费，开心地离开。

顾南风在姜茶茶的对面坐下，把西装的纽扣解开：“看到我来这边，你很惊讶吗？该惊讶的是我才对吧。”

他这看似绕口令的打招呼方式，姜茶茶一点也不想笑。

不过反应过来后，姜茶茶有些心虚地扭过头去。他说得对，度假酒店出事，他在这边出现很正常，可她为什么来这里？

她来这里不就代表她是来担心他的吗？

姜茶茶感觉到一股热气慢慢地靠近，隐隐感觉不妙，她扭头间看到了他凑近的脸——近在咫尺的脸。

他的热气喷在她的脸上，那双特别亮的眼睛直勾勾地望着她！

“你……你做什么？”

“我想仔细看看你这心口不一的脸长什么样子。”

没等姜茶茶反击，顾南风秒收起那张邪魅调侃的脸，坐回去。

他像变戏法一样从西装外套里拿出一沓照片扔到桌上：“这是这几天 AE 组织去政府拉条幅抗议的照片，还有环境调查组去小岛附近下海的照片，以及……”

顾南风没说完，姜茶茶拿过照片迅速看了一遍后，发现了自己和何耀相拥在海边的照片。

“你跑过来度假的照片。”

姜茶茶抬眸，对上顾南风阴冷又审视的目光，只觉得全身起了鸡皮疙瘩。

顾南风还讲述了这边酒店停工的情况，末了，他伸手轻敲桌面：“你有什么想法？”

姜茶茶望着顾南风询问的目光，突然意识过来，他是把她当解决问题的伙伴了。

他认为她来这里，是为了帮助他的。

大厅明亮的灯光将周围的熙攘尽收眼底，洁白的瓷砖折射着光线，倒映着每个人的身影。

姜茶茶的余光把那些都当成了背景板。

顾南风就坐在她对面，一动不动地望着她。

那天在顾宅，看着他和唐美妮在一起，她第一次有一种生离的感觉。

她第一次明白，有些人即便看得到，也无法并肩看同一个方向是一种什么感觉。

可是此刻，姜茶茶有一种失而复得的幸福体验。

顾南风再次敲了敲桌面，把出神的姜茶茶拉回现实。

姜茶茶内心忽然打了个寒战，然后告诉自己：不，她不能有这种幸福感。

“现在最要紧的是，真相到底是怎样的。”姜茶茶定定心神说道，“我相信以你对大海的敬畏，是不可能纵容酒店的建设造成污染的。可毕竟施工的人不是你，下边人做事粗心大意或者不注重这方面也是有可能的。”

顾南风：“我知道你要说什么，不过我可以保证，绝对没有你说的这种可能。这就是有心之人的刻意栽赃、污蔑。”

姜茶茶想起“海洋记者”的托付，再看向某人的斩钉截铁。

她的眼神投向照片，轻声说道：“那就把真相找出来，到时候是不是栽赃，就一目了然了。”

顾南风点头：“好，既然有你这个现成的记者，你就负责把真相报道出来吧。”

他的意思是让她将所学发挥到极致，参与到这件事中来。

“掌握第一手资料，挖掘新闻，不是你的专业吗？我想你家教授会很高兴你这个得意门生再创辉煌。更何况……”

“更何况什么？”姜茶茶问。

“更何况你来这边，不就是想这么做吗？”顾南风目光灼灼，那一层讳莫如深的光芒似乎惊喜她的出现，又似乎早已预料到她的出现。他的视线一转，看向从一旁楼梯上走下来的何耀，拖长语调道，“只是我不知道你这趟过来于公也于私。”

姜茶茶站起身，冷冷地丢下一句话：“我怎么做不用你管，你管好你家的唐美妮就好。”

“我怎么听着醋味不是一般的浓啊。”顾南风站起身，双手插口袋，整个人贴过来挡在姜茶茶跟前，笑意悠然，“姜茶茶，你干脆改名叫姜醋醋好了。”

姜茶茶懊恼，伸脚就在他脚背上狠狠地来了一下。

顾南风猝不及防，痛苦得脸瞬间紧绷起来。

姜茶茶撞开他，径直朝何耀走去。

此时，何耀已经换了一身衣服，但头发还是湿的，姜茶茶来到他跟前，拉过他的手就朝楼上走去。

这是她第一次主动牵他的手。

何耀垂眸间，感觉到姜茶茶温热的小手带着汗。她急匆匆地跨步上台阶，明知道这是做给身后的人看的，可他竟甘之如饴，不想计较。

踩着厚重的地毯，仄长的走廊一望无尽。

何耀望着姜茶茶的身影：“好了，他没跟上来。”

姜茶茶猛地驻足，转身，尴尬地松开何耀：“我……我不知道他会突然出现在这儿。”

“不用解释，我都明白。”何耀淡笑，“酒店出事了，他过来很正常。”

姜茶茶点点头。

“他和你说了什么？”何耀问。

姜茶茶顿了一下：“他想我参与这件事，报道酒店污染环境的真相。”

何耀点点头：“这件事如果你做得好，既可以帮到他，也可以帮你自己在新闻圈打出名气来。”

姜茶茶扯扯嘴角，没有接他这句话：“有点饿了，我们叫客房服务吧。”

何耀刚拿出房卡准备开门，就听到火警刺耳的警报声响起。

安静的走廊一下子随着客人们的开门而炸开了锅。

姜茶茶好奇刚刚上来的时候还好好的，怎么就着火了。

何耀拉过她：“先离开这里再说。”

姜茶茶摇头，要往房间里冲：“不行，我的照相机，还有笔记本还在里边！”

“我去帮你拿！”何耀先一步越过姜茶茶，拿过她手里的房卡。

“何耀！”

这时，很多人都往逃生楼梯方向跑，姜茶茶在一拨往同一个方向冲的人群中险些站不住。

当她焦急地等待何耀的时候，一只熟悉温热的大手拉过她就往前跑去！

姜茶茶没反应过来，就被拉着跑出去了一段距离。她瞪大眼睛，发现拉她的是顾南风。

顾南风不由分说地拉她跑进电梯里。

电梯门叮咚关上，把那些喧闹和慌乱逃跑的人群都关在了外边。

姜茶茶大惊：“顾南风，你干吗？你放开我！”

她挣扎间被顾南风死死地按在电梯壁上：“警铃是我按的。”

“什么？”姜茶茶瞪眼。

“所以何耀没事，你少操心。”顾南风漆黑的眸子里透着别扭的责怪，手上的力道没有减弱半分。

“你为什么要这么做？”姜茶茶还是不解他这种疯狂行为。

“因为……”他的脸猛地靠近，下一秒，姜茶茶感觉到双唇被轻咬，接着是让人迷乱的疯狂！

姜茶茶想要推开顾南风，可是她越要反抗，他整个人越是贴上来。

最后他紧紧拥着她，让她动弹不得！

那是一种霸道的占有，迟来的冲动，隐忍的渴望。

姜茶茶无法形容当下顾南风的吻是一种怎样的感觉，只知道过去了很久，她都忘不了他紧紧包裹自己的气息，他的心跳、他的体温在狭小、封闭的电梯里让她窒息。

不知道过了多久，顾南风缓缓放开她，粗重的呼吸回响在她耳边："我不要看到你和他在一起。"

姜茶茶豁然抬眸，顾南风抵着她的额头，皱眉道："姜茶茶，你只能属于我。"

姜茶茶，你只能属于我。

你不能离开我。

就算你变成风，我也要追你到东南西北。

电梯下降到一楼，叮咚一声，门被打开。

"顾南风，你浑蛋！"

姜茶茶推开他，快步往外走。

顾南风追上来握住她的手，被她甩开。

就这样，顾南风追着姜茶茶到酒店外。姜茶茶快步疾走，一头栽进夜色里。

她好不容易平静的心再一次被这个浑蛋搅乱了！

姜茶茶用手背摁住双唇，感觉到顾南风一直跟在身后。她嚯地站住，转身："你这个浑蛋！"

顾南风不躲不闪地上前："要打要骂，都随你。"

"你！"姜茶茶抬起手。

他闭上眼睛，一脸视死如归的模样："反正我不后悔。"

姜茶茶的拳头在半空中无奈地僵住，整个人失了力气："你别忘了，你已经和唐美妮订婚了，你这样算什么？”

“我不会和唐美妮结婚的。那天订婚是老头子搞的鬼！”顾南风皱眉，“你还不明白吗？我喜欢的人是你，我要给承诺的人也是你！”

姜茶茶盯着顾南风急切的神情，不由得笑了：“顾南风，你不觉得现在说这些都太晚了吗？我已经喜欢上何耀了。”

顾南风目光一凛，拽过姜茶茶的手腕：“你是在故意气我吗？”

姜茶茶微微皱眉，感觉自己的手腕都要被他拉断了。可话已出口，决心已定，她这边必须要断得干净，才能保证不受纷扰。

“我有这个必要吗？”姜茶茶迎上他的目光，一字一句就像花岗石一般分外的坚硬，“顾总，你酒店的事还火烧屁股呢，你真的没有多余的精力来纠缠这种没有意义的事，好吗？”

“你到底还是关心我的。”顾南风捕捉到姜茶茶的话头，不依不饶，“刚才我吻你的时候能够感觉得到，你心里是有我的。”

“酒吧老板一直放在门口的守候灯熄灭了，他走了。”姜茶茶轻叹一口气，“顾南风，很多事不是你想怎样就能怎样的，我们都逃不过现实的安排。”

顾南风一时无语。

两人僵持间，一只手扯开姜茶茶的手，姜茶茶跌进身后的怀抱中。

下一秒，何耀挥拳闷声给了顾南风一拳。

“茶茶，我们走。”何耀拉过姜茶茶，深深地看了一眼顾南风，和其擦身而过。

姜茶茶越过顾南风时，仿佛像那夜在那个公园，同一个角度，同一份离别。

她始终看不清他的侧脸，可是她看得清当下自己和他之间隔着的万水千山。

如果前面分明有着千难万阻，回头是岸才是正道坦途，不是吗？

顾南风，你的喜欢、你的坚持，就到此为止吧。

而我会把对你的思念放在心里，不会让你知道。

回到酒店后，何耀什么也没问，什么也没说。

火警乌龙处理过后，酒店重新恢复平静。

把姜茶茶送到房间门口时，何耀只是说："早点睡吧。"

姜茶茶扭头看着他的身影说道："我告诉顾南风，我已经喜欢上了你，所以还要麻烦你配合我继续演下去。"

何耀走到自己的房间门口，门框遮住了他一半的身体。

他什么也没说，推门进房间。

闹了一晚上，姜茶茶躺在床上突然觉得好累。

她从来没有这么累过。

其实顾南风误会了，她和何耀是演戏，本来就是睡两个房间。

可他不知道，做了按火警这样幼稚且多此一举的事。

姜茶茶的手指落在唇边，眼前晃过顾南风霸道而坚定的脸。

"姜茶茶，你只能属于我。"

她侧过身，痛苦地闭上眼睛。

她隐忍得如此辛苦，他偏偏还要奋力撩拨。

第十二章 只要能待在你身边就好

第二天，姜茶茶早早起来，拿上相机和笔记本。

不想何耀起得比她还要早，早已在大厅里点好了早餐，一看到她下楼就朝她挥手示意。

“我已经订好了游艇和下海设备。”何耀把牛奶递给姜茶茶说道。

“谢谢。”姜茶茶下意识地打量周围，有些怀疑某人会不会又跟昨晚一样突然出现。

“他在门口。”何耀轻声一句提醒，让姜茶茶差点被牛奶呛到。

姜茶茶有些不敢相信何耀的话，半信半疑地走到门口，真的看到了顾南风的车。

顾南风坐在后排，按下车窗没有看她，而是清冷地问：“可以去办正事了吗？”

姜茶茶怔怔，对了，正事，她来这里是有正事的。

“我去和何耀打声招呼，马上就来。”姜茶茶说着转身。

“他如果想来，可以直接跟来。”顾南风清冷的声音听不出任何情绪，“我的车容得下。”

姜茶茶轻叹一口气，径直折返。

何耀坐在位置上，握着牛奶杯，手指无意识地在杯口来回摩挲。他静静地坐在柔和的光线中，不卑不亢，像在等着她，又像是已经接受她不会回来的坦然。

就是这么一个温和的人，昨晚挥动了拳头；就是这么一个温和的人，初识他时亦是意气风发的；可现在因为她，他的温和没有了，变得不一样了。

“我不在乎你最后的选择，只要能待在你身边就好。

“我会陪你一起忘记他。

“茶茶，我觉得很幸福。”

正想着，他听到：“何耀，我要去小岛了。”

何耀扭头：“嗯，小心。”

“你要不要和我一起去？”姜茶茶顿了一下问。

“不用了，我想他安排得会比我更周到。”何耀微笑，“不过，你有什么事一定要立刻打电话给我，我随叫随到。”

“那我办完事会尽快回来。”姜茶茶说。

“好。”何耀点头。

她回应微笑。

何耀装满笑意的眼神慢慢地落在瓷砖上，凝固成霜。

对，就是这样，他表现得越体贴越恪守本分，只会让茶茶越感激越清醒。有时候跟在身边反而累赘，也做不了什么，远远地待着效果更好。

更何况，他还有最后一招撒手锏。

何耀抿了一口牛奶，闭上眼睛，仿佛嗅到了即将到来的胜利气息。

这边，姜茶茶坐上顾南风的车，余光偷偷看向顾南风的左脸。

昨晚，何耀打的一拳是在左脸上吗？她没看到瘀青。

姜茶茶定定心神，看向前方："我们这是去哪里？"

"去政府门口。政府人员十点上班，去抗议拉横幅的人也会在这个时候出现。"顾南风仍旧是淡淡的语气，一副公事公办的口吻。

姜茶茶微微蹙眉，虽然有些不习惯他这样的转变，但心里还是欣慰的。这样也好，正事速战速决，就可以各归各位。

车子疾驰地开着，很快到了政府门口。

欧式风格浓厚的政府单位前有着几百阶的楼梯，已经陆陆续续有人开始在楼梯上来回走动，晃动的横幅隐约可以看到。

姜茶茶观察着，听到顾南风在旁边说道："看到那个金色鬈发、戴眼镜的女人了吗？她就是这场抗议的组织领导者，我本来想抓她过来直接问她是谁指示的。"

"不行，这样效果会适得其反的。"姜茶茶扭头，赶忙说道。

"所以，就要靠你用合适的方法问出答案了。"顾南风定定地看着她。

姜茶茶迅速收回目光，表示知道了，然后拿过包下车。

她走过去，台阶上的人越聚越多。

那个金发女人喝了水后，就拿过横幅指挥其他几个人拉起来。

姜茶茶跑上台阶，冲她打招呼。

姜茶茶向对方表明自己的身份，表示希望可以和她聊几句。

金发女人看了看姜茶茶，蔚蓝色的眼睛透着一丝警惕和游离。

姜茶茶从包里抽出一张现金塞进她手里，女人立刻嘴角上扬，点头说"OK"。

两人到了一旁。

姜茶茶先是向对方打听度假酒店的污染情况的事，女人滔滔不绝，说得十分详尽，就好像亲眼所见一样。

姜茶茶不置可否，随即问了些她个人的一些情况。女人表示自己只是小岛上普通的居民，不忍美丽的家乡被破坏，所以要义无反顾地站出来。

姜茶茶点头，最后冷不丁地问她是不是受人指使时，她的目光先是一愣，随后愠怒地指责起姜茶茶心怀不轨，恶意扭曲。

金发女人不等姜茶茶再说什么，径直走向同伴，对着政府大门一遍遍地喊着抗议的口号。

姜茶茶回到顾南风车上，顾南风问："怎么样？"

"她说到你的度假酒店是怎么被发现污染源，怎么违反政府警告规定，了解得十分详细，像是提前熟悉过台词一样。说到自己时，她只说自己是岛上的普通居民，三言两语带过，不愿多说。最后，我试探了她一下，她情绪激动，恼羞成怒。很明显有问题。"姜茶茶皱眉道。

"普通居民？"顾南风冷哼，"我查到的可不是这样。她叫露易丝，二十八岁，是小岛上的女混混，赌博、抢劫什么都来。几个月前，她进入一个邪教组织，因宣传不当言论被抓了起来，才放出来没几天，就盯上我的度假酒店了。"

听到这样的背景资料，再看看那个金发女人，姜茶茶没办法立刻把这些情况联系在同一个人身上。不过想到刚才她把钱塞给女人时女人那贪婪的表情，她便说道："你的意思是，她是为了钱受人指使。"

顾南风睨着她："这不是明摆着吗？"

"可如果真是这样，你收买她不就好了？"姜茶茶的脑袋后缩一寸，将顾南风上下打量，突然觉得这个问题如此清晰而简单，为什么某人还这么为难？

"你以为我没收买过吗？"顾南风默默翻了一个弧度不大的白眼，"她油盐不进，拒绝和我方做任何交易。"

姜茶茶微微皱眉："难道她背后的金主比你出的价格还要高，所以你才打动不了她？"

"起初我也是这么认为的，不过如果是我的商业对手搞的鬼，我不可能查不到。现在我更倾向于这个露易丝不是单纯为了钱。"

"不是单纯为了钱。"姜茶茶嘀咕这句话，脑海里突然浮现出"海洋记者"的私信内容。

"你在想什么？"顾南风见她出神，打了一个响指。

"哦，我是在想你准备好下海的设备了没有，我们需要拍一些海底的真实视频 PO 到网上去，有时候最有利的反击就是有图有真相。"姜茶茶回神说道。

顾南风看向司机："开车。"

小岛和巴塞罗那海域相连，但中间也是隔着一小片空隙，所以车子只能开一段，还要坐快艇过去。

顾南风扶姜茶茶上快艇，两人直奔小岛。

小岛上已经处于停工状态，不过酒店雏形已成，依稀可见其漂亮壮观的模样。而酒店一旁靠近海边的位置挖了一个巨型的长方形坑，好像是游泳池的样子，又好像不是。

顾南风看到姜茶茶疑惑的目光，解释道："这里是要做一个海底餐厅。入口在地面，客人走下盘旋楼梯，进入玻璃罩住的海底区域，进入视觉和味觉享受的双重空间里。"

姜茶茶拧眉："可是这样是破坏岛上原本的结构，而且这么大的工程，流失的泥土会被运去哪里，会浪费掉多少，你都没考虑过吗？"

顾南风棱角分明的脸庞沉淀下阴影："商业范围里的利益筹谋，一点都不破坏环境和浪费资源是不可能的。我能做的，就是最大范围内做到最少的破坏。"

姜茶茶怔了怔，在来这里前，她顶着“海洋记者”的压力，决定要为顾南风把这层污蔑揭开。她坚信，他维护大海的梦想绝对纯粹，绝对不会做一点点“海洋记者”所说的那些事。

可是现在，他不是这么清白，他的话像一记响亮的巴掌打在她的脸上。

姜茶茶垂眸哑然。

“你现在还愿意帮我吗？”顾南风见她不说话，上前一步，“除了这个海底餐厅，还有一个游乐场，没有其他的了。挖出的土有些沉到了海底，大部分打包上车和建筑垃圾一起送到固定的收容场，没有像舆论上说的那样直接扔进大海，这一点我可以保证。”

姜茶茶扭过头去：“记者就是要报道客观的真相。我来这里不是为了帮你，而是为了报道真相，希望你能明白这一点。”她的白色球鞋站在松软塌陷的岸边，海水越过鞋面浸湿了鞋袜。

阵阵海风扑面而来，似乎在吟唱这里所承载的变动。

“我明白。”姜茶茶听到身后的他自嘲一笑，似在自言自语又像在跟她说，“我怎么会奢望你会毫无原则地帮我。”

姜茶茶被这话刺痛了，她扭头看向他，声音不由得提高了几个分贝：“所以你让我参与这件事，是为了帮你隐瞒‘罪责’的？”

“不。”顾南风不回避她的目光，“我是想说，幸好我没有什么‘罪责’能让你隐瞒。我是想说，幸好你还是那个据理力争的姜茶茶。”

在学校，我们在食堂对决，不打不相识；我以为你是为了赚钱没有原则的女生，你以为我是不务正业的纨绔子弟；我们二人以误解开始，在真相里深知。

幸好，外界变了，真正的我们都还没有变。

“如果你要把我做的不完善的地方一同报道出来，我也不怪你。”顾南风扭头看着海底侦查员抱着东西走过来，“我们下水吧。”

入海，海底侦查员游在最前排，呈半包围的守护梯形，姜茶茶和顾南风跟在后边。姜茶茶以摄像机当眼，把四周的情况都拍摄在内。

因为过度施工，初潜层的部分海水的确是浑浊的，但慢慢地潜入到深处后，海水的能见度逐渐恢复好转。比起上次来，白色污染垃圾也不再随处可见。

被鲨鱼攻击在前的阴影，姜茶茶不时地要分心关注前边侦查员手里的旗子，如果前边有危险，他们就会举红旗。那前方的静谧辽阔，在姜茶茶看来，总有些恐怖，总觉得下一秒会突然出现鲨鱼的头。

顾南风似乎看出她的担心，用手势比画着让她不用担心，并从腰间拿出鱼食盒开始领着鱼群起舞。

他似乎受过训练，懂得怎么吸引鱼群以及逗弄它们。

在姜茶茶的镜头里，冰冷真实的记录氛围突然变得轻松愉悦起来。

顾南风时而和那些鱼群一起随海水漂流，时而忽上忽下，时而调皮地转个三百六十度，五颜六色的各色鱼群就像他手里的画笔，随心所欲制造出一幅幅夺目的画来。

就算是为了宠爱她的镜头特意为之，她望着望着，还是不由得出了神。

他仿佛在笑，即便隔着防护帽看不清脸，她还是能感觉到他的快意和幸福。

海水折射的光，像舞台上独有的光芒，落在他的身上镀了一层银色。

姜茶茶不争气地被这种柔软的感受打败了，怎么可以这样？怎么只是看着喜欢的人有幸福的感觉，自己就开心成这样呢？

如果说何耀给予的幸福是清晨、包子、平凡的热气，那顾南风给予的就是蓝色、炫目、魔幻的心动。

无法比拟，却足以让人深深纠结。

很快，一阵急流袭来，将鱼群打乱，它们受惊，很快离开。海底侦查员纷纷扭头，冲顾南风和姜茶茶伸了黄旗。

这是海底出现不明情况而给的提示和警告。

顾南风拉过姜茶茶要往上游，这时急流再一次卷动而来，姜茶茶感觉自己的身体翻了个个，手里抓着的东西瞬间脱落了！

待她反应过来，便看到摄像机一直往下沉！

姜茶茶本能地朝摄像机游过去，慢慢地，脚下的黑色竟浮现了锈红色，好像是那种硫磺泉在喷涌。

顾南风游过来拉住姜茶茶的手，姜茶茶也勾到了摄像机的带子。

顾南风的力道往上，可脚底下那奇怪的颜色勾起姜茶茶强烈的好奇心。她推开他的手，开始往下游。

那喷涌的锈红色也越发地清晰，不是一处，而是好几处。

姜茶茶用力望去，居然看到很多死鱼的尸体。而那些锈红色的喷涌点还在很下面，她把摄像机对准那些，放大焦距，全部记录下来。

这时，顾南风不由分说地拽着她就往上走，其他侦查员也过来帮忙，围簇着他们往海面游。

一番折腾，他们平安地回到岸上。

姜茶茶费力地把防护帽脱下来，看向顾南风就问：“那些是什么？”

顾南风装傻：“你指的‘那些’是哪些？”

姜茶茶皱眉：“那些锈红色的喷涌，还有死鱼。”

顾南风起身，把难脱的潜水服脱下来：“海域那么大，那么深，神奇的事情有很多，我怎么知道？”

姜茶茶站起身，沉重的脚蹼让她抬腿都困难：“你真的不知道？那你干吗阻止我？”

顾南风把毛巾盖在头上，叹了一口气，走过来扶她重新坐下：“黄旗一举，说好我们就要撤回岸上的，你一意孤行，我怕你有危险。”

说着，他帮她脱下脚蹼，又帮她把她的潜水服脱下来。

姜茶茶抓过放在一旁的摄像机对准顾南风："顾总，你确定你刚才说的都是实话吗？"

顾南风微微一怔，盯着拿在她手上的摄像头，出汗的脸庞露出无奈的苦涩。

他思索片刻，重新抬眸，眼神坚定："海底那些锈红色的喷涌，大概是我命人凿了礁石后，才变成这样的。"

"海底餐厅要放置倾斜的长方形玻璃箱，除了在岸上固定之外，海底也要找一个绝对的固定点才可以保证万无一失，为全方位的景观不被破坏，肉眼能看到的地方不能露骨地加固。而那些礁石也妨碍了放置玻璃箱的位置，所以我命人将那大片的礁石改变形状。

"只是我没想到那几块礁石内有乾坤。勘测专家去看过，那是有毒的石头鱼。它们最擅长把自己伪装成礁石来躲避袭击，一旦受到攻击就会发出有毒的气体。那些死鱼就是这样来的。

"虽然我及时喊停，但不管怎样，这件事我很抱歉。"

姜茶茶坐在自己的房间里，反复地看摄像机里顾南风的诚恳独白，手在键盘上犹豫不决，空白的文档里始终没有输入一个字。

她把摄影视频拨到第一秒，重新开始看。

顾南风说，他是一个商人，在利益的筹谋权衡中，不可能不做一点点的牺牲和破坏。

他也说，他对自己的决策和过失感到抱歉。

他要保护海洋环境是真的，他要打造度假酒店也是真的，他逗弄鱼群是真的，他有所隐瞒也是真的。

每一个都是顾南风，每个又都不是他的全部。

姜茶茶遇到了史上最难写的海洋报道。

如果秉承事实报道，那顾南风的这些瑕疵就会被放大，辩白的作用就会大大减弱；如果删除掉他的过失，把视频和报道有所美化，那就有违记者操守，有失真实。

望着文档上已经打好的“海笑”这个名字，姜茶茶烦心地捏鼻梁。

这时手机响了，是微博有新的私信。

“海洋记者”催促她进展如何。

姜茶茶盯着发白的手机屏幕，回复道：“今晚会写好。”

回复完毕，她把手机用力扔向床头，听到一声闷响，心里这才好受一些。

坠入夜色的石头街，因为度假酒店遭遇舆论攻击，关了几间店铺。原本的热闹少了，彼时多了一分宁静。

顾南风卷着袖子，穿着一身休闲服出现在这里。

他拖着长长的身影，沿着店面散步。

不知不觉地，他走到了那间酒吧前。

想到姜茶茶说老板已经走了，酒吧也不营业了，顾南风不由得驻足那里，微微出神。

因为这门口的粉色灯箱还亮着，里边虽然昏暗依旧，但有人走动。

顾南风推门进入，戴着眼镜的老板跟之前一样迎上来：“欢迎光临。”

顾南风环顾四周：“听说你不开店了。”

老板一愣，不好意思地笑了笑：“嗯，是关了几天店。”

顾南风在吧台入座，老板亲自给他调酒。

顾南风问：“为什么？”

老板手法娴熟地把鸡尾酒倒进调酒器里上下翻动：“我去参加她的婚礼了。”

顾南风微微眯眼睛：“不是去抢婚的？”

老板又是一愣，腼腆地扶了扶眼镜：“怎么会，她找到了幸福，我……我开心还来不及。”他给顾南风调了一杯蔚蓝色的酒，浮冰的上方放置一颗红色樱桃，颜色冲撞又相辅相成。

顾南风把酒杯转了个圈，目光落在樱桃上：“骗人。这算什么？眼泪吗？”

老板听出顾南风的嘲讽，自嘲一笑：“她主动出现，我喜出望外，受宠若惊。我以为我是守得云开见月明了，可她是带着结婚请帖来的。她真心诚意请我去法国参加她的婚礼，那一刻，我就知道我该死心了。”老板给自己倒了一杯鸡尾酒，抿上一口，虚无的目光仿佛又见到了心上人一般，“只要她幸福就够了。”

“现在的人，都太不懂得争取。为自己的懦弱找借口，把自己的不争取叫作守候。”顾南风拿起酒杯豪气地饮上一大口，那锋利的酒精划破喉咙，发出跳动的灼烧感，他痛快地扬眉，又飞快地皱起。

“那如果顾总是我，你会怎么办？”老板有些好奇地望向顾南风。

这回轮到顾南风一愣，愣完他说道：“如果是我，我会直接抢走新娘子，然后告诉她，这个婚她不能结，她的幸福不能由别人书写。”

“为什么？”

“因为最爱她的人是我。”

“可是你怎么就知道，她的选择不是比你更爱她的人呢？”

顾南风和老板四目相对，一时间谁也没有再说话。

顾南风微微皱眉，把剩下的一半酒一饮而尽，啪地把杯子拍在桌上：“别人我不知道，我也不想知道。我只知道，不能放手就对了。”

老板垂眸，半晌道：“不是每个人都能做到跟顾总一样勇敢的。”

顾南风把空掉的酒杯推给他：“再来一杯。”

老板给他倒酒，又问：“顾总不能放手，所以不会和唐小姐结婚，可是为什么你没和那位小姐一起来呢？”

顾南风抬眸哑然。

这回老板给他倒了一杯温和一点的水果酒："难道顾总和她吵架了吗？"

"不知道。"顾南风苦笑勾唇，"或许这个世界上没有人是勇敢的，有的只是信念而已。"

我爱你，是信念。

信念驱使我勇敢。

顾南风从酒吧里出来，再次看向那粉色灯箱。

这个灯箱里的灯点着是为了等她回来，现在他等的不再是人，而是心里的那份归属吧。

那么自己呢？自己又在等什么？

等姜茶茶的报道，还是等两个人之间的柳暗花明？

这个夜晚，注定无边无际，漫长无比。

当天边的鱼肚白冲破天际，缓缓而升时，空气里开始沸腾起一丝丝的热闹。

顾南风被电话声吵醒，他把手机挪到耳边，听到了那边传来唐美妮急切的声音："顾南风！不好了！现在铺天盖地到处都是度假酒店的新闻！你看报道了吗？"

顾南风艰难地睁开眼睛，头在酒精的作用下还隐隐发疼，唐美妮的话听不出个逻辑来，只是从紧迫的语气里听出不妙。

他打开手机，看到网页头条是——顾氏小岛度假酒店污染真相在此。点进新闻内容，最先映入顾南风眼帘的是"海笑"这个笔名。

通篇内容放大了顾南风在施工方面的过错，附上的视频也是经过剪辑的，他自述那些过错的话被反复播放，几乎是把度假酒店造成海洋环境污染的罪名坐实！

顾南风彻底醒酒了。

他打开电视，电视上也在播放关于度假酒店的最新消息，那个带头的金发女人组织群众和当局爆发了一次冲突，警察控压造成混乱局面的新闻也是甚嚣尘上。

怎么会变成这样?

他第一反应就是打电话给姜茶茶,可有人先打给了他——顾启。

“喂，父亲。”

“事情怎么会突然变成这样?那个视频是怎么回事?那里边的人真的是你吗?”

“父亲。”

“你知不知道集团的公关部快要被该死的媒体打爆了?现在这件事上升到国际影响，严重性可大可小。”即便是见惯了大世面的顾启，此时沉着声音控制着情绪，顾南风也明白，这绝不是吓唬。

“父亲，我会处理好的。”此时多说无益，顾南风只有给出这样的保证后挂掉电话。

硕大的房间一下子安静下来，电视上主持人的声音一下子被拉到好远。

顾南风的脑袋像炸过的战场，混乱极了。

海笑，姜茶茶……姜茶茶，海笑……

他们是同一个人吗?居然是同一个人?

最近几年经济快速发展,环境失衡的问题得到很大程度的重视,可以说把海洋环境挪到大众视野中，并且成为一种流行来关注的功劳，是“海笑”一举担起的。

它在媒体上用文字的记录形式来让海洋环境知识得以普及，通过平实、生动的视角来让大家更容易接受。

读者对他很是追捧，相当于每一个动作都是受到大关注的。

所以，如果别人报道度假酒店的受关注程度是百分之九十的效果，那“海笑”执笔就是能得到 double 的效果。

“我来这里不是来帮你，是为了找出真相。

“你真的不知道？那你干吗阻拦我？

“顾总，你确定你刚才说的都是实话吗？”

……

顾南风的心在不由自主地颤抖，他深吸一口气打给姜茶茶。

“嘟——嘟——嘟——”

每一声的等待都显得格外漫长，顾南风屏息间眉峰一点一点地高耸。

直到三声响完，顾南风隐忍的怒气被彻底点燃。

他把手机狠狠地摔向角落，四分五裂。

“你为什么不接电话？姜茶茶，你为什么不接？”

难道你不知道你这样避而不接，是变相地承认吗？

顾南风抓过衣服胡乱套上，夺门而出。

他要去找她，当面问问她，这到底是怎么回事？

她口口声声说秉公报道，就是这样秉公报道的？

他一直很欣赏的海洋报道者海笑，居然就是一直在自己身边的姜茶茶？

不，这一切一定不是真的。

顾南风跑下楼，就看到了一群记者急切地朝他冲了过来。

“顾总，请你说明一下，报道上的视频是真的吗？”

“顾总，你是不是考虑要把度假酒店彻底关闭？”

“顾总，作为你接班顾氏的第一个投资如此失败，你有什么感想呢？”

……

要闪瞎人的闪光灯齐齐照着他，就像刀光剑影一样不肯放过，记者们尖锐的提问更像层层锁链困住他！

顾南风就在被包围中，一眼看到了站在门口的何耀和姜茶茶。

姜茶茶就这么和何耀并肩，静静地望着他。

两个人隔着一个大厅的距离，顾南风站在台阶上，她站在门口。

逆光的方向，姜茶茶看不清他的脸，但能感觉到他在看她。

他的目光带着错愕、询问、痛苦、难过！

不，她想跑过去，告诉顾南风，这一切不是她做的！

她想跑过去让他相信她！

“你觉得还来得及吗？”何耀的声音在这时悄然响起，“以你‘海笑’的名字发布的内容，视频是你亲自拍的。”

“那是你偷了我的笔记本和摄像机，是你篡改的！”姜茶茶死死地拽紧拳头，指甲嵌进手心都不及心里的疼！

那次手机不见，何耀把手机递过来让她登入挂失，她怎么也想不到他是别有用心的，他偷窥了她所有的信息！

她怎么就忘了他是科技公司的负责人！

“你现在跑过去，对那些记者说这些是误会，说报道不是你写的，那么你是‘海笑’，你和顾南风的关系就会曝光。舆论又有新的一波可探寻的谈资，再加上在国内苦苦等待顾南风的未婚妻唐美妮，这八卦可要热火一阵子了。最重要的是顾南风，他会相信你吗？”

姜茶茶扭头，迎上何耀十分平静而坚定的视线，不由冷笑：“这些话你想了很久吧？”

字字戳心，无法反驳。

“跟我走吧，你现在唯一可以做的，就是安静地离开。”何耀将她的痛恨全然接受，转身拥过她僵硬的身体，上了早就安排好停在门口的车。

这一刻，他等得太久。

他也曾犹豫过要不要做得这么狠绝，他也曾想过只把文章和剪辑后的视频发给顾南风，让他知道“海笑”就是姜茶茶，“海笑”并不想帮他而是想陷害他这一点就够了。

可是最后，他还是选择直接 PO 上网，让这份背叛彻底见光，让顾南风彻底误会姜茶茶。

只有在无比巨大的震撼下，顾南风才会放弃姜茶茶。

只有这样，两人才会断得干干净净，姜茶茶才会彻底放下顾南风。

车子疾驰而行，姜茶茶像失去了灵魂一样靠在车门边一言不发。

不知道过了多久，何耀听到她说："你这么做，也是彻底断了我们之间的情分。"

"我知道。"何耀看向前方，"我不求你的原谅，我只是想帮你和他断得干净。"

姜茶茶冷哼出声。

"你在微博上默默关注顾南风，留意他每一个动态；他对海域有疑问，你用他察觉不到的方式进行解答；你把他化名为M，诉说着思念；你购物车里放置了很多他喜欢吃的外卖；你……"

"够了，别再说了！"姜茶茶像一只受伤的刺猬，被掀开了所有的伤口，"何耀，你卑鄙！偷看别人的隐私，还直白露骨地宣之于口！"

"对，我是卑鄙！可是我不会骗自己！"何耀也被激怒了，他隐忍多时的情绪终于找到一个出口爆发，"我不会跟你一样，明明心里还想着，却跟全世界否认！姜茶茶，你口口声声说放下，就是这样放下的吗？"

姜茶茶喘着粗气，嘴唇都被咬破了："那也不用你管，你凭什么……"

"我也不知道自己为什么会变成这样。"何耀皱眉，"我只知道我同步着你的手机，同步着你的内心，我就控制不住自己。茶茶，我比我想象中还要喜欢你。"

"不，你不是喜欢我，你只是恨顾南风，恨他抢走了你的唐美妮，恨他喜欢我。你只不过是讨厌这种输的滋味罢了！”

“为什么你不相信我喜欢你？”何耀扳过姜茶茶的双肩，刹那间脸色变得十分可怕，“你为什么就不能相信我一次？”

姜茶茶瞪着他，没说话。

前边开车的司机颇为担心地看了一眼后视镜。

剑拔弩张中，何耀瞪大了眼睛，松开姜茶茶，继续说：“你放心，替他澄清的事情我之后会做，他的事业不会受到影响的。”

全世界都可以帮他，只有她不可以。

姜茶茶闭上眼睛，一滴泪从眼角悄无声息地滑落。

为什么事情会变成这样？为什么她只是想默默地躲在角落陪着他，这一点小小的心愿都不被允许？

为什么？

“你想打我，想骂我，都随便。”何耀轻轻地叹了一口气，“我不会后悔这么做。”

“你不配。”姜茶茶把头用力地抵在玻璃窗上，咬唇间冷冷地丢出这三个字。

何耀扭过头望着车窗外，暗暗把拳头握紧。

飞回国内，机场里，金小灿和赵浩子来接他们。

姜茶茶径直越过他们，金小灿怎么喊都喊不住。

何耀静静地望着头也不回的姜茶茶，没有追上去。金小灿见状，只好撇了赵浩子，朝姜茶茶追去。

惹得赵浩子很郁闷地哭丧着一张脸：“阿耀啊，你又和姜茶茶吵架了？”

何耀垂眸，没有说话。

那边，金小灿追上姜茶茶，一把扯过她的行李箱：“姜茶茶！姜茶茶！”

姜茶茶沉着脸扭头，看到只有金小灿一个人，神色稍稍好一些。

“行了，我们坐出租车。难不成机场离学校那么远，你想靠两条腿走回去啊。”金小灿也不多问，帮忙拿过行李说道。

姜茶茶的脾气金小灿很清楚，想要撬开嘴不容易，于是金小灿就自顾自地说起来：“你离开这几天啊，外卖快要忙死了，我一个人根本送不过来，幸好浩子找了人手临时替补。我们赚了好多呢。

“哦，对了对了，江教授洗澡的时候不小心摔倒了，摔断了腿，来给我们上课的时候样子特别滑稽，哈哈哈……

“还有还有，唐美妮没怎么来学校上课了，难得出现几次还都是一大帮人前呼后拥的，那架势特别女王。”

“我和何耀没有吵架，没有误会，但我和他之间再也没什么关系了。”姜茶茶打断金小灿的话，说出她想知道的。

金小灿抿唇，小心翼翼地望着她：“所以是因为顾南风？”

“顾南风”这个名字，金小灿说得很轻很轻，不过还是对这个存在避无可避。

“是因为我自己。”窗外熟悉的风景滑过视线，像抓不住的流沙终于要错过。姜茶茶气若游丝地往金小灿的肩膀靠去，“小灿，我累了。”

金小灿下意识地挺直腰板，惴惴不安的心被发配到更加疑惑的荒芜地带。她不知道这次姜茶茶去巴塞罗那到底发生了什么，她只知道顾南风也去了巴塞罗那，顾氏度假酒店的事受到新一轮佐证的抨击，情况令人焦头烂额。

这好像是一个巨大的火球，烧到了众人的八卦视角，也烧到了姜茶茶和何耀。

回到学校，姜茶茶来了一次宿舍大扫除，再把带去巴塞罗那的衣服拿出来全部洗了，最后才去教室找江教授报到。

在金小灿看来，姜茶茶又回到了之前把自己置于一刻不停歇的忙碌中，不，是更疯狂的那种。

金小灿不敢劝，她默默地跑去找赵浩子，想从赵浩子这边得知事情的经过。可是赵浩子和她一样，对于既是老板又是朋友的何耀不敢过多打听。

两个人一同的默契显示这次情况十分严重，不是闹着玩的。

金小灿跟在姜茶茶身边四五天，眼睁睁地看着她整个人像行尸走肉一样，能交谈的话不超过十句。

金小灿终于憋不住去找何耀，可是何耀只是给她一句话：“我尊重茶茶的一切决定。”

第十三章 时间会冲淡一切的

姜茶茶不再用手机，把手机丢进抽屉里锁起来，上课就按照时间表走，其他什么事金小灿会通知她。不上课的时候，她就照料生意，再不然就是把自己泡在健身房里，晚上再去姜达那里帮忙卖关东煮。

姜茶茶是“海笑”，随着新闻的曝光也根本瞒不住，传扬开来。

姜茶茶听之任之，不承认也不否认。最高兴的莫过于江教授，他对姜茶茶报道热点、抢得先机的做法十分得意。虽然姜茶茶瞒着他以“海笑”的笔名发表了他最看不惯的冷门海洋报道，但“得意门生出名”这件事，就足以让他对其他的既往不咎。

姜茶茶努力地关上耳朵，不去了解顾南风的动态。

她不知道是因为自己听到了顾南风的消息会有什么感觉，还是因为觉得自己已经没有了去关心他的资格。

路过顾氏集团，看到那擎天柱一般直插云霄的大楼，姜茶茶的心总是很不舒服。那天，在巴塞罗那的酒店，被一群记者围攻的顾南风，眼睛直直地望着她的顾南风……

姜茶茶觉得自己是一个逃兵。

“茶茶，在想什么呢？”姜达收了几个小学生的钱，转身放进铁罐里的时候，看到收拾东西的姜茶茶又出神发呆了。

姜茶茶回神：“哦，没有啊。”

姜达拿过勺子搅动了一下高汤，从塑料盒里又拿出几串新的食材放进去：“这几天你过来帮老爸的忙是不是累着了？总爱发呆出神。”

“没有，我不累。”姜茶茶把一次性的塑料杯扔进垃圾桶，敷衍地笑了笑。

“那个斯文的小伙子呢？怎么都没见到他了？”姜达眨眼，略吃力地想了想，“他的名字是叫何耀，是吧？”

“他不会来了。”姜茶茶用抹布用力地擦桌面，整个手推车都跟着晃了晃。

姜达并不意外她这么说，把火调小了一点，格子间的咕噜咕噜声小了一些：“顾南风在巴塞罗那的度假酒店重新开工了。”

姜茶茶对姜达突然提到这件事感到意外，手微微一颤。

“说是搞抗议的组织者收受贿赂，几个记者再次探查，还了顾氏的清白。舆论的风向变了，这件事才会大事化小，小事化无。”姜达并不知道女儿是“海笑”，也并不知道她和顾南风在巴塞罗那发生了什么。他努力地回想看到的新闻内容，对姜茶茶说。

“爸，别人的事，我们不要管了。”姜茶茶将饮料瓶一个个踩扁，叠加放好。

“我以为你会想知道。”姜达望她。

姜茶茶没说话，盯着一个个空的易拉罐变扁，两头翘起，只觉得小腿肚微微发颤。

没事就好，总归何耀没食言，总归顾南风的梦想没有被她真的破坏。

这时，又有一批从补习班出来的初中生过来了。看到姜达，其中一个女生问：“大叔，那个帅哥哥呢？怎么不在吗？”

姜达笑呵呵地说：“嗯，不在，你们也早点回家吧，别吃夜宵了。”

“啊？你不做生意了啊？”一群学生哭丧着脸。

姜茶茶把收着易拉罐的网收紧一些：“爸，现在九点都还没到。”

姜达笑呵呵地抬起手推车：“今天就到这里吧，我们早点回家。”

姜茶茶帮忙一起推车，想到刚才那群学生有十几个，不由得啧啧可惜：“刚才应该也有几十块进账呢。”

“你真是一个财迷。”姜达宠溺地瞅了她一眼，“钱是赚不完的。”

姜茶茶不好意思地反驳：“我是看时间还早，所以……”

“茶茶，今晚我们吃火锅吧。”姜达突然提议。

“好啊。”

回到家里，姜达从冰箱里拿出早就备好的食材，让姜茶茶调好调料。父女两个忙得不亦乐乎，围着餐桌又是打火，又是端盘子。

看着锅里的汤咕噜咕噜冒泡，四散飘香，姜茶茶忍不住问：“爸，你怎么突然想起今天吃火锅啊？”

“吃吃煮煮，再聊聊天。”姜达给姜茶茶倒红酒，“火锅最合适。”

姜茶茶意识到什么，故作忘了拿醋，起身：“哎呀，醋没拿，我去……”

“不用，醋在这儿。”姜达按住她，把自己的调料碟推过去。

姜茶茶见躲不了，便只好直接开口：“爸，我不想谈。”

“我都还没开口，你怎么知道我要说什么？”姜达夹起刚放下去的生菜，转眼间筷子间便是清脆诱人的绿。

姜茶茶看向姜达，挤笑道："知父莫若女，我和老爸这一点默契还是有的。"

姜达点头："所以啊，知女莫如父，你不开心，难道老爸看不出来吗？"

姜茶茶的鼻子一酸，侧过脸去。在巴塞罗那眼睁睁地看着顾南风误会自己，她没有哭；在回国的飞机上，她没有哭；回来忙碌的这段时间，她忘记了哭；刚刚得知顾南风终于安好，她不能哭。

现在，父亲就坐在她对面，一句"你不开心"，将她这坚强的外衣撕扯得支离破碎！

半晌，姜茶茶抹了把脸，夹菜进嘴里："爸，时间会冲淡一切的。你说过，一切都会好起来。"

姜达苍老的面孔浮现一丝苦涩的微笑："是啊，一切都会好起来的。可是心里想着一个人，没那么容易忘记。"他把她最喜欢吃的毛肚放到盘子里，"爸爸只是怕你会记一辈子，那样你一辈子都不会快乐。"

一辈子？

这三个字真沉重，就像一座大山压下，让人喘不过气来。

姜茶茶望着姜达，曾几何时，他意气风发的帅气脸庞被一点点地爬满了岁月的痕迹，能依稀想象到年轻时有多少风姿，现在就能看到多少沧桑。

她的长大和他的变老，都在不知不觉间发生。

"爸，一辈子有多长？"

"一辈子说长不长，说短也不短。"姜达微微一怔，"弹指一挥间，但是每次在我想你妈妈的时候，时间就会停止。"

姜茶茶点点头。

她明白。

妈妈是海上医生，和爸爸是在船上认识的。那时，爸爸还是一个大富豪，出海出国办事是家常便饭。那天爸爸上了游轮，和一个西班牙的商人见面，突然觉得心脏很不舒服，于是妈妈就被船上工作人员请到房间给爸爸诊治。

爸爸说，他睁开眼睛看到妈妈的那一刻，就好像是一颗彗星坠入了心里，从此之后再也看不到其他色彩。

爸爸的年轻俊朗、谈吐不凡，也让妈妈十分倾心。

两个情谊相投的人，恋爱的前奏根本不用铺就太久，就这么在一起了。

在海上的漂泊总会让人不安，会驱使人主动去寻找强烈的安全感，妈妈嫁给爸爸后脱下白大褂，希望在家里当一个贤妻良母。

在她出生之前，父母的确有过十分幸福快乐的生活。

好景不长，女儿出生了，爸爸的生意也跟着跌入谷底。

妈妈陪着爸爸尝试过好几次，可每次都以失败告终，然后别墅换成了租房，月入不菲到月不敷出。

于是，妈妈重新穿上白大褂回到海上。

她能看到妈妈的次数越来越少，直到爸爸带她去找妈妈。

他们终于看到妈妈，看到妈妈正和别的男人在一起，举止亲密。

她永远都记得那个男人的手搭在妈妈的肩上，妈妈扭头看到她和爸爸时的惊愕神情。

爸爸什么都没说，拉着她转身离开。

后来，她就再也没有见过妈妈。

她哭过，恨过，撕心裂肺地质问过。

可是每一次，爸爸总是那一句“你妈妈舍不得大海，走了”。

于是，她和海洋之间就有了牵绊。

她不知道该怎么形容这种感觉，从一开始的抵触到后来长大，试着去了解妈妈的内心感受，抵触就变成了期待和守护。

或许，恨解决不了问题。

或许，只要妈妈待的地方是蔚蓝清澈的，她心里充满幸福，这样的话就能想起她和爸爸来。

所以她抱着这个信念，尽管被爸爸要求念新闻系，但还是默默地关注起海洋环境保护，一有时间就去旁听海洋生物系的课，开始以专业的视角探索这片神秘的领域。

而扎进这片领域后，因为了解而热爱，因为热爱而拥有了使命感。

姜茶茶似乎慢慢能够明白妈妈被大海吸引的点在哪儿。

当然，不可否认，每次她看到姜达一个人坐在床头喝酒，每次她做噩梦醒来，想要妈妈时，时间都是停止的。

时间可以冲淡一切，唯独冲淡不了思念。

一切都会好起来，唯独心里的伤，伤了就是伤了。

“爸，我不想骗你，我不知道。”姜茶茶喝了一口红酒，淡淡的苦涩流入喉头，“我不知道能不能忘掉他。或许过两年我就忘记了，或许这辈子我都忘不了。

“不过我唯一知道的是，我不后悔。”

她不后悔认识他，不后悔喜欢他，不后悔爱上他。

“爸爸永远都在，只要你需要。”姜达点点头，舀上一碗汤，“别总是什么事都憋在心里，那样会憋出病来。说出来，总归是轻松很多的。”

姜茶茶点点头，感激道：“谢谢爸爸。”

两人围着火锅吃了很长时间，也说了很多。

借着酒劲，姜茶茶不知道自己到底说了多少话，只知道晚饭结束，待在入夜的阳台，她觉得整个人轻飘飘的。

像这样敞开心扉聊天，她和唐美妮也有过，只是在巴塞罗那的那个夜晚，她谈着谈着就把唐美妮谈丢了。

这一次，姜茶茶不知道醒来后又会发生什么样的事。

她已经小半个月没有睡过好觉了，每每入睡，顾南风那张凝望的脸就会出现。

第二天，姜茶茶是被金小灿的夺命连环电话弄醒的。

“茶茶，茶茶，快起来！江教授又作妖了！”

“嗯？”

“你还在睡觉？”电话那头的金小灿听出姜茶茶根本没睡醒的浓重鼻音，“我就在你家楼下，给你五分钟，你赶紧下来哦！”

姜茶茶皱眉，略有不爽地说道：“金小灿，我可是你老板。”

金小灿挂了电话。

姜茶茶郁闷地坐起身，怎么总觉得某人自从谈恋爱后，腰板越来越硬，眼睛也越来越飞到头顶了呢？

五分钟后，姜茶茶戴着帽子，睡眼惺忪地穿着休闲服出现在金小灿面前：“你最好有要紧的事，不然我杀了你。”

金小灿很满意姜茶茶这身打扮：“很好很好，这么朴素应该可以骗过那些狗仔。走吧。”

“狗仔？什么狗仔？”姜茶茶一头雾水。

金小灿深吸一口气说道：“是这样，我简单地说，就是你匿名‘海笑’火了以后，江教授决定给你开个记者招待会大肆报道一下，现在正有一大拨记者朝这边赶，明白吗？”

这消息实在令人诧异，姜茶茶被震惊得睡意全无，猛地又觉得不对：“不可能啊，以江教授的个性，他要这么做早就做了，为什么要等到现在？”

金小灿拉过她边跑边解释：“你以为他才想起来吗？只不过之前有学校的高层主张低调，可今天早上，你的文章和视频被挖出来是造假的，上了新闻！”

“什么？”姜茶茶一愣。

金小灿着急地扭头看，眼神顿时像绵羊看到狼群般惊慌。

姜茶茶顺着她的目光看去，那些记者果然赶到了。

当务之急是要先离开这里再说，姜茶茶和金小灿快步跑起来。无奈入了这行的都是嗅觉上的精英，不知道是谁先发现了她们，大喊一声："在那边！"

"哇！他们的速度好快啊！茶茶，我们会不会被生吞活剥了？"

"闭嘴，快跑！"

"这边，这边！"

姜茶茶和金小灿跑到小区的侧门，一辆车子及时地停在了她们跟前。

不等姜茶茶看清，车门被打开，金小灿就推她上去了。

车门嗖地被关上，车子扬长而去。

那些追逐的记者顿时被甩在了后边。

姜茶茶这才看到副驾驶座上回头的何耀。

何耀："你没事吧？"

金小灿坐在姜茶茶身边大声喘气："呼，呼，我们，我们没事。"

开车的赵浩子关切地看后视镜："小灿，你得多加强运动。"

金小灿瞪眼："闭嘴！开你的车！"

赵浩子吐吐舌头。

姜茶茶环顾车上的人："到底怎么回事？"

金小灿默默地看向何耀，何耀把 iPad 递过来："你的文章和视频被有心人挖出来再次解读，包括视频原来剪辑掉的画帧都被还原。现在顾氏集团要对此进行污蔑控诉的保留权利。"

姜茶茶看到现在的网页头条都是——顾氏集团被有心人泼脏水，陷入一场舆论风波的阴谋论里，"海笑"被说成是顾氏竞争对手雇用的舆论打手。

姜茶茶的心立刻冷下一大截，抬头看向何耀脱口而出：“这是你干的好事？”

这句话冒着热气腾腾的杀气，把所有人都杀到了。

何耀的脸色没有巨大的变化，但仍然能捕捉到他瞬间被伤害了。

金小灿看不下去，轻推了一下姜茶茶：“茶茶。”

赵浩子皱眉为自己的朋友打抱不平：“这怎么可能是阿耀干的呢？他为什么要这么做？再说了，如果是他做的，他干吗这么担心你，还跑过来找你呢？”

面对何耀，姜茶茶的心已经冷到不行。金小灿和赵浩子两人情真意切的解围，在她听来更像一种不明真相的帮腔。

“你们根本就不了解他。”

何耀拿回 iPad，自嘲一笑：“我知道我现在说什么你都不会相信，不过这件事还真就不是我做的。”

他没过多解释，也没说其他。

何耀指挥赵浩子把车开回到学校：“这段时间你不要出校门，这样会比较安全。那些记者进不来学校。”

他说这话时，没有转头看她。

见姜茶茶开车门下车，金小灿也跟着下车：“何耀，谢了。哎哎，茶茶，你等等我！”

后视镜里，何耀望着姜茶茶的背影，听到一旁的赵浩子感慨万千：“你们到底是怎么了，她怎么对你误会这么深啊？”

“浩子，人不能做错事，一旦错了，就回不了头了。”

“啊？”

茶茶，于你，我是一步错，步步错。

宿舍的门被姜茶茶砰地关上，金小灿以为她是为了何耀不让她出校门在生气，便开口道："其实何耀说的不无道理，你想啊，本来江教授很想让你当咱们系名片，把咱们系的名气发扬光大的，现在突然……那学校肯定会做好防范，不让你被那些讨厌的记者接触到。所以那什么，你乖乖地待在学校里肯定是最安全的。"

姜茶茶低着头，没把金小灿的话听进去，她脑海里只有一个问题在暴风旋转——会是他吗？

这一切会是顾南风做的吗？

在车上，她那么问何耀只是惯性思维，现在仔细想想，如果真的是他做的，那就等于是给她机会和顾南风解释误会，他没有这个理由这么做。

那么，只剩下对她恨之入骨的顾南风了。

可是顾南风是怎么拿到原来的文章和视频的？

这时有人敲门，金小灿去开门，是唐美妮。

金小灿一脸警惕："你来干什么？"

姜茶茶扭头，看到来人，便说道："小灿，麻烦你出去一下。"

"不，我不出去！"金小灿把嘴巴噘得老高。

姜茶茶上前，越过唐美妮："那我们出去说。"

唐美妮看了一眼眼珠子都快要瞪飞的金小灿，转身跟姜茶茶出去。

两人来到宿舍楼下的小花园。

唐美妮说："我不相信之前那篇报告是你写的。"

姜茶茶哼笑："那是当然，这本来就是你和何耀又一起合作的好戏。"

唐美妮微微一怔，细眉微挑："我没有。"

姜茶茶目光犀利地望着她，她歪头："你不信？"

不等姜茶茶说话，唐美妮转而一笑："看来你不是真的了解我，也不了解何耀。我说没做过就是没做过。那次鲨鱼事件后，他就彻底和我决裂，说要保护你，不再卷进我和顾南风之间。而我也不会拿顾南风的事业去算计。”

“是吗？连生死你都算计了，这区区一点舆论，你不敢算？”此时的姜茶茶就像一个初出世的孩童，看一切都是谨慎和陌生的。

听到姜茶茶说这句话时，唐美妮脸上的傲气和自负突然融化进空气，慢慢垮下来：“是啊，生死我都算过了，可还是算不回他的心。”

姜茶茶怔了。

“我今天来找你，是跟你告别的。”唐美妮浅笑扬唇。

“告别？”

“我申请了到国外的大学深造，为了两家的面子，我和顾南风的订婚会无期限地拖下去，等合适的时候再宣告解除。”唐美妮定定地打量姜茶茶，“我退出了，至于你和他，就看你自己的了。”

这个消息突如其来，太过意外，姜茶茶根本没反应过来：“你要走？”

唐美妮飞快地用手背擦过眼角的泪，露出倔强骄傲的笑容：“姜茶茶，我不是输给你，我只是输给自己了。”

他没给我留一丝机会，我根本赢不了。

姜茶茶，你可知道，我有多嫉妒你？

姜茶茶怔了一下，万千言语堵在喉咙处发不出声来。唐美妮就站在她跟前，她却不知道是想拥抱还是想说再见。

“姜茶茶，你后悔跟我做朋友吗？”唐美妮突然问道。

姜茶茶沉默半晌，摇头。

曾经你对我的好，是真的；我们的快乐是真的；属于我们青春的记忆也是真的。

即便我们现在陌路而行，可我不后悔。

唐美妮像得到宽恕后般如释重负，她抱过姜茶茶：“我也是。”

怀抱的温暖被突然抽离，说完再见的唐美妮潇洒地转身。

她就这么走了。

姜茶茶从没想过，唐美妮会以这样的方式来退出这场纷争，她执着的梦就这样放下了。

“姜茶茶，你说我们会一直这么好下去吗？”

“当然会。”

“我希望我们能一直当朋友，一直见证彼此的爱情，彼此的第一个孩子，彼此的老去，彼此的一生。你千万不能离开我啊！”

“好，我答应你。”

……

唐美妮的身影越来越模糊，她们曾经相依偎的画面越来越清晰。

末了，她在耳边的话像一根铁链锁住了姜茶茶的心跳。

“有时候，别只注重表面的，要用心去感受啊，那样你才能发现很多事情。”

很多事情？唐美妮是指什么？

如果顾南风真的相信她，就不会这么久没来找她了。

姜茶茶转身回到宿舍，金小灿给她留了一张纸条：茶茶，江教授急着找你，我先去给你挡着。你快些来！

姜茶茶微微皱眉，拿上包赶去教学楼。

当她来到办公室的时候，没看到江教授。她想了想又赶去阶梯教室，阶梯教室很大很空旷，在那里教训人能有回声，气势瞬间放大很多。所以之前，江教授常常是在那里和她谈话的。

果不其然，姜茶茶抵达教室前门时，就看到金小灿站在讲台上，对着江教授耷拉着脑袋，一副挨训的样子。

姜茶茶迈步进入，开口唤道：“江教授。”

这时，她的余光看到了第三个人。

他坐在她平常爱坐的位置，一身米色大衣，剪短的头发在一旁照射进来的阳光下顶着金光一般；俊朗依旧的脸不知道是不是因为累得瘦了，棱角越发分明；他双手抱臂，散发着沉稳气场，目不转睛地望过来。

那天在巴塞罗那的酒店相对而望后，这是她第一次再见到他。

姜茶茶平复自己的呼吸，强行收回视线，走向江教授问道："江教授，你找我？"

江教授看到姜茶茶，迅速扭头看向顾南风："哦，我找你吗？没有啊，我没找你。金小灿，跟我走！"

江教授跟拎小鸡一样拎着金小灿的一寸后领，金小灿冲姜茶茶挤眉弄眼。

两个人像一阵风一样越过姜茶茶，就这么离开了。

教室的门砰地被关上。

空旷的教室里立刻寂静无声。

姜茶茶快步走到门口，想开门，就听到顾南风的声音悠然传来："是我做的。"

顾南风起身，一步步朝姜茶茶走下来："你知不知道'海笑'真的很有名，所以她的文章一出来就等于给度假酒店判了死刑？

"你又知不知道我花了多少工夫，把这件事的风向转回来？

"姜茶茶，你口口声声说的公正，口口声声说的不会帮我，都是假的。

"姜茶茶，你还有什么是骗了我，到现在还没说的？"

姜茶茶静静地站着，感觉到顾南风步步逼近，他蓄势待发的质问如无形的鞭子落在了她的身上。

"我竟不知道，我的偶像一直都待在我的身边。"顾南风伸手扳过姜茶茶的下巴，"默默地躲在角落，暗暗地看着我犯傻，你是不是很开心？”

那一天他误会的眼神和这一刻重叠，姜茶茶的心猛地一紧，苍白而无力地说道：“不是的。”

“那是怎样的，你告诉我。”顾南风低头问道。

唐美妮的放手让她觉得现在可以说出真相，可是她说了，他会相信吗？

“如果我说那些报道都不是我写的，也不是我剪辑的呢？”

“那天早上，你为什么不解释？”

“我……那时候你已经和美妮订婚，我想将错就错跟你断了。”姜茶茶的解释听起来显得格外无力。她看到顾南风满眼的愤恨，明白自己那天的转身和沉默伤他有多深，她全盘接受，可又希望他能相信此时完全坦白的自己。

顾南风的手缓缓从她的下巴处挪开，她适时地紧紧握住：“我知道我现在说这些听起来很可笑。可是，这一次我说的都是实话。顾南风，你相信我……”

顾南风的目光难测，静静地望着恳切的她：“好，那你亲自告诉大家，这件事是何耀做的，和你无关。”

姜茶茶怔住。

“怎么，你不愿意？”顾南风皱眉，“不过是还原事实而已，有什么不妥吗？他自己都同意了。”

“什么？他自己都同意了？”

“他主动找到我，说愿意出面帮你担这件事。”顾南风双手背后，“也省了我用他的公司来威胁他。”

姜茶茶心下一紧，拽过他的手腕：“你别动他的公司。”

顾南风垂眸看着姜茶茶紧张的手，浅浅的笑意烟消云散：“姜茶茶，你居然替他说话。”

姜茶茶眉峰越发地高耸：“不是这样的！这件事已经过去，

度假酒店转危为安，你为什么还要揪着不放呢？”

“过去了吗？现在整个T大随时都可能陷入你的丑闻中去，那些记者可不是吃素的。你也是新闻系的，你应该最清楚不过！”顾南风的一口气堵在胸口要炸了，他分明是在替她解决问题，可她不应允，竟是因为那个罪魁祸首何耀。

姜茶茶侧过身去，交握的双手要把指甲嵌入手心。她知道现在忤逆顾南风的提议是在让他们的关系雪上加霜，可是她更明白耀浩科技对于何耀的意义，她看过他们创业的辛苦，她不能因为自己的事连累他们。

“这件事我会自己看着办，顾总您就别费心了。”

身后的顾南风什么也没说，而是拿出了手机。

听到电话播音声，姜茶茶扭头：“你干吗？”

“收购耀浩科技。”顾南风干脆利落。

姜茶茶大惊，伸手就要去抢手机：“顾南风，你冷静一点！”

顾南风顺势将她压在墙上，猛然吻上。

那扑面而来的熟悉气息带着久违的温暖，从那人身上传了过来，姜茶茶瞬间瞪大眼睛又缓缓闭上。

如果说之前的那次强吻是不肯放手的缠绵，那么这次的这个吻，夹带着误会后的伤痛、绵绵不息的思念以及现在嫉妒到变形的责难。

姜茶茶喘不上气，推开他。

他抵着她的额头，像被绳索勒住却还是要拼命驰骋的狼：“你要我怎么冷静？你在我面前维护别的男人，你让我怎么冷静？”

“我喜欢你。”姜茶茶的声音虽轻，但坚定。

顾南风愣住了：“你说什么？”

“我说我喜欢你，你这个大笨蛋。”姜茶茶咬唇，红着脸踩上他的脚，“你别胡思乱想了好不好？”

顾南风挑眉："那好，那你就证明给我看你说的是真的。"

姜茶茶无奈地还想要据理力争，他倏地转过身："何耀和我，你只能选一个。"

说着，他打开门扬长而去。

风跑进来，翻飞姜茶茶的发丝和衣角。

姜茶茶的唇还被某人吻得隐隐作痛，她不禁喃喃："我从来都没有选过，你一开始就在我心里啊。"

顾南风的固执病犯了，是九头牛也拉不回来的。

江教授这边更是立场坚决：姜茶茶要想办法澄清"海笑"带来的舆论压力，不能给T大新闻系抹黑。

来到学校门口，姜茶茶看到保安室的保安大叔们真是全体出动，如临大敌地守着大门口，不让那些在门口不肯离开的记者进来。

而那些记者探头看到姜茶茶的身影，纷纷高举相机，冲着她又拍又喊。

姜茶茶怎么也没想到自己还没毕业，还没成为一名正式记者，反倒先成了一个有名的新闻人物。

姜茶茶没有搭理他们，转身朝小卖部走去。

小卖部的奶奶一如往昔，坐在玻璃柜里边，仰头看着那老旧的彩色电视机，里边放着好听的越剧。

姜茶茶打开冰柜，拿了一支红豆冰棍，转身，发现何耀就站在她身后不远处。

两两相望，很多事不言而喻，能够感觉得到——他是特地来看她的。

而此时她的眉眼里已经没有偏执的恨意，看来唐美妮放手的事她已经知道，也和顾南风谈过。

良久，姜茶茶听到何耀说："也请我吃一根冰棍吧。"

两人来到一旁的长椅上，各自手里的冰棍呈现还没融化时的完整，就像最初他们相识那样。

何耀盯着自己的鞋子，微笑道："你不用觉得为难，是我自己心甘情愿的，就当将之前犯的错弥补回来。"

姜茶茶："你想要弥补，也要顾及赵浩子，你还是把心思放进你俩费尽心血的公司吧。"

何耀侧头注视她。

姜茶茶心意已定："事情都已经过去了，没必要再翻一个大浪，搞得越来越不可收拾。"

"可是，那些人如果不追查出一个结果，是不会……"

"这个我想过了。"姜茶茶吮吸了一口冰棍，"我会说我的电脑被人黑了，文章和视频就是这样被篡改的。你的公司可以介入，不用担名。就让他们追查那个黑客是谁，保留一定的神秘感，这件事应该也就可以了。"

"那为什么到现在才公布呢？"

"舆论发挥到极致，才更有影响力啊。"

何耀顿了一下，眉眼升起一丝暖意："我以为你会毫不犹豫地举报我的。"

姜茶茶往长椅上靠去，看着庭院里从左边飞到右边的落叶："我怪过你，恨过你，可美妮和我告别的时候告诉我，用心感受事情的话可以看到很多。

"我想，我不能否认你骗了我，利用过我，但也真的对我好过。"

何耀握着冰棍，心念一动："茶茶。"

"嗯？"

"没什么，谢谢。"如果没有顾南风，我想问你，你会喜欢我吗？

姜茶茶踮起双脚，如释重负地吐了一口长长的气："真没想到我们还有这样坦然相对的时候，真好。"

“你这样做就等于和顾南风宣战，我怕你……”何耀看向她。

姜茶茶好看的瞳孔缩紧再缩紧，聚焦成一道笃定的光芒：“怕什么，我就不信我还搞不定那个傲娇男！”

她拍拍他的肩：“你放心吧，现在是轮到我出马的时候了！”

说着，她一副英雄好汉的模样，把冰棍叼进嘴里，昂头挺胸地迈步离开。

现在，没有唐美妮，没有误会，没有如履薄冰的阻碍，她身上的枷锁陡然挣开，整个人如他最初认识的那个霸气少女，顿时明媚生姿起来。

何耀微笑地望着姜茶茶的背影，释然后是随即而来的失落。

两份幸福，他一份也没有抓住。

当顾南风主动找到他，表示要拿原版的视频时他就知道，他的力挽狂澜没有得到想要的效果，他最终只能选择放手。

因为再卑鄙，何耀都想保持最后的风度。

“你真的相信这些不是姜茶茶做的？你凭什么这么肯定？”

夜色中，顾南风来公司找何耀，要看姜茶茶原来的文章和视频。

“凭这个。”顾南风垂眸，手放置在桌面上，一片粉色花瓣乍然出现。

“这是什么。”何耀皱眉，不明白他的意思。

“你不会知道的。”顾南风得意挑眉，把一个 USB 丢过去，“你懂技术，难道我就不会找懂技术的人调查吗？姜茶茶的微博处于异常登录的状态有一段时间了，她的手机卡被补过，可是原先那张却很奇怪地没被注销。”

何耀望向那个 USB：“你不可能有证据。”

顾南风哑然失笑：“这么说你承认了？‘海笑’的文章，还有那个我自白的视频，都是你干的了？”

何耀并不接他的话，好奇的只有一个问题："顾南风，老实说，你差点肯定是姜茶茶害你的吧，你当时都恨死她了吧？"

"那天早上，你带着她从我面前离开，我真的是着了你的道。"说到这个，顾南风气得咬牙切齿，他深吸了一口气，落目在桌上的粉色花瓣上，"不过就算真的是这样，也不会真的如你所愿，这辈子你都得不到她。"

"为什么？"

"因为我爱她，比你更爱她。"

何耀不屑顾南风的答案，更不屑这种比较。只是他不知道这粉色花瓣的秘密，就只是这一点，令他追千万步也追不上她了。

"茶茶，祝你幸福。"这应该是我唯一能为你做的最后一件事了。

第十四章
尾声

第二天，顾宅。

顾南风早早地起来，洗了一个冷水澡，混沌的思绪也好了很多。

他站在浴室的镜子前，盯着一夜都在等姜茶茶电话的自己，神情别扭又郁闷。

姜茶茶没有打电话来妥协，安静得让人生气！

“我喜欢你。

“我说我喜欢你，你这个大笨蛋！你不要再胡思乱想了好不好！”

顾南风撒气地把毛巾扔向镜子：“你才是大笨蛋！让我不要胡思乱想，你就拿实际行动出来啊！”

他拖着拖鞋下楼，仆人上前说道：“少爷，有一个女孩子找你。”

顾南风站在楼梯的盘旋处问：“在哪儿？”

仆人的神情有些奇怪，扭头看向厨房的位置。

这时，姜茶茶从左边慢慢走出：“少爷，早啊。”

只见她束着清爽的马尾，腰间系着围裙，手上端着盘子，冲他笑。

顾南风以为是自己看花眼了，可姜茶茶明媚的笑容在清亮的阳光下显得那么灵动，就像从天而降的天使。

他怔在那里，看到她上前两步：“还站那里做什么？下来吃早餐啊。”

顾南风强压内心的激动和波澜，如常下楼，走到餐桌边，看着她从盘子里端出来的水果汁：“你刚才叫我什么？”

“少爷啊。”姜茶茶也不扭捏，“她们都这么叫你，我也就这么叫。”

“少爷，这杯是我刚榨的水果汁，早上别总是喝黑咖啡，对胃不好。”姜茶茶温暖推荐，“我加了两颗你最喜欢的番茄在里边，尝尝看！”

顾南风盯着水果汁，没动：“无事献殷勤，非奸即盗。”

姜茶茶的眉头微微跳了下，仍然保持微笑：“好。”她抿了一口，“现在少爷可以相信里边没毒没口水，安心服用了吧？”

顾南风仍然没动，修长的手指搁到玻璃桌面上，若有若无地敲打着：“口水？我不是早就尝过了吗？”

姜茶茶的脸不争气地红了。

顾南风定定地看着她这明显灿烂的有些过分的笑容：“说吧，你的决定是什么。”

姜茶茶挑眉：“你先把水果汁喝了我再说。”

顾南风盯着浑浊的橘色液体，见有仆人捂嘴笑着离开也并不在意，径直拿过来霸气地一饮而尽。

姜茶茶满意地笑：“这样才乖。”

顾南风把玻璃杯往她面前一推：“现在可以说了？”

姜茶茶拉过椅子，双手托腮：“我不会让何耀背锅。”

“这就是你特地过来告诉我的答案？”顾南风怒了。

“不过我也不会背这个锅。我已经和何耀说好，让他的耀浩科技出面，把这件事推给神秘黑客所为。这样那些记者有个结果，也不会再说什么。”姜茶茶握过顾南风的手，紧接着说道。

“这样就完了？”顾南风盯着她温热的手，仍然不依不饶。

“当然还没完。”姜茶茶把自己的椅子挪近一点，挤到他身边，“我知道你这么做都是为了我，我还不知好歹地拒绝了你的好意。接下来为了让你解气，我什么都愿意做，我得努力讨你开心呀。”

姜茶茶来这里的时候就已经下定决心，不管顾南风这道傲娇门有多难闯，她都得厚着脸皮进入。

所谓脸皮够厚，天下无敌。

她眨巴着眼睛，用尽全力放电，表面信心满满，实则内心忐忑。

顾南风锐利的眼眸就像来回检验的激光仪，将她上下打量：“什么都愿意做？”

“嗯！”姜茶茶用力点头，然后闭上眼睛，把嘴巴嘟起。

顾南风微微一愣，绷不住扭过头失笑，气顿时去了大半。

“海笑”爆料出所谓的“真相”，将度假酒店彻底推上风口浪尖后，他去找过何耀，确认何耀就是顺走照相机，将里边的视频剪辑，将“海笑”的文章偷梁换柱的罪魁祸首。

只是他当时苦于没有证据。

后来他好不容易拿到证据，在度假酒店的工程回归到正轨后才把这真相公之于众，其实，比起想还顾氏一个清白，他更想看看姜茶茶的反应。

在他和何耀之间，姜茶茶到底会选择谁。

不过，姜茶茶不会向他的提议妥协这点他猜到了，但他没想到她会屁颠屁颠地跑来，坦白后还“大言不惭”地表态要帮他解气。

顾南风的笑姜茶茶自然是没看到的，她等了半天都没感觉到某人的嘴巴靠过来，怀疑地睁开左眼，看到他绷着清冷的脸，静静地望着她。

无比尴尬。

姜茶茶讪笑地把嘴巴的弧度放下来，心里默默咆哮：这家伙怎么没上钩啊？

原本想着最坏的结果不过是“以身相许”，现在他这样，情况不明，反而让人心里没底了。

“我该上班去了。”顾南风起身。

“哦。”姜茶茶沮丧低头。唉，她主动过来放下身段，某人还不逮住机会？算了算了，只要他的注意力不再是对付何耀和何耀的公司就行了。

“喂。”

姜茶茶胡思乱想之际，听到这声低喝，她吓到猛抬头：“嗯？”

“你还不快跟上？”顾南风皱眉，神情严厉。

姜茶茶傻傻地指自己：“我也去？”

顾南风转过身，大步往外走。

姜茶茶一个激灵，赶紧跟上。

上了车。

她坐在他身边，看到他的手轻轻交叠放在膝盖上：“美妮去国外了。”

姜茶茶点头：“嗯，我知道。”

“她在公司的时候很能干，是我的得力帮手。”顾南风又说。

“唔。”姜茶茶不明白他这时候提到唐美妮是什么意思。

“她现在走了，我很不方便。”顾南风扭头看向姜茶茶。

是舍不得的意思吗？姜茶茶作势拿出手机：“那是要我把她

叫回来吗？”

顾南风浅浅勾唇：“所以，她的事情就交给你来做。”

“什么？”姜茶茶瞪眼。

“怎么？”顾南风微微眯眸，“你不是说让我开心，你什么都愿意做的吗？这么快就反悔了？”

“不，不是。”姜茶茶马上把瞪圆的眼睛缩小回去，“我只是怕没有美妮那么能干，耽误你的正事。”

“那就尽快学，把你的决心和能力拿出来。”顾南风一副霸道总裁的模样，说话的口吻像姜茶茶面对刚应聘上岗的员工。

姜茶茶冲他龇牙咧嘴，在空气里咒骂了一番后，也只得默默接受。

她寻思着，好歹和唐美妮是同学，就算天赋有别，但智商的部分应该不会差太多，熟络一下应该能很快上手。

姜茶茶这么安慰自己后，信心增强了一点，结果当秘书把堆积如山的文件摞到她跟前时，她还是被吓到了。

原来，现实和课本真的有很大的落差。

一分钟内，要同时处理不同的事情，每一个执行方案必须要有两到三个解决方案，还要掌握各个部门的职能以及负责人之间的亲疏远近，这样才能更好地调度。

一个人顶十个人，这就是唐美妮在顾氏的形象和实力。

一天下来，姜茶茶累趴在顾南风的办公室里。

“我承认，美妮胜我千万倍。”

她忙到喝不上一口水，像被无数件事无数个人撕成碎片，脑子一团糨糊，这种感觉比单纯地送外卖复杂、辛苦多了。

唐美妮不仅仅有漂亮的皮囊，还有超强的执行能力。

姜茶茶终于明白，顾启为什么会那么喜欢唐美妮。

顾南风往椅背上靠，认真附和：“嗯，确实。”

姜茶茶恼了，她咬唇从沙发上跳起来：“既然如此，那你干吗喜欢我？”

顾南风耸肩，一脸无辜：“我也不想啊，就一时看走眼了，有什么办法。”

姜茶茶了然点头，把还没有背完的第二天的行程表拿起来丢给顾南风：“现在纠正错误还来得及，美妮才去了几天！”

“这就是你说的全力以赴？”

姜茶茶扭头。

“你对我的喜欢，就只是这样？”顾南风歪头挑眉。

姜茶茶愤愤地从他手里夺回行程表，重新坐回沙发上，看到墙上的时钟已经指向了八点多。

“你还不下班吗？”

“我还要开一个视频会议。”顾南风放下手里的钢笔，捏了捏鼻梁。

姜茶茶忍不住问：“你和美妮经常忙到这么晚吗？”

在这样的办公室里，当她默默躲在学校里的时候，他们两个人相处得如此频繁，好像可以发生很多事情。

顾南风飞快地捕捉到某人这句话的酸意：“现在你才想起来吃醋，会不会太晚了一点？”

姜茶茶吃瘪：“我才没有！”

顾南风目光含笑，目光忽地由远及近：“姜茶茶，你挺狠的。”

姜茶茶一时没明白他这话的意思：“我挺狠的？”

“你能忍这么长时间。”顾南风苦涩勾唇，“如果不是唐美妮主动离开，你决定忍多久？”

“一辈子。”姜茶茶垂眸。

“一辈子？”顾南风皱眉。

“说长也长，说短也短。”姜茶茶挤笑，“很快的。”

顾南风愤愤握拳："你真的够狠。"

姜茶茶起身："我……我去买点吃的。"

她抓起钱包，转身走出办公室。

顾南风骂她狠，一点也没骂错，和顾南风亲密相处下来的一天，她每分每秒都有一种失而复得的感觉。

她差点就错失他一辈子。

明明之前那般肯定，可失而复得地重新相处，为什么她有一种强而有力的后怕呢？

其他人都下班了，关掉灯的大厅像漆黑的隧道。

姜茶茶不由得放缓脚步，摸索着往前。

她还没熟悉开关灯的位置，远处通道上的光亮无济于事。

突然，姜茶茶的脚踢到了什么，整个人就要往前扑去。

这时，一只手稳稳地抓住她，将她往回拉。

姜茶茶跌入顾南风温暖结实的怀抱里，她听到来自他胸膛里有力的心跳声。

四周安静到了极致，姜茶茶听到耳边传来顾南风的低语："我没你那么狠，就算是这没开灯的大厅，我都舍不得让你一个人走。"

借着远处微弱的光，他无可挑剔的脸庞投射出温柔的轮廓。

姜茶茶踮起脚，吻他的脸："那你就别再生气了，好不好？"

顾南风仍然不肯松口："别想轻易躲过去，看你的表现。"

姜茶茶见状，假装哎哟一声，他紧张地低下头："怎么了？脚扭到了？"

狡黠滑过她的眼角，他发现已经来不及了。

姜茶茶搂过顾南风的脖子，霸气地吻上他的唇。

这次，换她主动；以后，也换她主动。

她就不信，百炼钢化不成绕指柔！

"姜茶茶，你这是作弊！"

“作弊就作弊了，你想怎样？”

“你……”

“顾总，你就别再嘴硬了，我都看到你偷笑了。”

“你……唔……”

番外 1

小岛上的度假酒店开业了，顾南风和姜茶茶剪彩过后，拒绝了记者的采访，搭了一艘快艇出海。

海风吹拂，姜茶茶靠在顾南风肩头，和他十指交握，无比感慨：“真没想到，我还会来这边。”

顾南风笑了：“我早就想到了。”

姜茶茶忍不住侧头看他的自信笑容：“顾南风，我一直想问你，你为什么对我这么坚定？采访的那件事，你为什么会相信我？”

顾南风伸手抚开她被风吹乱的头发：“离开的前一天晚上，你去过酒吧。”

姜茶茶点点头：“你怎么知道的？我特地等你走了以后再……”

顾南风轻弹她的额头：“我之后又回去过。”

姜茶茶怔了怔。

顾南风勾唇：“老板把你的话都告诉我了。”

姜茶茶想起那晚她跟老板说的话，脸立刻变得通红起来：“喂，你别说！”

她着急地想要捂住他的嘴，无奈身高有差距，被他轻轻一挡就轻松摆脱。

“嗯，让我想想。一生一次的心动，都是他了。我想我以后都不会喜欢上别人了。还有，何耀千般好，可我注定要辜负何耀。”

“顾南风！”

顾南风扣上她的双手，目光恳切又认真：“这辈子，你只能喜欢我一个，听到没有？”

姜茶茶涨红脸，扭过头去：“我考虑看看。”

“别考虑了，你就从了我吧。”他笑着拥她入怀，“欲擒故纵这招就别玩了，我比较喜欢你霸王硬上弓。”

“你说什么呢！”

番外 2

这天，顾南风如常上班，看到办公桌上出现了一个相框，相框里的照片是他默默藏在最下边抽屉里的母亲的照片。

“早，少爷。”姜茶茶推门进来，笑眯眯地把早餐放到他桌上，“再忙也要记得先把早餐吃了。”

“这是你做的？”顾南风拿过相框。

“嗯，是我。”姜茶茶托腮，“思念母亲有什么错？为什么要藏着掖着？”

顾南风没说话，大拇指滑过相框里母亲年轻的脸庞。

如果说姜茶茶是因为母亲的消失，才对大海有了情感的变化，对他而言，母亲的死，更是让他对大海有了义不容辞的执着。

母亲用生命来祭奠大海的美丽，他身为她的儿子，秉承意志，更是无可推辞——他要替母亲守护大海。

度假酒店顺利竣工后，每一个来光临的客人都会得到一份关于海洋环境的宣传册，并且对自愿当海洋义工的人发放优惠手环。

他用这种润物无声、小处入手的方式，让大家慢慢明白，大海离每个人并不远，它是环境的一部分。

顾南风问："你想过把她找回来吗？"

姜茶茶微微一怔，知道他说的是她的母亲。

"说没想过，是骗人的。"姜茶茶如是说，"不过，我想我还是不找了。"

顾南风抬头："为什么？"

"她在某个地方幸福着就足够了。我只要知道她和我呼吸着同一片空气，她可能在世界的某个地方默默地想着我，就足够了。"姜茶茶微笑，"不必非要见面。"

"那以后我们结婚。"顾南风握过姜茶茶的手，"你都不想她来参加吗？"

"顾大公子的婚礼一定声势浩大，到时候她不可能得不到消息。"姜茶茶抿唇，"我希望她能来吧。"

顾南风张开双手："来，抱抱。"

她羞涩低头，乖乖地靠了过来。

顾南风宠溺地抚摸她的头，目光沉静。

番外 3

毕业典礼这天，姜茶茶和金小灿无比伤感。

两个人特意跑到食堂门口，看着食堂的大门发呆。

金小灿勾过姜茶茶的肩："老板，这里是我们奋斗了四年的地方啊。"

姜茶茶点头："是啊，你跟着我赚了不少钱。"

金小灿先是一怔，然后不好意思地抓了抓后脑勺："原来你都知道！"

姜茶茶斜着眼："我刚才只是随口一说。"

金小灿被捉弄了，又气又恼："近朱者赤，近墨者黑。你真是和某人越来越像了！"

姜茶茶好整以暇地点点头，捏她的脸，道："是啊，近朱者赤，近墨者黑，你也和某人越来越像了，变得笨呆了许多。"

金小灿涨红了脸："谁说我和那死耗子像了，他笨死了！今天是毕业典礼，他也不过来找我，说什么在忙着打程序！"

姜茶茶强忍笑意：“我有说是那只死耗子吗？”

“你！”金小灿恼了！

姜茶茶拉住要起飞的金小灿：“好了好了，我不说总行了吧。”

说话间，她看到了一个胖乎乎的身影朝这边跑过来。

“看来赵浩子也不是你说得那么笨啊。”

金小灿扭头，开心得一下子跳了起来：“浩子。”

看着他们没心没肺地抱在一起转圈圈，姜茶茶突然觉得好幸福。

喜欢的人、喜欢的朋友都在身边的感觉，真的很好，很好。

这时，她的手机响了，是顾南风发来的微信：你在哪儿?

姜茶茶笑着回复：我答应。

顾南风：什么?

姜茶茶咧嘴笑，直接拨通他的号码：“今天你想向我求婚，不是吗？”

“你怎么知道的？”那边愣了一下，语气惊愕。

“你这个大笨蛋。”姜茶茶眼角弯弯，将晴朗的蔚蓝天空尽收眼底。

昨晚，他因为太过紧张，把台词当梦话说了出来，她不想知道都不行。

顾南风反应过来，轻笑：“你这么迫不及待地答应，老实交代，是不是早就等不及了？”

姜茶茶笑：“是呢，顾大少爷，你再不向我求婚，我就……”

“你就什么？”顾南风打断她，“你要是再敢离开我，姜茶茶，你就是跑到天涯海角，我也要把你追回来。”

“嗯，你的回答我很满意。”姜茶茶咧嘴，“不过，你怎么知道我说的是离开你？而不是你再不向我求婚，我就要向你求婚了？”

“你要向我求婚？”顾南风心情大好，“那还等什么？”

顾南风的话说完，姜茶茶感觉有一道目光正在直视着自己。她一抬头，就见抱着一束玫瑰花的顾南风站在食堂大门的不远处，正微笑着朝她走来。

姜茶茶愣在原地，看着顾南风，终于再也忍不住朝他跑去。

“顾南风！”

她跑得很快，顾南风张开怀抱，同样没有停下脚步。

他们的脸上都露着幸福的微笑，似明月，似暖阳，似这人间春风。

— 全文完 —